孙徽诗稿

孙 徽 著

李文昭 辑释

学苑出版社

图书在版编目（CIP）数据

孙儆诗稿 / 孙儆著；李文昭辑释. —— 北京：学苑出版社，2022.4
　　ISBN 978-7-5077-6414-7

　　Ⅰ.①孙… Ⅱ.①孙… ②李… Ⅲ.①诗集–中国–近代 Ⅳ.① I222.75

中国版本图书馆 CIP 数据核字 (2022) 第 067827 号

责任编辑：战葆红
出版发行：学苑出版社
社　　址：北京市丰台区南方庄 2 号院 1 号楼
邮政编码：100079
网　　址：www.book001.com
电子信箱：xueyuanpress@163.com
联系电话：010-67601101（销售部）　67603091（总编室）
印　刷　厂：保定市彩虹艺雅印刷有限公司
开本尺寸：710×1000　1/16
印　　张：27
字　　数：380 千字
版　　次：2022 年 5 月第 1 版
印　　次：2022 年 5 月第 1 次印刷
定　　价：100.00 元

孙儆遗像

黄葆戊书：孙沧叟先生八十六岁遗像

冒鹤亭题像赞词：君之持己，虚怀若谷；君之接物，温颜如玉。青神鸣琴，宝山司铎。大科初被夫鹤征，古父晚嗜夫龟卜。而乃庾信江关，陶潜松菊，邱垄焉依，邦族不复，故其享年八十有六，而世犹以为促也。已焉哉，仲由之贫实伤，子车之身莫赎。平生笑言，结想在目，曾谓交期，尽兹一哭。

沧叟老兄同征遗像 壬辰（1952）九月疚斋冒广生年八十

孙儆与家人合影（1939，上海）

辛卯（1951）元旦松滨戬寿雅集

前排左起高吹万、钱自严、孙儆、陈觉先；后排左起陈季鸣、陈湛如、戴禹修、黄霭农、徐云石、钱凤高。

孙儆与二女儿葆芝二女婿冯雄（1949，上海）

孙儆与孙儿家彪（1935）

孙儆与冯雄（1949）

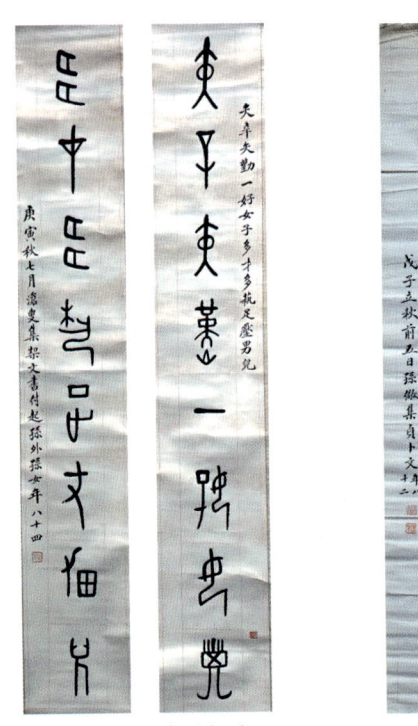

赠外孙女冯起孙　　　　　赠冯雄

孙僩甲骨文书法作品

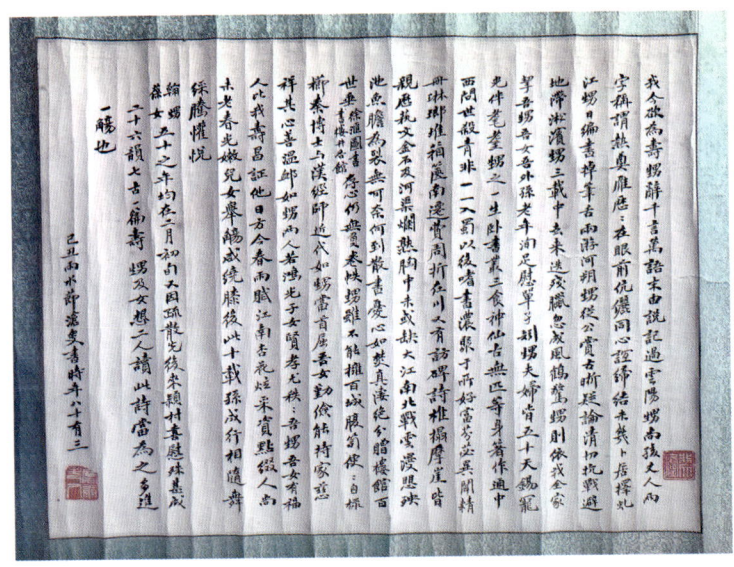

为女儿葆芝女婿冯雄双双五十岁生日赋七古一篇

孙僩书法作品

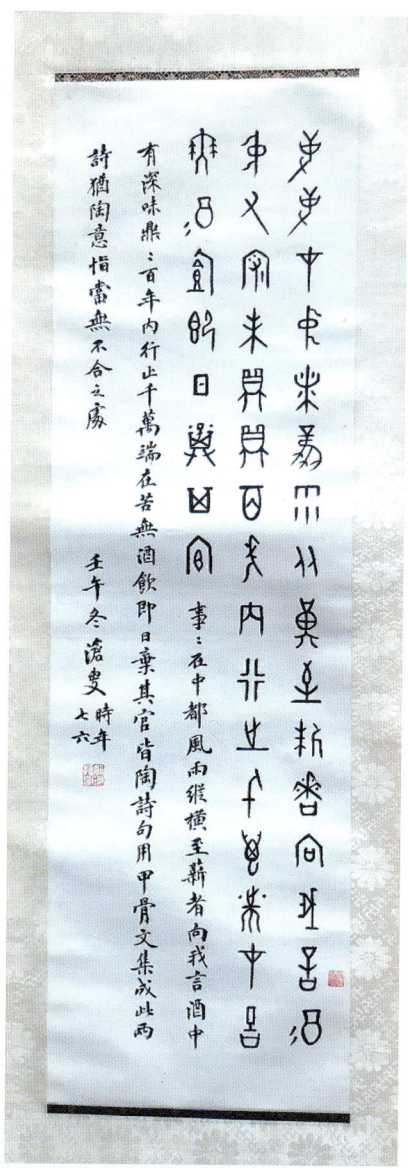

用甲骨文集陶句　　　　　临王献之十三行帖

孙敩书法作品

《诗经·小雅·南山有台》
孙儆金文书法作品

目 录

序一　缅怀先祖孙儆·· 1

序二　尘世事非无月旦，愿凭杯酒论英雄··· 3

孙儆诗稿

1. 次鹤亭送入蜀原韵并志别甲辰·· 3
2. 北京会馆赠冯稚香·· 4
3. 自北京归，渡江望琅山有感，简保少浦·· 5
4. 将之蜀，归舟中见琅山有数时之久，作一律简少浦·· 6
5. 巫山行·· 7
6. 登日本布引山观雌雄二泷甲寅·· 7
7. 赴浅野总一郎茶会·· 8
8. 偕静子丹仲筱轩游招隐、竹林、鹤林三寺得诗三首·· 9
9. 游金山寺·· 10
10. 偕静子、丹仲、筱轩为焦山之游，次静子均·· 11
11. 和仲子桃花诗·· 12
12. 春日即事·· 12
13. 子久生辰无以为寿，春纱秋罗聊以将意，并系以诗·· 13
14. 和静子游胡园原韵·· 13
15. 旅居江南忽逢花落，楼头怅望积感百端，乃作江南落花篇一首·········· 14
16. 次韵静子即事韵·· 15
17. 清溪曲·· 15

1

18. 丁巳三月五日得振民病故济南之信，哭之以诗 …… 16
19. 轮行即事 …… 17
20. 四月十八日刘叔璜邀饮于狼山三元宫赋此 …… 17
21. 游军山 …… 18
22. 除夕 …… 19
23. 元宵 …… 19
24. 和仲子赠别原韵 …… 20
25. 寄冯子久 …… 20
26. 哭弟　吴门得弟立甫故电 …… 21
27. 重九日偕恺之芝平游北极阁 …… 21
28. 游鸡鸣寺 …… 22
29. 静子五十生日诗以寿之 …… 22
30. 挽宝山施槁蟫先生 …… 23
31. 挽曾亚罗 …… 24
32. 丹仲由京师寓书，言去年今日曾携诗料过江，今又何如，感成一次元韵 …… 25
33. 夜行雪中 …… 26
34. 雪后 …… 26
35. 简潘丹仲 …… 26
36. 丹仲书言离群索居之苦，次韵答和 …… 27
37. 雪夜次静子元韵 …… 27
38. 议会事竣行将归休，爰成一章以示静子 …… 27
39. 静子诗来语意殷拳别情珍重，读之尤益眷眷，次韵答和 …… 28
40. 答刘乙青 …… 28
41. 静子搜录韵丞先生遗稿，由朱子灏处得诗十首，感赋次元均 …… 29
42. 书所闻一首 …… 30

43. 白门早春 …………………………………………………… 30
44. 送甸南之阜宁 ………………………………………………… 31
45. 春郊即事 ……………………………………………………… 31
46. 静子与余同舟白下已阅七年，今忽有并门之行，朋交骨肉一旦分
    襟怅惘无极 ………………………………………………… 31
47. 挽达继聃 ……………………………………………………… 32
48. 雨花台 ………………………………………………………… 33
49. 丹仲忽来白下，并携梦青偕往京都 ………………………… 34
50. 晤钮元伯 ……………………………………………………… 34
51. 饯春词 ………………………………………………………… 35
52. 答钮元伯 ……………………………………………………… 35
53. 立夏日与储铸农、高怡亭、鲍芹士夜宴于金陵春，和风袭裾，凉
    月散彩，乃呼舟人移花舫，相与徜徉秦淮，品茗论诗，其乐无极，
    感赋 ………………………………………………………… 36
54. 静子有丧明之痛慰之以诗 …………………………………… 36
55. 与钮元伯 传善 胡宗武嗣芬 孙少川锡祺 杨善征宗翰 周海如观涛
    赵伯 铭勋 宴于秦淮 ……………………………………… 37
56. 铸农寓白门江干最高楼上，流连风景徘徊不忍去，额以伏狮楼并
    赋诗一章，次韵答和 ……………………………………… 38
57. 重九即事兼忆延令静子 ……………………………………… 38
58. 晤子久暨翰飞甥 ……………………………………………… 39
59. 与鹤亭别十五年矣，一旦相见均各老苍，然鹤亭兀傲犹昔，觅醉
    秦淮兴致勃发。昨晤子久得诗一篇，谨叠前韵以诒鹤亭，并呈子
    久．静子 …………………………………………………… 39
60. 偕强斋．勤士．芑孙游雨花台 …………………………… 40
61. 题朱梦湘幽竹馆诗草 ………………………………………… 40

62. 三月七日与强斋应岩村成允观樱会之约，感而赋此 …………… 40
63. 答和黄芳墅 ………………………………………………………… 41
64. 子久过白下停云三日，复约同住江干，相聚之乐数年来无此愉快，
    然骊驹在门寐兴即发，思之黯然 ………………………………… 42
65. 张竺巢有七十感怀诗四首，芹士录以见示并为索和 …………… 42
66. 次子久车中有怀原均，兼示静子 ………………………………… 43
67. 题仲母刲股疗亲.画荻教子两图 ………………………………… 43
68. 补祝陈莲波先生八十生日 ………………………………………… 44
69. 闻李督军自戕有感 ………………………………………………… 44
70. 里中艺菊法超大江南北，开花时拥护修饰加以人工，活色生香一
    时无两。年为菊会一次，极友朋酬酢之乐。予栖迟白下，叠误芳
    期，怅望家山，辄为眷眷。今秋乘暇旋里，正逢菊花盛开，乐
    极矣，渡江后追溯清景成诗一篇 ………………………………… 45
71. 悼张凤笆 …………………………………………………………… 45
72. 费范九以金沙菊会事冗未赴，寄诗一律，次韵答和 …………… 46
73. 新年初过雨雪交加，忧从中来不能自已 ………………………… 47
74. 参谋章 ……………………………………………………………… 47
75. 教员叹 ……………………………………………………………… 48
76. 官赈荒 ……………………………………………………………… 48
77. 韩人戮 ……………………………………………………………… 49
78. 题陆惕夫先生意园征诗小录 ……………………………………… 50
79. 静子以夜阑将寝风雪交作即事一章见示，次韵答和 …………… 50
80. 朱竹亭助学恤贫各一万元，其所宣言可作座右铭，洵达观君子也 … 51
81. 得顾二娘手制圆砚一方，精巧绝伦，喜极成七绝六首 ………… 52
82. 题袁母夜课图 ……………………………………………………… 53
83. 六十述怀丙寅—丁丑 ……………………………………………… 54

84. 题师郑西砖校经图 ………………………………………… 56

85. 读高老愚先生家传书后 …………………………………… 57

86. 题保孤存祀图 ……………………………………………… 58

87. 跋潘丹仲不残朴斋诗集后 ………………………………… 59

88. 读顾延卿先生遗诗 ………………………………………… 59

89. 过通城承鼎三表弟酒肴相待，兼与震万表兄絮叙甚畅，赋诗申谢
   并呈震万兄 ……………………………………………… 60

90. 质庵贻诗，依韵赋奉并呈宛楼 …………………………… 61

91. 题瀛儿南通书画家简谱 …………………………………… 61

92. 叠韵和宛楼并呈质翁 ……………………………………… 62

93. 题馨谷芙蓉白头翁画幅 …………………………………… 63

94. 题觉初上人拂水山居图 …………………………………… 63

95. 梅冈落成 …………………………………………………… 64

96. 题徐积余狼山访碑图 ……………………………………… 65

97. 题施君一风树图 …………………………………………… 66

98. 贺师郑六十晋九兼重游泮水之喜 ………………………… 67

99. 师郑宗兄以四律寿我，读之愧怍 ………………………… 67

100. 乙亥中秋月 ………………………………………………… 68

101. 情荃嘱题画隐园图 ………………………………………… 69

102. 甲戌初夏得个道人双薇诗选墨迹两卷，乃从江棱、双薇两集选
    录者，喜赋四绝 ………………………………………… 70

103. 甲戌初夏得丁、刘佳本 …………………………………… 71

104. 邵潜夫为吾通高士，所著皇明印史，书贾居为奇货，顷购得潜
    夫别集一部，浏览一过，成诗两律 …………………… 72

105. 挽师郑 ……………………………………………………… 73

106. 啸台 ………………………………………………………… 74

107. 百泉	74
108. 题王半耕梅册	75
109. 洛阳	76
110. 伊阙	76
111. 谒关陵	76
112. 林落山	77
113. 翰甥有饯别诗次原韵	77
114. 谒韩魏公祠	78
115. 殷墟	78
116. 玉泉院	80
117. 华山行	80
118. 山河篇	81
119. 重游百泉	81
120. 饿夫墓	82
121. 咏公和夏峰两先生	82
122. 积书	82
123. 狼山	83
124. 题率口程氏六烈妇诗	84
125. 海门	85
126. 灵岩	85
127. 谒韩蕲王墓	86
128. 天平山	87
129. 登烟雨楼	87
130. 游西湖	87
131. 岳庙柏石	88
132. 云栖寺	88

133. 白龙潭 …………………………………………………………… 88
134. 风波亭 …………………………………………………………… 89
135. 龙亭 河南开封 ………………………………………………… 89
136. 铁塔 ……………………………………………………………… 89
137. 范九闻经畲洗劫有诗慰我，次韵奉酬 戊寅 ………………… 90
138. 质翁以兄铁叟仿子建赠白马王彪体作诗二首，乃赓续二首，完
　　　成兹篇情意缠绵，友爱心肠判然若揭，爰综括斯义成五古一首 …… 90
139. 得家报悉经畲楼被焚，瀛儿恐余懊丧不使余知，故及今方悉，
　　　赋数言志慨亦无聊之极思也 ………………………………… 91
140. 回忆 ……………………………………………………………… 92
141. 质翁以雨夜闷人，晨起喜有霁色诗见示，次韵奉和 ………… 96
142. 闻成都大火简翰甥 ……………………………………………… 97
143. 质翁和我简翰甥韵次韵和答 …………………………………… 97
144. 题平潮市十景图 ………………………………………………… 97
145. 霖雨五律十首次质翁韵 ………………………………………… 98
146. 海上逢鹤亭感赋 ………………………………………………… 101
147. 咏龟甲集成五言两绝 …………………………………………… 101
148. 鹤亭和我年穿字韵，仍次奉酬 ………………………………… 101
149. 质翁以斋中建兰盛开，近悲未塞对之，弥益增感，赋诗四律
　　　次韵奉答 ……………………………………………………… 102
150. 疚斋再和我年字韵，谨再叠奉答 ……………………………… 103
151. 敩安客秋仿杜工部秋兴叠至二十四章，今秋又以叠前韵见示，
　　　谨次奉呈，并简鹤亭 ………………………………………… 103
152. 中秋书感 ………………………………………………………… 105
153. 中秋月色模糊再赋一律 ………………………………………… 106
154. 答漪如为我作申江避地图 ……………………………………… 106

155. 题春痕无恙楼	107
156. 士翘以旧作见示，次韵奉和	108
157. 剪淞社友以经畲楼命题，届时必多名作，谨先成五古一篇	109
158. 马一良为我题春申避地图，次韵奉答	110
159. 题徐积余学佛图	111
160. 题朱凤千抚松图	112
161. 题淡远楼	112
162. 题陈蒙庵闭门觅句图	114
163. 公展贻我便面，一画菊一写诗，酬以一律	115
164. 涵公以明年重游泮水诗属和，谨成两律	115
165. 题黄芳墅孤岛吟	116
166. 己卯除夕	116
167. 题曹崧乔居士手书华严经后	117
168. 何德身为我绘春申避地图并题一诗，次韵赋谢	118
169. 温丹铭得东坡归去来辞集字诗十首小楷册，属题，率成七古一篇应教	119
170. 戴伯寅属题先德敷畴先生遗像	120
171. 题冒辟疆画牧牛图	121
172. 题镜人瞿园图	121
173. 题梁楷画	122
174. 题谢雪村画石	122
175. 题颖滨遗老墨迹	122
176. 和伯行偶止舟诗	123
177. 简策清	123
178. 题李复堂松菊	124
179. 挽陆醉樵	124

180. 赠杜畲孙 ····· 125

181. 题王云笑曲水幽居 ····· 125

182. 简瑞之 ····· 126

183. 题林和靖墨迹 ····· 127

184. 题石涛芙蓉 ····· 127

185. 题高思白摹印 ····· 128

186. 冬月三日遭逢狂暴，将不利于后，爰为避地之举 ····· 128

187. 除夕 ····· 129

188. 咏梅 ····· 130

189. 题陈贤妇舍生存祀图 ····· 131

190. 题吴仲坰竹均轩肄书图 ····· 131

191. 题耕烟散人松风涧响图 ····· 132

192. 冷禅依韵和我再答以一律 ····· 133

193. 周岐隐以书感一律见示，次韵奉答 ····· 133

194. 白龙山人为心渊画钟馗像，题云"魑魅魍魉成浩劫，为民请命去朝天"，吹万作七古一章见示，极趣，爰亦赋此 ····· 134

195. 题儒镕兰花 ····· 135

196. 前题 ····· 136

197. 题唐六如美人 ····· 136

198. 南通师印莲社成立感赋 ····· 136

199. 次韵和翰甥兼呈质翁 ····· 137

200. 题周昉射雕图 ····· 138

201. 程少梅见访喜赋 ····· 139

202. 次韵酬少梅 ····· 139

203. 题孙秉三雪映庐画鉴 ····· 139

204. 哭策清 ····· 140

205. 挽许息庵 …… 141
206. 题朱竹垞梅花 …… 141
207. 和董逸沧见赠韵 …… 142
208. 题刘伯温山水 …… 142
209. 题管夫人画竹 …… 143
210. 题董逸沧北湖春泛图 …… 143
211. 辛巳除夕纪事 …… 144
212. 题秋蟪吟馆诗集 …… 145
213. 哭建儿 …… 146
214. 贺唐蔚芝重宴鹿鸣 …… 147
215. 上巳修禊 …… 147
216. 叔怡十年不见，忽晤海上，喜赋 …… 149
217. 鹤亭七十生日以一律见示，谨步原韵奉祝 …… 149
218. 次韵酬逸沧并呈吹万 …… 149
219. 赠郑重光 …… 151
220. 逋叟和我苏韵诗，叠韵奉答 …… 152
221. 送别勤士老友 …… 153
222. 质翁读同人集有黄牡丹诗，因仿为之以十首见示，答以两首 …… 153
223. 悼霞西村舍 …… 154
224. 题王鸿伯遗诗册 …… 155
225. 怀农作画，常以平生知己是黄花句题识，即用此七字率成七绝三首 156
226. 端阳佳节 …… 157
227. 浦江夕照 …… 157
228. 曝书 …… 158
229. 题东坡午景墨趣图 …… 158
230. 中秋月 …… 159

231. 次韵和质翁寄静子之作	159
232. 题吹万思治集	160
233. 和景逸感怀	160
234. 东篱赏菊	161
235. 前题	162
236. 又	162
237. 又	163
238. 中秋停云楼次铁年韵	163
239. 和静子寄颖孙诗	164
240. 冬日书怀	164
241. 东坡生日	165
242. 壬午除夕	167
243. 和吹万癸未元旦立春诗	168
244. 和木师新年诗	168
245. 答严彝卿	169
246. 瑞棠以百年难遇岁朝春谚语为辘轳体索和	170
247. 达人于元宵日夜宴，即席赋诗	170
248. 祝濠观老人八十	171
249. 再和景逸感怀诗	172
250. 题明成化安喜宫金汁书写普门品，并五十三参图册	172
251. 聚星雅集纪事	173
252. 题翁子光潮汕方言	173
253. 祝冷禅七十	174
254. 题沈燕谋南村勘书图	175
255. 鼎三表弟在沪两月又将言归，感赋一首	175
256. 题蒋仲翔陆沉草	176

257. 咏仁七十初度，以述怀两律见示并索和，成七古一篇……………… 177
258. 奉怀逋叟并示寿吹二老…………………………………………………… 178
259. 简董逋叟……………………………………………………………………… 178
260. 鲁渔以大耋吟见示，谨次原韵赋成一篇…………………………………… 179
261. 癸未上巳巨山宴于沪江别墅，宴毕摄影，巨山先成一诗，次韵奉和 180
262. 和谢冶庵甲申………………………………………………………………… 181
263. 题朱晦翁天地正气立轴……………………………………………………… 182
264. 叠韵和谢冶庵………………………………………………………………… 183
265. 逸沧贺我重游泮水，次韵奉答……………………………………………… 183
266. 蒲石居士以怀旧雅集聚于通园，纪事诗一律见示，次韵奉和…… 185
267. 答蒲石居士…………………………………………………………………… 185
268. 秋雨吟………………………………………………………………………… 186
269. 吹万、逋叟和我秋雨诗，爰叠均成一律…………………………………… 186
270. 朴安以谢联诗见示，次均奉酬……………………………………………… 186
271. 陶社展重阳雅集感赋………………………………………………………… 187
272. 和谢冶庵消寒第一集韵……………………………………………………… 188
273. 甲申除夕……………………………………………………………………… 188
274. 次韵和周孝怀七十感怀 乙酉………………………………………………… 189
275. 耐叟以扬州杂感八绝见示，谨作五古一篇酬之…………………………… 190
276. 赠冯卜蕃……………………………………………………………………… 191
277. 贺卜蕃生子…………………………………………………………………… 192
278. 题苇一画梅…………………………………………………………………… 192
279. 益谦有台湾之行赋诗赠别…………………………………………………… 193
280. 八十述怀仍叠重游泮水寒酸字均…………………………………………… 193
281. 上巳日陶社诸社友以余重游泮水兼七十有九公宴于玉佛寺，
    赋长句答谢……………………………………………………………… 195

282. 叠韵寄田耐叟 …………………………………… 196

283. 题方正学血翰卷 …………………………………… 197

284. 酬禹修和我上巳日玉佛寺答谢诗 …………………………………… 198

285. 题谢冶庵校书图 …………………………………… 198

286. 玉佛寺上巳日承同人公宴赋谢诗一百首，巨山次韵和我，再叠奉和 199

287. 和忆梅老人七十述怀 …………………………………… 199

288. 禹修因抗战胜利，次杜工部收京三首韵见示，赋此奉酬 …………… 200

289. 晤养千于沪滨，喜赋一律 …………………………………… 201

290. 题李墨卿惜阴轩课子图 …………………………………… 201

291. 题杜词仙蕉雨庵遗集 …………………………………… 202

292. 八月十一日黎明忽闻和平之声溢于里巷，喜而赋此 ………………… 202

293. 寿周孝怀七十晋一 …………………………………… 203

294. 题刘度尘嵒公赠诗手卷 …………………………………… 203

295. 谢张雍九邀饮 …………………………………… 204

296. 寿季景范七十晋四暨贤配陶夫人七十 …………………………………… 204

297. 书国殇张在森上尉纪念册后 …………………………………… 205

298. 赠蔡北崙 …………………………………… 206

299. 题邹志兼泖滨濯足图 …………………………………… 207

300. 葩叟属题南汉广州长寿寺钟拓 …………………………………… 208

301. 逋叟自北平寄一律与葩叟及余，次韵奉答 …………………………………… 209

302. 耐叟逋叟皆有诗来，仍次前韵答和 …………………………………… 210

303. 挽徐宣武 …………………………………… 211

304. 余藏名贤尺牍约近百册，经事变皆散失，翰甥于通城书摊购
　　还三通，余以一通贻甥，并题数字于后 …………………………………… 212

305. 剪淞社复集 …………………………………… 212

306. 贺逋叟重游泮水 …………………………………… 213

307. 画苑自嘲 丁亥	214
308. 葩叟以冬心自写像诗见示，次韵奉和	214
309. 题冬心巧遇图	215
310. 近仁祝我八一生辰，次韵奉和	216
311. 上巳日聚星社在广才校舍修禊	217
312. 寄田耐叟	218
313. 十一月七日午后风雪交加之时，宛叟忽然莅止，欢喜无似，赋诗两章呈教	218
314. 丁亥除夕	219
315. 答和陈文无	220
316. 次韵和宛叟并寄冶庵	220
317. 怀超社第一集公宴，兑之世兄拈得来字	221
318. 题遐翁双钩绿竹	222
319. 题郑逸梅近代野乘	223
320. 访黄宾老，以所释周末古文字示余，赋此呈教	223
321. 戊子中秋日集金氏亦庐，公祝杨宛叟八十，戴禹修、廖味容、张伯初、罗鲁斋七十，为主人者十四人。是晚戴敬庵、闵瑞之、瞿蜕园作画，高吹老题识，宛叟赋诗，极一时之盛。余亦次宛叟韵成诗三首	224
322. 志甘同社邀饮于田耕堂，赏荷聆曲致足乐也，赋此纪事 己丑	225
323. 贺兑之新居次果园韵	226
324. 寄黄宾叟	227
325. 蜕园花朝生日，为作花朝诗以博一灿 庚寅	227
326. 逋叟谓客腊仲贞子寄示范伯子赠孙童子诗一首，云距今已七十年矣，作一诗博笑，次韵奉答	228
327. 暮春游西湖	228
328. 耐叟劝葩叟善珍摄，不宜多作诗。葩叟十六叠葩涯韵，谓日事	

游戏借此消遣。余谓两说皆是，九叠原韵寄耐叟葹叟 ………… 229

329. 题虞美人双白头鸟图………………………………………… 229

330. 浦叟一次叠韵至十二首，卷叟以止战之身复又出马，亦至三十七八叠，爰叠韵寄浦叟卷叟 …………………………………… 230

331. 卷叟以三十五六七叠韵示余，答诗一律 …………………… 231

332. 翰甥有诸老新篇日日加句，报以一律 ……………………… 231

333. 炎暑中宵忽逢皓月，圆圆皎皎，不尽流连，叟以诗来，确有同嗜，爰叠韵报卷叟 ………………………………………………… 232

334. 怀宾虹叠韵 …………………………………………………… 232

335. 题张啬师遗札 ………………………………………………… 233

336. 题柳如是芦萍草虫画幅 ……………………………………… 233

337. 读李佩秋室邬絅之状，书后 ………………………………… 234

338. 赠友 …………………………………………………………… 235

339. 贺黄蔼农得孙 ………………………………………………… 236

340. 答夔厂次韵 …………………………………………………… 236

341. 次谢冶庵韵 …………………………………………………… 237

342. 虞琴和我重九诗，次韵奉答 ………………………………… 237

343. 叠韵和冶庵 …………………………………………………… 238

344. 题己未夏宾虹画幅 …………………………………………… 238

345. 题戚南塘山水尺幅 …………………………………………… 239

346. 题赵晋卿乔松慈竹图 ………………………………………… 239

347. 题凌瑚花鸟画帧 ……………………………………………… 240

348. 次韵寄宛叟并示蜕园 ………………………………………… 242

349. 心禅同年录一诗见示，次韵率和 …………………………… 242

350. 寿陈湛如七十 ………………………………………………… 243

351. 心禅有寄南昌友人和诗，甚可讽诵，次韵两律 …………… 243

15

352. 九老 244

353. 和戴敬庵 245

354. 新元旦淞滨雅集即事三十韵 246

355. 和果园辛卯元旦韵 248

356. 和心禅岁除前一日雪后韵 248

357. 题漳州王宗敬先生蛇崙展墓图 249

358. 宾叟锡我古鈢印章，有虫篆"寿命昌重"文，谨拜嘉惠，赋诗答谢 249

359. 题逋叟半园肄雅堂图，次原韵 250

360. 答贯微和果园元旦韵 251

361. 张仲如八十生日示我一诗嘱和，次韵奉答 251

362. 二月十四日八十五岁生日，是夕约虞老同酌，以诗代柬 辛卯 252

363. 辛卯二月十四日八十五岁生日，逋叟有诗来祝，卷叟亦次韵一首，谨次奉答 252

364. 心禅同年以独旅写感一诗见示，次韵奉答 253

365. 题唐嵩山梦砚得砚记后 253

366. 勤士书来报以两律 254

367. 唐侣笙从无锡来，备润资索书契文楹帖，感赋一首 255

368. 春归 255

369. 怀沈瘦东 256

370. 次黄蔼农五月五日韵 256

371. 农山同年招饮淡井庙，心禅有诗，次韵呈两君 257

372. 为冲甫题嘉兴钱氏先德遗简 258

373. 寿荷妹六十 259

374. 王孟绿八十一岁，室人苏本岩八十二岁，夫妇六十年赋诗志庆 259

375. 冶庵以一诗寄我，次韵奉答 260

376. 次逋叟画苦热韵 260

377. 次逋叟不寐志感韵 ······ 261

378. 读心禅诗集又得两绝 ······ 261

379. 金雪叟以诗四律见贻，次韵奉答 ······ 262

380. 刘啸篁将去巴东有诗留别，答和 ······ 262

381. 逋叟秋夜对月，有怀江南诸诗老两律见示，次韵奉答 ······ 263

382. 怀耐叟 ······ 263

383. 前题 ······ 264

384. 卷叟惠我殷虚书契考释，次而字韵赋诗答谢 ······ 264

385. 卷叟惠我河南图书馆各石拓片全套，仍次前韵答谢 ······ 265

386. 寒香馆遗编书后 ······ 265

387. 书辛太夫人传略后 ······ 266

388. 题朱积诚听竹居治印图 ······ 266

389. 送别吴敝廷之北平 ······ 267

390. 题袁孟醇雪野草堂读书图 ······ 267

391. 次韵复聂约庵 ······ 269

392. 鼎三表弟来沪喜赋一诗 ······ 269

393. 口占两绝贻孙正刚 ······ 270

394. 次和福湖大楼卷叟遣兴诗 ······ 270

395. 学契文四十载，近三四年中似觉挥洒自如，左宜右有，乃知之少，赏识无人。果叟热心老友向人说项，为点缀卒岁之资，感赋一律 ······ 271

396. 次卷叟答补叟福湖大楼诗韵 ······ 271

397. 逋叟以徐石雪画松竹庐寿苏图成诗两律，兼寿耐叟、卷叟，见示次韵奉和　壬辰 ······ 272

398. 前成寿苏诗两首，意犹未尽，仍次逋叟韵赋两律 ······ 273

399. 廖味容约午酌，宋静庵以一律见示，次韵奉和，兼呈味翁、心翁、景翁 ······ 274

17

400. 寿钱士青八十 … 274
401. 虞琴与余同八十六岁,虞生口在花朝前一日,余则在花朝后二日,其处境亦略同。诗以寿之,亦不悉其为寿人、抑自寿也 … 275
402. 兑之花朝日生,今年五十晋九,诗以寿之 … 276
403. 张蜇公荣培 重游泮水次韵答和 … 277
404. 强化诚以小兢斋家食酬唱编相赠,用答一诗 … 278
405. 虞琴以亡室华夫人合影作行看子,属题 … 279
406. 严孟繁约虞琴、公威及不佞至聊斋茗饮 … 279
407. 题陆氏文献 … 280
408. 题刘啸篁慎余录 … 282
409. 贺唐蔚芝重宴琼林 … 282
410. 又五律四首 … 283
411. 又七律一首 … 284
412. 清明 … 285
413. 题影岫楼得金人古镜事 … 285
414. 书得汉八子九孙镜 … 286
415. 访袁则先畅谈,归赋一律 … 287
416. 再次韵复瘦东 … 287
417. 咏紫藤花次孙厘才韵 … 288
418. 次则先韵和一首 … 288
419. 和俞瓶叟玉书八十述怀韵 … 288
420. 罗鲁斋以题庚寅九老图诗见示,不佞亦在九老之内,谨次韵答和 … 290
421. 赠辛如珍女士 … 290
422. 贺蔚老重宴琼林 … 291
423. 钱立三将北上,临别索诗,次范九韵赋一律 … 292
424. 许来青五十 … 292

425. 卷叟为张献廷写诗两短条，献廷索余书，足两绝句付之…… 293

426. 金磷叟先生　世寿百龄纪念…… 293

427. 次秦伯未闲居书事韵赋两律…… 294

428. 比邻林介庵来访并示以诗，次韵答和…… 295

429. 次戴敬庵八十述怀韵…… 296

430. 叶澹公谢我契文联，次韵答和…… 297

431. 题狄平子画竹　其甥赵敦甫嘱题…… 297

432. 伯未谢我契联以长古见示，感赋…… 298

433. 谢伯未馈诗画扇…… 299

434. 心禅以张公威　彦　画山水横幅嘱题…… 299

435. 辛卯初春海上文流雅聚…… 299

436. 寿鹤亭八十…… 301

437. 张竹怀六十九岁征诗，以五古一篇付之…… 302

438. 心禅五月二十九日晦生日，有自寿诗两首，次韵奉祝…… 302

439. 记辛卯孟冬得顾二娘制砚事…… 303

440. 以顾二娘砚付大展外孙并媵以三绝句…… 304

441. 贺顾彬生夫妇金婚…… 305

442. 谦斋以赠葩叟诗见示，次韵奉和…… 305

443. 谦斋以咏西堂见示，次韵奉答…… 306

444. 谢谦斋为我销契联，赋一律…… 306

445. 记辛卯孟冬得螺蚌式古砚事…… 307

446. 心禅旧有游园诗三绝，赵苇佛和三首，心禅次答，见自在流行之趣。不佞亦勉成三诗，愧弗及也，寄心禅、苇佛两叟…… 307

447. 谦斋叠前韵寄示一律，次韵奉答…… 308

448. 挽高野侯…… 308

449. 竞翁邀约春风松月楼素斋，赋谢兼呈淞生心禅…… 309

450. 秉农山同年有病中口占一诗，依韵奉和 ……………………… 309
451. 三楼傍晚坐卧一榻之上，见月冉冉东升，清光可爱，赋一律遣兴 310
452. 果园、文无游锡，侣笙与诸吟老偕游两日，侣笙有诗甚可玩诵，
　　果老属和，心禅已成一律，赋此录寄侣笙、果老、文无 ……… 310
453. 谢谦斋治印 …………………………………………………… 311
454. 题韬光授经图　中座者为姚子梁，傍座者为诸筱甫，授经授孝经也 311
455. 次和高卷叟 ……………………………………………………… 312
456. 次卷叟韵赠心老 ………………………………………………… 312
457. 和淞生 …………………………………………………………… 313
458. 谢侣笙惠诗并厚约 ……………………………………………… 313
459. 雪叟、心禅、味容、苇佛皆用谦斋韵赠卷叟，叟一一答和，各如其
　　分，不佞亦赋得一首寄卷叟并示诸子 ………………………… 313
460. 读卷叟答味容诗有感，于中赋此 ……………………………… 314
461. 和周蛰庵生日口占诗 …………………………………………… 314
462. 七月十一黄昏时，余坐卧一榻之上，见半环孤月冉冉由东向西，
　　清光可爱，率成一律 …………………………………………… 314
463. 谢缪谷瑛屏扇画菊，赠以四绝 ………………………………… 315
464. 展案头乃有淞生诗两章，次韵答和 …………………………… 315
465. 第六孙家瓶十龄，诗以畀之 …………………………………… 316
466. 周若溪一年游遍二十七省，征诗纪事 ………………………… 317
467. 中秋书感 ………………………………………………………… 317
468. 中秋书感，承卷叟、心老、还老、未老、果老、谦翁和作纷至，
　　谨赋一律申谢 …………………………………………………… 318

孙儆诗稿拾遗

1. 丁未二月答陈绥生仍用鹤亭原韵 …………………………………… 322
2. 三月友人饯饮，即席赋此，仍用前韵 ………………………………… 322
3. 暮春里中诸同学君子饯别赋此 ………………………………………… 322
4. 暮春杨静子饯别于通，答此用前韵 …………………………………… 323
5. 初夏由沪至汉乘轮，望沪有感，仍用前韵 …………………………… 323
6. 四月中旬宿巫山，知与久公相晤不远，喜而作此 …………………… 324
7. 四月入蜀，舟行遣兴 …………………………………………………… 324
8. 诣神户中国总商会 ……………………………………………………… 325
9. 日人招饮红叶馆为红叶之舞，因以红叶舞命题得四截 ……………… 325
10. 咏日本风俗 ……………………………………………………………… 326
11. 题费范九冯文介师遗牍 ………………………………………………… 327
12. 翰甥有诗加入剪淞社，又成一律贻各同人，次韵答和并望吟定 …… 328
13. 叠翰甥吟字韵并望吟定 ………………………………………………… 328
14. 播音台，咏海上新事物 ………………………………………………… 329
15. 说书场，咏海上新事物 ………………………………………………… 330
16. 救护车，咏海上新事物 ………………………………………………… 330
17. 帽帽船，咏海上新事物 ………………………………………………… 331
18. 读文无新诗，步韵并呈果园诸君子 …………………………………… 331
19. 和云山主人韵 …………………………………………………………… 332
20. 陶社消寒会预作坡公生日，不佞适得吹万居士寿苏之作索和，复成一诗，录呈诸同人吟定 …………………………………………… 333
21. 乙酉重游泮水，既叠陈文无谢冶庵消寒酬唱韵成咏怀诗八首，再成七古一章，乞同社和玉 …………………………………………… 334

22. 乙酉立秋后五日陶社诗钟之会 ·· 336
23. 锡山樵子整归编，歇浦群公展画筵。未到中秋蟾魄敛，预期上界月轮圆。转移造化知无力，假借时光喜有权。电炬争辉银烛隐，从今漫唤奈何天 ·· 337
24. 和沈瘦东四两斋宴集韵 ·· 338
25. 次逋叟书幸韵 ·· 339
26. 题王摩诘六奇图二绝 ·· 339
27. 法审仲为先德征诗，成五古一篇应教 ·· 340
28. 越日又成一律，仍次原韵 ·· 341
29. 题杨建亭像传及谱系卷 ·· 341
30. 丙戌旧除夕 ··· 342
31. 生活四咏效葩叟体 ·· 342
32. 读蒲翁灵犀曲后 ·· 343
33. 登狼山 ··· 344
34. 游留园 ··· 345
35. 西湖杂咏 ·· 346
36. 松涛族叔以松庐校谱图属题 ··· 347
37. 登苏门山 ·· 349
38. 姜吴夫人七十寿诗 ·· 349
39. 秋热寄吹万冷禅 ·· 350
40. 丙戌十二月二十八日，为葩叟六十晋九之辰成小诗四首奉祝 ········· 350
41. 题顾景炎圜铁盒图并序 ·· 351
42. 寿鹤亭 ··· 353
43. 桂末辛有七十述怀六章见示，复以七古一篇 ······························ 354
44. 题倪高风日高风不止楼图 风日歌，仿古乐府 ···························· 355
45. 士青老友大耋志庆 ·· 356

46. 瞿文慎先师六月十五日生日，时危停祀，卷叟次超览楼韵先成两诗，次韵寄兑之并示卷叟 ………… 356

47. 樱子妇四十 ………… 357

48. 翰甥葆女五十 ………… 358

49. 辛卯六月十四日，成两绝书付大展外孙 ………… 360

50. 题范肯师团扇 ………… 361

51. 小春月二十二日小展外孙生辰，沧叟书此两诗付之 ………… 362

52. 题曹公亭 ………… 363

53. 书刘孝女事略后 ………… 364

54. 题瓶粟斋诗话三续编 ………… 365

55. 和聂约庵 ………… 365

56. 敬题蔡哲夫先生寒月吟录呈郢正，丁丑春二月 ………… 366

57. 敬祝宣武先生五十寿辰 ………… 367

58. 题张寒叟暨德配百卅岁齐眉图壬午秋 ………… 367

59. 仲坰兄贻我邰亭印稿，又自制餐霞阁印存，谨成两绝录呈郢正 … 368

60. 祝萍叟六十大庆录希郢正，孙儆呈稿，年八十一 ………… 369

61. 题赠昆三先生 ………… 369

62. 庚寅春仲题张竹怀像 ………… 370

63. 用契文集成五绝二首 ………… 371

64. 言契文书法 ………… 371

65. 高风先生属题壬辰岁兆图 ………… 372

66. 用甲骨文集古诗得感事一首，逸材先生两正，庚辰夏孙儆时年七四 1373

67. 皆陶靖节诗，以甲骨文集古诗，得感事四首，录四之一，辛巳秋月，孝丞先生正之，孙儆时年七十有五 ………… 373

68. 用甲骨文集陶诗得十首，今录其一，工拙不计也，壬午夏五月，申夫贤友正，孙儆时年七十五 ………… 374

69. 皆陶句，用甲骨文集成，壬午暮春月，抱真先生雅正，孙儆时
    年七六 …… 374
70. 皆太白句，癸未春孙儆集甲骨文 …… 375
71. 甲骨文集陶三首 …… 375
72. 甲骨文集陶句成一绝 …… 376
73. 贞卜文集陶句成一绝 …… 376
74. 用贞卜文集陶句 …… 377
75. 用贞卜文集杜甫诗句成一绝 …… 378
76. 用商契文集杜工部句 …… 378
77. 用甲骨文集陶句得二绝 …… 379
78. 用甲骨文集陶句得二绝 …… 379
79. 用甲骨文集陶句成一绝 …… 380

参考文献 …… 381
人名索引 …… 384

序一

缅怀先祖孙儆

贤甥李文昭花了多年时间收集到近800首先祖孙儆的诗篇,并加上注释、按年份进行了编排,编释成《孙儆诗稿》一书,这可能是迄今为止涵盖时间跨度最长(1904—1952年)、诗稿篇数最多的一册《孙儆诗稿》。

要全面理解弄懂先祖孙儆诗作有一定的难度,他老人家学识经历丰富,诗中引用的古典多,交友广,没有深厚国学、文学基础很难真正读懂。李文昭以锲而不舍的钻研精神和坚韧不拔的毅力对各典故一一查找考证,对诗中所提及的友人进行了介绍,他对编释工作一丝不苟、严肃认真,往往为了一个注释花费很长时间到处查询,力求做到有根有据,这一务实精神应当受到称颂。

《孙儆诗稿》一书的出版为读者阅读提供了便利条件,也为研究孙儆思想的专家学者提供了内容翔实的资料宝库。

我是祖父孙儆的长孙,1931年生于南通金沙,1937年进入孙氏小学启蒙,1938年日寇侵入金沙,全家四处避难,5月我随父母避居上海,祖父是最后离开金沙老家一人独自到达上海的。

祖父到上海后先是借居在安远路金城里唐伯雄家,后迁至康定路绿杨邨49号与家父孙蜀生一家住在一起,再于1939年初迁至同在康定路离绿杨邨不远的庆余坊5号,他老人家在此安居了长达十年之久,并自号为"庆康老人"。

祖父对我特别关爱,初到上海的六七年我一直与祖父居住在一起,祖孙二人同床而卧，因此我有更多机会直接受到他老人家的教诲，我小学二年级时，祖父就亲自给我讲授《论语》《古文观止》，并亲自书写了"人一之，己十之，人十之，己百之……"诗篇赠与我，勉励我要以十倍于人的努力学好本领为国效劳，在他老人家言传身教下我初步树立了要读好书、做正直人的观念。

1947年我初中毕业，正值抗日战争胜利不久，他老人家获知江苏省立上海中学已在龙华原址复校的消息，该校曾连续多年在全省会考中名列榜首，祖父坚信名校、名师是培养优秀学生的前提。在他老人家极力主张和鼓励下，我进入了上海中学。在学校中我接受了德智体的全面教育，它是我人生成长过程中十分重要的阶段，我受用了终生！

1951年我进入东北工学院电机系学习，祖父对我所学的专业很满意，认为国家建设正需要这类人才。当时他老人家已85岁高龄，对我的学习生活仍十分关心，询问我是否适应东北的饮食和气候，以及学校的教学情况，还千方百计在经济上接济我。并和我约定他老人家每月给我写两封信，也要求我每月至少写一封信报告我的学习生活情况。

在庆余坊居住期间祖父虽已年逾古稀，身体仍然硬朗，精神矍铄，步履稳健。经常独自一人出外访友或参加社团活动，总是步行或乘坐公共有轨电车。

他平时在家每天上午都是阅读古书和书写甲骨文对联，有时与来访友人谈诗论文，过着平静充实的生活。当时唯一困扰他老人家的是经济上日益拮据，不得不鬻字来弥补，曾几次在上海宁波同乡会举办字画展览会，当时最受参观者青睐的是他老人家书写的甲骨文对联和与家母杨蓬雪合作的扇面。

年过八十以后祖父独自一人在庆余坊生活日显困难，1948年正巧二姑父冯雄夫妇返回上海，下半年他们一起迁入辣斐德路（今复兴中路）颖村7号居住，祖父称此寓所为"斐庐"。由于生活上有二姑母的悉心照料，排除了后顾之忧，祖父又恢复了平静安定的生活，继续看书写字、与友人谈诗论文，祖父在"斐庐"的最后四年的生活是安详幸福的。

如今祖父离开我们已有六十八年，我在有生之年有幸读到《孙徵诗稿》

（初稿），心潮澎湃久久不能平静，从该书中我更多地了解到祖父的经历、祖父的思想和为人，诚如祖父的至友冒鹤亭在纪念他老人家的文章中所说："君之持己，虚怀若谷；君之接物，温颜如玉。"祖父永远是我们学习的楷模！

孙家鹏

2020 年 5 月

序二

尘世事非无月旦，愿凭杯酒论英雄

　　发现孙徼（我外祖母的父亲）的诗稿纯属偶然。2017年为了撰写外祖父冯雄的年谱，我赴北京中科院文献情报中心查阅资料，在罗琳教授的帮助下，看到了该中心所藏归类于冯雄稿本的多部手稿，其中一册封面为"诗稿"的未署名稿本，用小楷书写，既不是冯雄的笔迹，也与冯善征（冯雄的父亲）的字迹不同。我当时大致翻阅一下，看到有一首写给"翰甥"的诗，"甥"是旧时代岳父对女婿的称谓，便想到有可能是孙徼所写，于是进一步翻看，遂又发现了另外一首写给"大展外孙"（冯展，冯雄之子，我的大舅舅）的诗，由此确定为孙徼诗作无疑。

　　作者找到了，接下来是抄写者的求证。经对照孙徼本人手稿，字迹不符，我把照片发给家彪舅舅，他说"像是三叔的字"，指的是孙徼第三子孙道东，于是进一步核对孙道东的其他手稿，并且请道东舅公之女婉娟、寿娟、尚娟三位阿姨辨认，最终确定这本"诗稿"确实为孙道东所抄写。

　　孙徼的这部诗稿，最早写于1904年（38岁），最晚为1952年（86岁），横跨近半个世纪。从时间分布来看，多寡不均，以晚年作品居多，缺少1907年至1910年在四川时的作品，有的年份也只有寥寥数首，表明有相当数量的作品未能保存下来。尽管如此，这部诗稿仍然弥足珍贵，一个文人以诗歌的形式，在长达半个世纪里，写下了人生每一步的感受，直到生命终结，给读者提供了一个观察自晚清到中华人民共和国成立这一历史阶段士绅阶层精神面貌的窗口，具有一定的历史文化参考价值。

孙儆，字谨臣、瑾丞，号沧叟、庆康老人，江苏通州金沙镇人，生于清同治六年（1867），卒于中华人民共和国成立之初的1952年，享年八十六虚岁。孙儆生于书香世家，曾祖父孙学诗是国学生；祖父孙效彭，攻举业屡试未售，因病早逝，遗著有《以轩诗存》一部；父亲孙汝霖，光绪十七年（1891）举人，开设社学霞山书院，闻名乡里。孙儆的外祖父曹福和母舅曹衡都是秀才，母亲曹氏幼承家学，十八岁嫁到孙家，育三子，儆为长。孙儆四岁由母亲启蒙，六岁入私塾，从金沙当地末正中夫子学习，末夫子讲授《大学》，母亲已先一日连朱注授之。待年龄稍长，母亲将孙儆送到南通城里的舅家，跟随颇有名望的塾师王尤[1]学习，因王尤与名士范当世交好，后又投帖拜范当世为师[2]。孙儆十九岁考入州学，二十一岁入江阴南菁书院，师从经学大师黄以周。光绪二十六年（1900）三十四岁时任江苏宝山县训导，光绪二十九年（1903）赴京师应试经济特科未售，同年秋乡试中式。光绪三十三年（1907）派任四川省青神县知县，三年后辞官回乡。

辛亥鼎革，民国肇起，同当时许多乡绅一样，孙儆被推举为地方自治的首领，先后出任南通县金沙市（县辖市）首届自治议事会议长、南通县教育会会长，并且兼领多项地方职务，1912年当选江苏省第一届省议会议员，1918年连任第二届省议员并当选为副议长。

孙儆深信教育可以救国，他曾说："国何以弱？识字者居十之二三，不识字者居十之八九，是故学校不可不立。吾乡里子弟，皆吾子弟，子弟有不识字知文义者，父兄之责有所未尽……古人有云：'遗子黄金满籝，不如教子一经。'余则云：'遗子黄金满筐，不如兴学一方。'余同族出人才，余心慰，余乡里出人才，余心尤大慰。"[3] 尤其是1914年他到日本考察时，

---

[1] 王尤（1850–1892）字西农，号云悔、小亭，江苏通州人，肄业于江阴南菁书院，光绪十一年（1885）举人，光绪十二年（1886）连捷进士，改庶吉士，光绪十八年（1892）病逝于天津。（赵统《南菁书院志》，上海书店出版社，2015年，第492页）

[2] 见孙道东《霞西琐话》，稿本，1980年。范当世与孙儆的师生关系，除了在《孙儆乡试硃卷》和《范伯子赠孙童子诗》有所显示之外，还可以从本书"拾遗"第五十首《题范肯师团扇·序》，和《冯善征书简》第66通《范况致瑾臣长兄函》中窥之较多交往细节。

[3] 孙儆《孙氏小学校记》。孙汇洋、孙汇和主修《孙氏宗谱图咏》，南通义生印刷所代印，民国十八年（1929）。

看到日本"百事祖教育，人人知其旨。佣女明国情，舆夫持报纸"（《咏日本风俗》，本书"拾遗"第十首），触动很大，故在主政期间不遗余力地办学，在金沙市及各乡建立小学、初级中学等四十余所（见本书第83首《六十述怀》）。他个人出资建立的孙氏私立高等小学，占地40亩，有校舍77间，雨道24间，花房6间，有花园、假山、荷池，图书仪器等俱全，成为当地新式学校的榜样，获得大总统徐世昌颁发的嘉禾勋章。如今孙氏小学已成为享誉一方的南通市通州实验小学，其创办并担任校长的南通县立初级中学，也已发展成为江苏省通州高级中学。

1938年5月，日军侵入金沙造成社会动乱，孙儆的住所兼藏书楼经畲楼遭抢劫焚毁，数万册古籍、手稿、字画、金石古物等毁于一旦（见本书第140首《回忆》）。年逾古稀的孙儆被迫流亡上海，此后直到去世，从未回过家乡。孙儆晚年遭受这样大的变故，对他的精神打击是巨大的，当他得知苦心经营多年的经畲楼被焚毁时，十分悲伤："七二衰翁有几春，洪流大祸乃及身。我得我失亦何恨？呜呼！经畲一毁兮不重新！呜呼！经畲一毁兮不重新！"（本书第139首《得家报悉经畲楼被焚，瀛儿恐余懊丧不使余知，故及今方悉，赋数言志慨亦无聊之极思也》）然而当朋友们向他表示慰问的时候，他则表示："不与劫灰尽，遥知天眷长。百珍虽灿烂，万事本空茫。有聚终应散，为祥即是殃。烟云曾过眼，何必论存亡。"（本书第137首《范九闻经畲洗劫有诗慰我次韵奉酬》）他表现出了理性与自我宽慰。半年以后，剪淞社以经畲楼为题征诗，孙儆写了一篇长达六十四句的五言长诗，在回忆了斯楼往日的美好以及毁灭之后，最后写道："又况风烛翁，何必怀怨怼。笔砚日勤劬，飞仙真不啻。"（本书第157首《剪淞社友以经畲楼命题，届时必多名作，谨先成五古一篇》）此时我们看到，他的心已经放下了，老人靠自己的"笔砚"慢慢地走出了人生的低谷。1946年2月孙儆80岁生日，他写了一组共四首七律《八十述怀仍叠重游泮水寒酸字均》，其中有这么几句："有味诗书原共命，沁心冰雪那生酸。布衣疏食余能惯，囊橐无钱梦也安。""屋似小舟能啸傲，书连卧榻任翻看。"虽然落难，房屋狭小，布衣疏食，然有诗书陪伴，仍可啸傲，人生足矣！在学生们的帮助引导下，他加入了剪淞社、陶社、怀超社、聚星社等文学团体，结交旧雨新知，参加他们的春季修禊、寿苏会、赏荷、消寒以及诗钟游戏等多项活动。他还以鬻字来改善生活，经过多年研习揣摩创作出甲骨文书联，虽然懂得欣赏的人少，但他并不介意，相信卞卹之玉终有人识。有一首诗记录了陶社诗人唐鸣凤前来求购甲骨文书联时自己喜悦的心情："殷虚惭搁管，昆竹待知音。莫谓无人赏，来听海上琴。"（本书第367首《唐侣笙从无锡来，备润资索书契文楹帖，感赋一首》）孙儆还用鬻字所得帮助同样生活困难的诗人沈瘦东，这在郑逸梅《艺林散叶》（本书第369首注）和沈瘦东的诗（本书第468首附诗）中均有记载。

　　1952年农历九月十二日，孙儆在上海复兴中路颖村7号寓所病逝，老友们纷纷悼念，黄葆戉为遗像题字，冒鹤亭撰写像赞辞，高吹万题名墓碑，七七日过后，唐文治、田毓璠、劳念祖等数十人集会追思孙儆，以其表里如一、道德博文而谥以"愨文"。

　　孙儆在南菁书院主修经学，南菁书院的校训："多闻阙疑，不敢强解；实事求是，莫作调人。"[1] 似乎也体现在他的诗中，即严谨有余而浪漫不足。他的诗不乏佳作，比如描写抗日战争的《敉安客秋仿杜工部秋兴叠至二十四章，今秋又以叠前韵见示，谨次奉呈，并简鹤亭》（本书第151首），一组八首七律，从各个不同角度描写战争，场面宏大，慷慨悲壮，堪比史诗；古风《题陆氏文献》（第407首），引经据典，多闻博学，令人叹服；写给亲属晚辈的诗，浅显易懂，暖意融融（略）；记叙诗友聚会的诗《新元旦淞滨雅集即事三十韵》（第354首），描绘场景点评老友诙谐生动，读之如临其境；在《题耕烟散人松风涧响图》一诗中（第191首），孙儆对吴湖帆擅改王翚画作原题作出尖锐批评，早年他在南菁书院时即著文指出段玉裁注释《说文》某字之误[2]，体现出他一贯的耿直。还发现一些记录其成长经历呈现价值观的诗，比如《逸沧贺我重游泮水，次韵奉答》（第265

---

[1] "多闻阙疑，不敢强解；实事求是，莫作调人。"这十六个字实为南菁书院院长黄以周之座右铭，因南菁诸生受此影响甚深，可视为校训。见赵统《南菁书院志》，上海书店出版社，2015年，第173页。

[2] 孙儆《释凸古文鬲》，见《南菁文钞》卷四，光绪二十七年（1901）。

首）、《六十述怀》（第83首）等，而《题范肯师团扇》（拾遗第50首），则可窥见其学术思想。

　　本书收集整理的《孙儆诗稿》包括两部分内容，第一部分为孙道东诗稿抄本，为主要部分，共有468个诗题，约六七百首诗，均按照诗稿原有顺序全部收入。第二部分"拾遗"，有81个诗题，一百数十首诗，来自以下方面：

　　冯善征《达庐诗录·附录》韩庚抄本，这是民国五年（1916）的一个本子，抄录者为冯善征的仆人韩庚，此抄本与民国十六年《达庐诗录》刊本相比，除了收录范围不同以外，主要是附录了大量唱和者的诗，其中包括孙儆诗稿抄本未见的早期诗作，以及1907年孙儆入蜀前后其多位友人的唱和之作，不仅填补了诗稿所缺失的一些重要内容，还为部分早期作品写作时间的确认提供了依据。

　　中科院情报文献中心收藏的孙儆《东游笔记》稿本、费师洪编《冯文介师遗牍》手札和冯雄《彊斋诗草》稿本，约十余首诗。

　　孙道东编《沧叟遗稿》稿本。孙道东在50年代抄录"诗稿"之后，又于80年代初将遗漏在外的孙儆作品编为《沧叟遗稿》，剔除重复的，还有十多个诗题的三十余首诗。

　　陈名珂编《陶社丙集》中的作品。

　　登载于《苏讯》月刊的作品，为1946年至1947年之间。

　　孙儆后人保存的诗稿、书札、书法作品以及零星采集到的作品一共三十余首。此外还有一些集句诗，配以甲骨文书法，兼具趣味性、观赏性，也适当采入。

　　合并后的两部分仍袭用抄本"诗稿"原称，定名"孙儆诗稿"。作者的这些诗作最早的距今120年，最晚的也有70年了，当时的社会价值观与今天大不相同，为了保持作品原貌，真实呈现历史，本书除对个别文字校正以及将少数几首过长的诗题略作简化之外，未对作品内容作任何取舍删改。为了更好地帮助读者理解作品，在一些答和、题跋诗的下面附录了相对应的他人原作，包括一些鲜为人知的名人作品，以飨有兴趣的读者。

在本书的整理注释过程中，得到了多方面的帮助和支持。首先要感谢中国科学院文献情报中心的罗琳教授，在罗老师的热心协助下，我见到了这部曾经由外祖父冯雄保存的诗稿，是罗老师的善意才使得埋没近七十年的孙儆遗著与他的外曾孙邂逅。"文革"结束后孙道东曾托人到中科院图书馆寻访诗稿下落，得知无果后伤心地写道："珠还合浦，恐无望矣。"如今罗琳老师帮助诗稿重新面世，功德无量，可以告慰道东舅公！

赵统老师的《南菁书院志》可谓是史料的宝库，诗稿中涉及的多位人物，都在这本书里觅得踪迹。南菁学友张家镇曾说："南菁为我苏人文渊薮，自瑞安黄师手创以来，以经学词章分斋课士，士之以考试得优拔贡成，均以夫歌鹿鸣、宴琼林而去者不知凡几。"[1] 从孙儆诗稿涉及的众多南菁学子来看，名副其实。在本书编纂阶段，赵老师特意请到陈介甫先生，为我提供了《陶社丛编丙集》中孙儆的多首诗作，及时补充到书中。四川绵阳郭平老师校阅本书初稿，帮助纠正手稿多处文字辨识错误，并对一些注释提出修改意见。这里一并致谢！

孙氏、冯氏两家的多位亲属，对本书给予了许多关注和支持，如家熊舅舅、婉娟阿姨、寿娟阿姨、尚娟阿姨、张群舅妈等，以及小舅舅冯绵先生、小舅妈刘克定女士，表弟冯宁、冯宇、表妹冯宜，表弟媳吴沁梅、李萍等，尤其是宁、宇、宜三位弟妹急我所急，多次向我提供宝贵的原始手稿、书札、手卷、照片等各种第一手资料，对于充实本书的内容和正确诠释诗稿帮助甚大。

在本书编辑修改过程中，两位高龄老人孙家彪舅舅和凌世瑾大舅妈先后谢世，他们生前都对沧叟公（孙儆，号沧叟）遗作的重新问世寄予厚望，并且尽其所能地帮助我完成。家彪舅舅在去世前抱病为本书撰写序言和题字，大舅妈则将家祭所用的达庐公夫妇和沧叟公夫妇的遗照提供于我，二老之德行，承通州旧家之风，令人景仰。

我本着学习的目的和对先人的崇敬，不揣浅陋，贸然注释这部诗稿，

---

[1] 赵世修著，张家镇编《韵丞诗存·序二》，苏州怀旧庐出版，上海商务印书馆印刷，民国十八年。

自知力所不逮，但为其内容所吸引，不忍放弃，故错误一定很多，敬望读者指教。至于对作者的评价，谨借用孙犙《六十述怀》中的诗句："尘世事非无月旦，愿凭杯酒论英雄。"留待后人评说。

李文昭

辛丑孟秋于常州

孙儆诗稿

1. 次鹤亭[1]送入蜀原韵并志别[2] 甲辰[3]

自笑何如范叔寒[4]，津门纳粟便为官。
时人那识心情恶，良友能如骨肉难。
渤海涛声风莽荡，巫山月色路迷漫。
崎岖蜀道相传惯，极目寥天一倚阑。

【注释】

1. 鹤亭：冒广生（1873—1959），字鹤亭，号钝宧、疚斋，江苏如皋人，举人，清末曾任刑部、商部郎中。入民国任瓯海关、镇江关、淮安关监督等职，后供职南京国史馆。著有《小三吾亭诗》《小三吾亭文集》《疚斋词论》等。光绪二十九年（1903）冒广生应经济特科考试下榻京师南通会馆，与一同应试的作者相遇。冒诗附后（录自冯善征《达庐诗录·附录》，韩庚抄本，民国五年）。

2. 这首诗在作者亲家冯善征《达庐诗录·附录》（韩庚抄本，简称"韩本"）中有收，诗题为《旅京将南旋，即和鹤亭韵以志别》。

3. 甲辰：1904年，"诗稿"抄本原注，但据"韩本"，内有冯善征《丙午云阳官次和冒鹤亭送孙瑾臣入蜀韵》一首，故知作者这首诗也当作于丙午年（1906），原注有误。冯诗附后（录自冯善征《达庐诗录·附录》，韩庚抄本，民国五年）。又据"韩本"中有与"诗稿"第五首《巫山行》相同内容的一首诗，其诗题为《丁未夏入蜀作巫山行》，得知作者正式启程入蜀为丁未年（1907）（见本书第五首）。

4. 范叔寒：范雎，字叔，战国时期魏国中大夫须贾的门人，后在秦国任丞相，他与须贾的一段恩怨故事后来演变为成语"绨袍之赠"，讽刺须贾只知怜贫而不识人才的短视行为（《史记·范雎蔡泽列传》），高适曾有诗句："尚有绨袍赠，应怜范叔寒。"

送瑾臣入蜀作官原韵
冒广生

屑涕西风易水寒，书生竟作入赀官。
世情颠倒儒官贱，乐府凄凉蜀道难。
千里渐看人去去，百年多是夜漫漫。
因君传语冯延巳，早寄双鱼慰岁阑。

丙午云阳官次和冒鹤亭送孙瑾臣入蜀韵
冯善征

说甚平生气骨寒，而今竟作折腰官。
一行惆怅知交寡，百感生疏着手难。
峡水冲寒忽清浅，燕云入梦却迷漫。
诸君远道幸相忆，我亦怀人正倚阑。

2. 北京会馆[1] 赠冯稚香[2]

闻道锦江[3]去，高踪乃驻燕。
相逢真怪事，得伴亦奇缘。
杯酒慰孤客，沧桑阅壮年。
羡君豪兴在，相与醉陶然[4]。

【注释】

1.北京会馆：清代设立于北京的南通会馆，位于宣武门外大街一百九十五号。

2.冯稚香：冯明馨，字稚香，江苏通州人，光绪十六年（1890）肄业于江阴南菁书院，为冯善征的堂侄。冯善征《达庐诗录·附录》韩庚抄本中亦有此诗，诗题为《燕京赠稚香》,同时收有冯明馨的和诗,冯诗附后(录自冯善征《达庐诗录·附录》,韩庚抄本,民国五年)。

3. 锦江:指成都。

4. 陶然:指陶然亭,位于北京宣南(清代宣武门以南地区俗称,今属西城区),南通会馆附近。

和瑾臣赠诗原韵

冯明馨

本无冠盖志,而乃入幽燕。
海峡非陈迹,生徒亦凤缘。
酒楼逢旧雨,经舍说当年。
一样饥驱感,成都去惘然。

用鹤亭韵送瑾臣入蜀

冯明馨

燕山秋早朔风寒,送子津门作宰官。
如我年华愁感易,似君情好别离难。
神驰渤海涛声壮,梦绕巫山月色漫。
阿叔不痴劳寄语,一回怅触一凭栏。

3. 自北京归,渡江望琅山[1]有感,简保少浦[2]

此是家山路,忧心望不前。琅峰仍历历,江水自绵绵。
车马吾云倦,沧桑世几迁。田园无限好,止息在何年。

【注释】

1. 琅山：狼山，位于南通。

2. 保少浦：保厘东（？—1913），字少浦，号翕子，江苏通州人，廪贡生，早年师从范当世，光绪二十一年（1895）肄业于江阴南菁书院。曾任农商部主事、山东省图书馆坐办，编纂有《山东省图书馆辛亥年藏书目录》。冯善征《达庐诗录》中有《挽保翕子》诗一组三首，其中"我时方成童，君年亦未冠"，表明保厘东约长冯善征三四岁，知其卒于癸丑年（1913），推测其生于1865年前后（冯善征《达庐诗录》卷三，第九页，民国十六年）。保厘东诗附后（录自冯善征《达庐诗录·附录》，韩庚抄本，民国五年）。

燕京赠别孙瑾臣并步鹤亭韵

保厘东

偃仰儒官大布寒，敢凭才思薄为官。
高秋八月客星聚，燕市千金游侠难。
满地黄花风瑟瑟，几人朱毂夜漫漫。
江东楼橹乘帆便，省识孙郎兴未阑。

4. 将之蜀，归舟中见琅山有数时之久，作一律简少浦[1]

琅山有意如无意，历碌归途晤数时。
岂以别长偏眷眷，令毋行遽故迟迟。
今番坐对原无厌，他日相思已后期。
朋辈赠诗多少语，不言尤爱此山奇。

【注释】

1. 这首诗与前述三首均作于丙午年（1906）。

5. 巫山行[1]

巫山气势何崚嶒，巫山十二[2]尤天成。
昔日犹传神女下，今日空存神女名。
我今舟宿巫山下，夜半忽来风雨声。
得毋神女降山渚，前驱雷电后甲兵。
呜呼神女不可邌，奇缘易使凡夫惊。
君不见水底蛟龙怒，邌则将有风波生。

【注释】

1. 作者赴四川途中所作，这首诗在冯善征《达庐诗录·附录》韩庚抄本中也有收录，诗题为《丁未夏入蜀作巫山行》，故知作于丁未年（1907）。
2. 巫山十二：巫山十二峰。

6. 登日本布引山[1]观雌雄二泷[2] 甲寅[3]

布引飞泷世界奇，居然一雄复一雌。
不羡神山多名胜，良工点缀人间奇。
架空筑台俾登眺，凉风翙翙侵我肌。
两岸曲折饶幽趣，古树作屏石作池。
又况循性使有用，不令百丈乱奔驰。
万家饮料胥赖是，膏泽源源无竭期。
吾国名瀑知多少，不谙措置余耻之。
奇境沦弃暗无色，余今观此为噫嘻。

【注释】

1. 布引山：日本神户布引山。
2. 泷：瀑布。
3. 甲寅：1914年。作者于1914年5月参加江浙赴日大正博览会实业参观团，在东京、神户等地参观逗留二十余日，其间作随笔数篇、诗数首，回国后收入其《东游笔记》。

7. 赴浅野总一郎[1]茶会

广寒宫阙杳莫攀，琼楼玉宇非人间。
霓裳羽衣无听处，仙人一去不复还。
何物浅野具奇智，园林构造价千镮。
台阶陈列皆古器，佛像陆离见一斑。
上层广厦尤晧旰，金碧嵌饰光斑斓。
再上云屋愈宏敞，职司茶果均娟鬟。
询问乃知系亲属，平视仪态静且娴。
珍重上客非平等，玉手调送响弓弯。
更有一亭列级上，但见岛势成凹湾。
近觉松风音谡谡，远闻海水声潺潺。
主人言此尚未足，高馆矗立隔人寰。
经历一百二十级，猱升乃可叩其关。
在上别有一境界，飞尘不到只仙班。
雕石铺地作筵席，绣花为帘纤青纶。
云气瀚瀚时扑面，蚁视人物豆市阛。
平岛数点出海面，汽舶渺小烟微环。

青衣导引稍止息，香饴蜜脯色纷斒。
云和妙曲琅然起，有时促急如触蛮²。
此中有人呼欲出，奏者隐约垂花鬘。
浅野先生情意重，且谓东亚切痌瘝。
吁嗟时局我不论，得睹此景非等闲。
秦皇汉武常梦想，此间应似三神山。
徐福来时无是境，我今被酒容色殷。
安得再有不老法，徜徉长此驻朱颜。

【注释】

1. 浅野总一郎（1848—1930），日本实业家，浅野水泥公司创办人，时人称为日本水泥大王。

2. 触蛮：触和蛮，《庄子》中指蜗牛角上的两个小国。

8. 偕静子¹丹仲²筱轩³游招隐、竹林、鹤林三寺⁴得诗三首 壬子—辛酉⁵

胜地沦苔藓，禅林几劫灰。
凄凉招隐寺，零落读书台。
有客寻幽至，何人载酒来。
荒碑无觅处，兹事最堪哀。招隐寺

修竹藏僧刹，名山入画图。
仰观狮洞远，俯瞰虎泉枯。
岸柳频舒绿，山樱欲淡朱。
禅房半日坐，尘浊味全无。竹林寺

黄鹤久飞去,白云自峻深。

坡诗[6]诚落落,米墓[7]复沉沉。

竹院逢僧话,莲池任客寻。

古今无限意,都付与遥岑。鹤林寺

【注释】

1. 静子:杨体仁(1869—1957),字静山,号宛楼、宛叟,江苏泰兴人,肄业于江阴南菁书院,被保荐参加经济特科考试,入民国任江苏省第一、二届省议会议员。其侄女杨蓬雪嫁与作者长子孙蜀生。

2. 丹仲:潘恩元(1874—1944),字丹仲,号质翁,江苏通州人,肄业于江阴南菁书院,光绪二十八年(1902)举人,曾游学日本,入民国任江苏省第一届省议会议员、上海金城银行秘书等职,著有《继樵集》《白门集》《不残朴斋集》等。

3. 筱轩:张姓,余未详,仅见潘恩元《白门集》中有《与孙瑾丞、杨静山、张筱轩同游金山》一诗。

4. 招隐、竹林、鹤林三寺:位于镇江,均始建于魏晋南北朝时期。

5. 壬子—辛酉:诗稿抄本原注,指以下的这些诗作于壬子年(1912)—辛酉年(1921)之间。

6. 坡诗:指苏东坡诗。

7. 米墓:指米芾衣冠冢,位于鹤林寺旁,始建于明崇祯年间,"文革"中被毁,1986年重修。

9. 游金山寺

山寺大如拳,江心平似镜。

林壑何芳妍,金碧相辉映。

妙高凌空虚,中泠[1]远飞迸。

海门潮未来,瓜步[2]云与净。

堕彼禅缁锋[3],惬我烟霞性。

坡老六百年,继此发高咏。

【注释】

1. 中泠：中泠泉，又名天下第一泉，位于镇江金山寺外。
2. 瓜步：瓜步山，位于金山寺西边的六合县境内。
3. 禅缁锋：佛教氛围。禅缁，黑色的僧服，代指佛教修行者；锋，机锋，机智的话语。

10. 偕静子、丹仲、筱轩为焦山之游，次静子均

昔我来焦山，阔别积年岁。
矗立大江中，心目时留滞。
今我来焦山，命俦同涉济。
山容既芳妍，宝物巧相缀。
入门有僧导，访碑得鹤瘗¹。
鹤瘗铭如生，鹤逝铭不逝。
书体擅奇观，逸少传津逮。
隐具万里势，如聆九秋唳。
又有椒山²字，奇气不终闭。
凛然忠义忱，后来蒇以继。
更展文山卷³，宛如亲光霁。
永为兹山镇，后先有同契。
风谊水流长，光采星芒锐。
鼓鼎色斑斓，望古发遥睇。
游观几楼阁，夕阳堕坤埒。
余勇尚可贾，行行复小憩。
瓜步晚烟凝，蒜岭残霞蔽。
振衣吸江亭⁴，好景自天贲。
下山觅归舟，风帆缓缓递。
有约语山灵，迟我白云际。

【注释】

1. 鹤瘗：指《瘗鹤铭》。
2. 椒山：杨继盛（1516—1555），号椒山，明嘉靖年间大臣，曾上疏弹劾权臣严嵩。
3. 文山卷：文天祥《文山诗集》。
4. 吸江亭：位于焦山东峰山顶。

11. 和仲子[1]桃花诗

春风尽是断肠路，江南弱柳[2]纷无数。
桃根桃叶[3]总堪怜，何况桃花开满树。
本来质地出仙源，翻道薄命由天赋。
劝君泪眼莫空揩，等是天涯三里雾[4]。
春宵一刻正斯时，艳雪才华赤玉脂。
乃令片片随流水，口头呼作路旁李[5]。

【注释】

1. 仲子：指潘丹仲。
2. 弱柳：指烟花女子。
3. 桃根桃叶：东晋王献之的两位姬妾，后泛指美女。
4. 三里雾：道家的一种法术，意为虚幻。
5. 路旁李：成语"道旁苦李"，比喻不受重视的人或事物。

12. 春日即事

天涯无数落花飞，渐觉江南景色非。
岸柳依稀牵旧恨，溪桃零落趁余晖。

亦知尘事徒相扰，为惜春光不遽归。
寄语东君¹能驻景，芳期恐是一年违。

【注释】
1. 东君：传说中的日神。

13. 子久¹生辰无以为寿，春纱秋罗聊以将意，并系以诗

尺缣聊致缠绵意，寸臆兼为劝慰词。
值子嘉辰五十度，触余忧绪万千丝。
只看宦迹秋罗薄，剩有诗篇簇锦奇。
悬想退修初服日，生平昭质未曾亏。

【注释】
1. 子久：冯善征（1868—1922），字子久，号达庐，江苏通州人，肄业于江阴南菁书院，光绪二十六年（1900）优贡，二十九年（1903）经济特科二等一名，曾任南洋公学教员、四川云阳县知县、奉天行省公署度支科参事。入民国任江苏都督府秘书、北京政府统率办事处秘书、陆军部秘书兼参陆办公处秘书、国务院秘书等职。著有《达庐诗录》。冯善征是作者的亲家，这首诗当写于1917年阴历五月初二其五十岁生日之前。（冯雄《冯善征讣葬启》；孙儆《冯达庐先生行状》；沃丘仲子《近现代名人小传》下册，北京图书馆出版社，2003年，第104页）

14. 和静子游胡园¹原韵

东风次第豁寒威，寂寂园林日影微。
石古未随流水去，胡园有六朝石　亭荒犹见落花飞。

忍教客里欢惊少,应怪江南好梦非。
太息楼台将废圮,儿孙未解报春晖。

【注释】

1.胡园：南京胡家花园,即愚园。

15. 旅居江南忽逢花落,楼头怅望积感百端,乃作江南落花篇一首

江南春光无限好,桃李满城春不老。
如何一旦艳云飞,坐对落花兴如扫。
落花时节有定期,江南花事尤足宝。
吾侪家本隔江南,况当春日长干道[1]。
花开花放赏不虚,将开将放看亦饱。
留连诗酒非寻常,但祝东君勿草草。
花正开时已愁人,幻呈色相斗娇娆。
落花片片付东流,太息景光不克保。
江南落花更堪嗟,齐梁往迹剩鸿爪。
劫灰应作落花观,一生一灭资冥讨。
江南年年有落花,我来江南忧心捣。
今年已值落花时,人比往昔形容槁。
我为江南落花哀,我之自哀复不少。
寄语少年善自全,毋待落花空懊恼。
我因落花悟至理,极盛时光衰已兆。
江南好梦不久长,一任闹红纷扰扰。
落花不必生悲哀,春信绵延未终了。
林间机趣本天然,新阴一路绿云绕。

【注释】

1.长干道：长干里，古代建康里巷名，这里借指南京。

16. 次韵静子即事韵

飞鸟沉沉几日还，回翔尚在白云间。
磁将引铁疑虚语，荃竟为茅[1]有悴颜。
未觉艰难经蜀道，何来险峻起天关。
劝君一洗诸烦恼，江自空明山自闲。

【注释】

1.荃竟为茅：出自《楚辞·离骚》："兰芷变而不芳兮,荃蕙化而为茅"，意为芬芳的香草变成了荒蒿野艾。

17. 清溪曲

碧泓弯弯清溪渡，画舫翩翩秦淮路。
清溪流水化香雾，幻出莺花纷无数。
江南好景天所赋，桃叶桃根看独步。
舞衫歌扇年年驻，哪管朝朝与暮暮。
千春但觉脂光护，一曲勿使愁心度。
趁此良辰觅嘉晤，转眴晨曦不我顾。
溪水深深终古注，溪花盈盈留不住。
花花虽谢叶叶附，是花是叶今仍故。
我今独哀彼纨绔，千金买笑腰缠裕。
春旱麦干虫复蠹，鸠形鹄面[1]无处诉。
安得溪水变甘澍，洒此绿波苏涸鲋[2]。

【注释】
1. 鸠形鹄面：形容身体瘦弱面目变形，泛指饥民。
2. 涸鲋：干涸车辙里的鱼，比喻处境艰难，亟待援助。

18. 丁巳[1]三月五日得振民[2]病故济南之信，哭之以诗

无限伤春意，翻成哭友诗。
秣陵悬盱久，历下噩音驰。
飞絮刚三月，飘蓬仅一炊。
问天天不语，相见了无期。

十载离踪合，连朝喜意多。
洗樽正翘企，问信复蹉跎。
清昼疾雷下，浮生逝电过。
临风惟痛哭，人事尽南柯。

凶谶龙蛇值，交情骨肉看。
远山接齐鲁，平地泛波澜。
自古有生死，何人共肺肝。
君年未五十，泉路夜漫漫。

我辈皆衰老，年光只暮朝。
眼看今昨事，胸积去来潮。
拙宦诚无谓，归魂不可招。
衣衾[3]吾党责，北望路迢遥。

【注释】

1. 丁巳：1917年。

2. 振民：白作霖（1869—1917），字振民，号质庵，江苏通州人，肄业于江阴南菁书院，光绪二十三年（1897）举人，先后任上海南洋公学教习和上海澄衷学堂总教习，与少年胡适有过交集。入民国任教育部佥事、视学，编著、翻译过多部教育学、法学著作。据诗中"君年未五十，泉路夜漫漫"句，白作霖去世时不到五十岁，以此推测其出生于1869年或之后。

3. 衣衾：装殓死者的衣被，这里指丧葬费用。

19. 轮行即事[1]

浩浩长江莽莽风，云天寥廓俗尘空。
浪淘人物今犹是，身撼潮流志独雄。
国事多艰余涕泪，人生如寄此萍蓬。
雾氛塞遍幽燕路[2]，渤海波涛几万重。

【注释】

1. 根据内容，此行的目的地是河北北部某地，结合本集"拾遗"第42首《寿鹤亭》中"甲辰入燕转巫湄"一句，这首诗当作于甲辰年（1904）。

2. 幽燕路：旧指河北北部及辽宁一带。

20. 四月十八日刘叔璜[1]邀饮于狼山三元宫赋此

五年不踏狼峰路，风景增多尽改观。
苗长渐期林茂密，砥平罔识道艰难。
故乡信此江山美，名刹从知日月宽。
惟有海东时极目，层层无数恶波澜。

【注释】

1.刘叔璜:刘渭清,字叔璜,江苏通州人,毕业于通州师范学校,民国二年(1913)被张謇委派至上海徐家汇观象台(合天文、气象、地磁于一体),从台长马德赉神父学习气象观测,参与了南通军山气象台的筹办与仪器设备采购,民国五年(1916)军山气象台建成后任台长。(江易园主编《南通地方自治十九年之成绩》,张謇研究中心、南通博物苑重印,2003年,第134页)

21. 游军山

狼山如美人,军山如上将。
狼质何娟妍,军性何孤亮。
娟妍人争驱,孤亮非时尚。
今我独来游,一览军容状。
刘郎路[1]萦纡,张公坡[2]逸放。
陈迹播嘉名,前贤著模样。
铲兹盘陀路,复有张公[3]创。
新筑气象台,刘郎[4]艺绝唱。
前度张与刘,今也复相望。
片石重印证,青山故无恙。
刘郎约我来,东道拜嘉贶。
绝顶有孙登,歌啸江山壮[5]。

【注释】

1.刘郎路:乾隆年间《南通五山志》作者刘铭芳所修之路。

2.张公坡:崇祯年间狼山副总兵张之斗,在明朝覆灭后隐居军山,后人称其隐居之地为"张公坡"。

3.张公:指张謇(1853—1926),字季直,号啬庵,江苏通州人,光绪二十年（1894）中式一甲第一名进士，授翰林院修撰，入民国后任南京临时政府实业总长、北京政府农工商总长等多个职务。1913年9月张謇以气象关系地方农业和教育，选址于南通军山，与上海徐家汇观象台马德赉神父商讨建筑方案，并请马神父代购仪器设备，在1916年10月建成中国第一座民间现代气象台。（江易园主编《南通地方自治十九年之成绩》，张謇研究中心、南通博物苑重印，2003年，第134页）

4.刘郎：时任军山气象台台长刘叔璜。

5.绝顶有孙登，歌啸江山壮：引用陆游《幽居示客》"孙登欲长啸"句。

22. 除夕

容易又除夕，更番成暮年。
余生似泡火，往事尽云烟。
儿女团三五，沧桑阅万千。
莫嗟来日短，一醉且寻眠。

23. 元宵

此是元宵节，相夸五夜灯。
自逢年改历，剩有月为朋。
乱世忧方集，良辰意转憎。
出门观野烧[1]，无复念飞腾。

【注释】

1.野烧：元宵节之夜，乡民手持芦柴扎成的火把，在自家田地上挥舞，点燃枯草，称之为"野烧"，系南通民俗之一。（通州市地方志编纂委员会《南通县志》，江苏人民出版社，1996年，第1130页）

24. 和仲子赠别原韵

自古苔岑本同契,欣逢珠玉忽临前。
高吟有似搏云翻[1],学步惭为上濑船[2]。
正则[3]空怀幽怨意,渊明愿赋归来篇。
白门一集[4]互珍重,天假机缘已六年。

【注释】

1. 搏云翻:云中穿行之飞鸟。
2. 上濑船:急流中逆水而上之小船。
3. 正则:屈原自云名正则。
4. 白门一集:民国早期作者在江苏省议会工作期间与友人联吟,作品编入《白门集》。白门,南京别称。

25. 寄冯子久

出门相距止三日,君已京华我石头[1]。
良约及今空怅惘,高踪翻怨少稽留。
前宵共话春江路,此夜相思明月楼。
片语天涯合矜许,聊将新咏伴牢愁。

【注释】

1. 石头:石头城,南京别称。

26. 哭弟　吴门¹得弟立甫²故电

海内今无弟，天涯我复翁。
江湖伤柳质，霜雪塞兰丛。
涕泣乡愁里，惊疑噩梦中。
衣棺未亲抚，私恨合无穷。

【注释】

1. 吴门：指苏州。
2. 立甫：孙倬（1874—1918），字士模，号立甫，系作者二弟，光绪二十一年入泮，肄业于江阴南菁书院，清末曾在家乡试办金沙初级小学校，民国元年（1912）任金沙巡警分区区长。（孙汇沣、孙汇和主纂《孙氏宗谱》，民国十六年，卷五，第七十六页）

27. 重九日偕恺之¹芝平²游北极阁³

他乡重九日，挈伴此登楼。
举目江天阔，惊心景物秋。
劫灰余北极，尘梦付东流。
莫问明年健，前游今驻不。丙辰⁴重九曾偕丹仲筱轩静子游此各赋一诗

【注释】

1. 恺之：瞿名川，字恺之，南通人，曾任第二、第三届江苏省议会议员。
2. 芝平：未详，疑同为省议会议员。
3. 北极阁：南京北极阁，又名鸡鸣山。
4. 丙辰：1916年。

28. 游鸡鸣寺

重九风光思落帽[1]，两三伴侣此登台。
清凉山峙荒烟护，玄武湖空远镜开。
同泰[2]迭经千劫后，豁蒙[3]端为百忧来。张南皮[4]有豁蒙楼题额，用杜诗忧来豁蒙蔽[5]语意
潘张[6]游览成陈迹，世事沧桑又几回。

【注释】
1. 落帽：成语"孟嘉落帽"，喻古代名士之风雅。
2. 同泰：同泰寺，为梁武帝萧衍始建，明洪武年间朱元璋重修寺庙，改名鸡鸣寺。
3. 豁蒙：豁蒙楼，在南京鸡鸣寺内，为张之洞所建，作者有注。
4. 张南皮：张之洞，直隶南皮人，世称张南皮。
5. 忧来豁蒙蔽：出自杜甫《赠秘书监察院江夏李公邕》。豁蒙，明白了曾经被蒙蔽的事情。
6. 潘张：指潘祖荫、张之洞。

29. 静子五十生日诗以寿之[1]

万方止息干戈日，一片欢呼鼓舞声。欧战告终，宁垣各界举行庆祝大会
恰喜寿辰逢盛事，愿因嘉会祝长生。
白门诗卷久逾积，黄菊心情晚更贞。
山色苍苍江浩浩，为君拍手一称觥。

【注释】

1.欧战(第一次世界大战)结束时间为1918年11月11日,这首诗当写于此时,作者有注。

30. 挽宝山施槁蟫[1]先生

槁蟫先生今忽死,槁蟫之槁匪今始。
五十六岁自挽辞,身纵未槁心槁矣。
先生辛亥号槁蟫,蟫之生计食书史。
蟫而曰槁谁槁之,天为之欤时所使。
壬癸甲乙皆有诗,自乙至丙见微旨。
骚坛牛耳推主盟,蟫子蟫子历三纪。
先生万事作达观,放旷从来寓名理。
义熙而后闲春秋[2],槁蟫之名盖以此。
先生槁心未槁身,七载余生聊复尔。
今则心槁身随之,哲人萎兮梁木圮。
余谓槁蟫终未槁,精灵不远在尺咫。
槁蟫槁蟫今其仙,罗浮[3]丛菊开成绮。

【注释】

1.施槁蟫:施广文(1856—1918),字琴南,号赞唐、槁蟫,江苏宝山人,廪贡生,肄业于江阴南菁书院。早年教学于乡里,后兴办教育及地方事业,曾游历日本,著有《吴兴家萃辑存》《聊复轩诗存》《蜕尘轩诗存》《四红词》等。

2.义熙而后闲春秋:指施槁蟫像陶渊明一样辞官回乡以诗歌自娱。义熙,东晋年号,陶渊明于义熙元年辞官归里。

3.罗浮:宝山县罗店镇的一处园林名小罗浮,施槁蟫曾结小罗浮吟社,有《小罗浮社唱和诗存》。

31. 挽曾亚罗

　　曾亚罗名德,曾孟朴[1]先生女,许字归安沈氏次子,沈为中表亲。婚期垂定,沈氏子暴卒,父母秘不使知。一日女遇姑[2],姑见女揾泪,女悟急归,卧泣不起,经父母一再劝慰乃止,亲承色笑逾于恒时。越日母归宁,坚请同行,既至即病,病所卧床即未婚夫易箦[3]处。三月乃忽呈异状,言已有宿分,当归三十三天,并语嫂及表姊以未来等事,哓哓灵魂不休。卒之时满室氤氲异香触鼻,女则瞑目长逝,体温竟日。孟朴先生不忍没其事,作言行小说为征文之举,赋此敬挽。

　　　　　　尘世伤心宁有是,女大将嫁夫忽死。
　　　　　　守贞不嫁闻者悲,以身殉夫尤变徵[4]。
　　　　　　殉夫以实不以名,海内应称奇女子。
　　　　　　曾氏有名号亚罗,资性明敏通书史。
　　　　　　婚于中表有定期,雹碎霜雕一弹指。
　　　　　　亲秘其事不使知,见姑泪流痛骨髓。
　　　　　　强承色笑奉甘饴,随母归宁志所企。
　　　　　　登夫之门蚕已僵,卧夫之床蜕如委。
　　　　　　冉冉一病三月余,此身此心冷于水。
　　　　　　临终忽呈奇异观,达悟旋揭如来旨。
　　　　　　死者为归胜于生,悲独何心我则喜。
　　　　　　灵光四烛显空明,宿慧三生净渣滓。
　　　　　　尘中一现等昙花,天女化身或如此。
　　　　　　为仙为佛众所惊,余谓亚罗假托耳。
　　　　　　借端隐隐慰亲心,殉夫耿耿浃肌里。
　　　　　　托于异教乃虚言,益信人生有常理。

殉者不欲以殉名，日星万古留风纪。
亚罗亚罗巾帼贤，贞欤烈欤殆同轨。

【注释】

1. 曾孟朴：曾朴（1872—1935），字孟朴，号铭珊，江苏常熟人，光绪十七年（1891）举人，入同文馆学习法文，翻译过多部法国文学作品，并用东亚病夫笔名发表长篇小说《孽海花》，曾任江苏省第一届省议会议员。曾氏旧园虚霩园位于今常熟市曾赵园内。
2. 姑：丈夫的母亲，这里指未婚夫的母亲。
3. 易箦：指人将死。
4. 变徵：变徵之声，本指古代声乐五音中"徵"音的变化，为悲壮之声，这里指悲壮。

32. 丹仲由京师寓书，言去年今日曾携诗料[1]过江，今又何如，感成一律次元韵

回首江城好梦非，离思万斛减腰围。
春风花落愁鹃泣，夜月天空独鹤飞。
海上仙缘成久别，袖中诗本比前肥。
劝君仍向白门住，柳色青青意忍违。

【注释】

1. 诗料：辅助诗歌创作的工具书，如《诗料英华》《诗料集锦备览》之类。

33. 夜行雪中

飞洒漫天雪,号呼匝地风。
履声都寂寂,灯影愈濛濛。
衰鬓催人老,痴心望岁丰。
白门光一片,诗兴灞桥东。

34. 雪后

天光忽晴霁,寒气极阴凝。
雪护山堆粉,风微水结冰。
柳妆琼点点,梅格玉棱棱。
难得白门白,清游我几曾。

35. 简潘丹仲

燕巢[1]稳筑认良缘,往事迢迢去似烟。
行李关山怜独客,小桥人月记双圆。
可堪剑胆随流水,剩有诗心落锦笺。
北地寒深君自苦,须知望远眼将穿。

【注释】

1. 燕巢:比喻栖身的庐舍。

36. 丹仲书言离群索居之苦，次韵答和

别词怕诵江淹赋[1]，秋气频增宋玉悲[2]。
六载湖山曾共览，一朝南北忍相离。
由来兰芷生同性，此后鳞鸿莫爽期。
雪厚风寒添客思，捻髭珍重苦吟时。

【注释】

1. 江淹赋：江淹，南朝文学家，有《别赋》一篇闻名。
2. 宋玉悲：宋玉，楚辞作家，作品《九辩》借秋景抒情，有宋玉悲秋之说。

37. 雪夜次静子元韵

楼头咫尺天涯远，参错非关雪塞门。
萍聚何尝隔云树，絮飞况复历朝昏。
交深金石心常印，冷透湖山室不温。
晴霁秦淮同把盏，论诗不厌掘灵根[1]。

【注释】

1. 灵根：指悟性，智慧。

38. 议会事竣行将归休，爰成一章以示静子

驹影[1]匆匆八十日[2]，细思聚合几多时。
潜踪闾巷非良策，订约湖山或后期。
尘海问谁肝膈共，雪霜愧我鬓毛衰。
明年春信江南早，愿趁梅花互赋诗。

【注释】

1.驹影：日影，这里指时光。

2.八十日：民国早期江苏省议会规定省议会会期为每年八十天。

39.静子诗来语意殷拳别情珍重，读之尤益眷眷，次韵答和

多年朋旧相依惯，大好湖山欲别难。
同是雪霜生鬓发，几忘世路有波澜。
抗言[1]天下匹夫责，合作浮生幻梦观。
此日归休休不得，江滨转眴又征鞍。

【注释】

1.抗言：高声而言，这里指履行议员的职责。

40.答刘乙青[1] 乙青系旧日教职同寅，弇山试院[2]曾共煎茶，今已忽忽二十年矣

旧游尘世少，衰鬓雪霜多。
郁郁寒松劲，层层阴雾遮。书言县知事贪枉不法
高词同白雪，远水溯苍葭。
二十年前事，弇山共品茶。

【注释】

1.刘乙青：作者自注为早年同僚，即同为太仓州下属县学学官。

2.弇山试院：清代江苏省太仓州试院。

41. 静子搜录韵丞先生[1]遗稿，由朱子灏[2]处得诗十首，感赋次元均

风流跌荡小游仙，逝后谁将姓氏传。
遗稿丛残无觅处，佳编零落不知年。
孑身遁走斯何世，把酒苍茫一问天。
犹记白门随杖履，柳边画舫品清泉。

【注释】

1. 韵丞先生：赵世修（1858—?），字韵丞，上海县人，生长于泰兴，同治十三年（1874）入泮，在南菁书院学习十余年，有多篇诗文被收入《南菁讲舍文集》《南菁文钞》。曾任京师五城中学讲师，病逝于北京松江会馆。去世后诗稿大多散失，后由南菁学友张家镇为之刊印《韵丞诗存》（见赵世修著，张家镇辑《韵丞诗存》，苏州怀旧庐出版，上海商务印书馆印刷，民国十八年）。《韵丞诗存·补遗》中有《辛亥初秋雄伯将有新疆之行，为书便面送之，诗字均不工，姑为赠远之纪念耳》二首，显示其卒年或在辛亥年（1911）之后。赵世修曾有和作者诗二首，附后（录自冯善征《达庐诗录·附录》，韩庚抄本，民国五年）。

2. 朱子灏：朱祥绂（1866—1923），字子灏，江苏南汇人，宣统元年（1909）优贡，肄业于上海龙门书院，曾发起创办南汇县第一所现代小学肇兴学堂，之后投身地方现代化建设，曾任江苏省临时议会议员和江苏省第一、第二届省议会议员。

送瑾臣入蜀并和鹤亭原韵

赵世修

夔府秋高气易寒，陇头霜柿供馋官。
相期他日收帆早，此去谁言叱驭难。
客里送人最萧瑟，宵分寻梦更迷漫。
与君情好如兄弟，九日茱萸兴定阑。

再和一首

赵世修

北地风高又早寒,送君入蜀作麤官。
感时每觉河山暮,执别偏愁会和难。
心逐陇云驰渺渺,情随海水去漫漫。
夔阳旧友如相讯,为道狂奴兴已阑。

42. 书所闻一首

名花堕落絮空飞,太息人间好事违。
只合护持笼锦幕,因何幽独守寒帷。
仙山云阻愁无极,客路烟沉梦更非。
欲藉良媒通寸愫,空波莽荡月光微。

43. 白门早春

晴光乍放梅增艳,春意初含柳斗新。
正是江南好风景,天教点缀乍来人。

客梦应忘风雪恶,诗怀渐逐水云开。
南朝全是春光护,况值湖山春已回。

44. 送甸南[1]之阜宁

男儿须抱英雄志,造物还存锻炼心。
冰雪未深春不转,号啕至极福来临。
桑榆日暮戈难挽,风雨宵寒剑独吟。
此去劝君善韬晦,侠肠终久有知音。

【注释】

1. 甸南:未详。

45. 春郊即事

江南二月多阴雨,一放晴光便不同。
梅剩残红迎晓日,柳抽嫩绿舞东风。
可堪人海潮流杂,却喜花朝气候融。
一片生机春意茂,天教付畀此萍逢。

46. 静子与余同舟白下已阅七年,今忽有并门之行,朋交骨肉一旦分襟怅惘无极[1]

盼到江城重聚首,缘何劳燕骤分离。
并门故是旧游处,白下谁为赓和诗。
棘地荆天随在遍,琴心剑胆有人知。
小楼七载同居惯,忍作云山送别词。

湖山争说江南好，一鹤翻为西北飞。
幽眇诗心更谁语，仓皇国事况全非。
别情珍重千杯醉，来日须臾半载违。<small>静子有半载归来之约</small>
风景依依君忍舍，柳堤嫩绿驻春晖。

太行人面相传久，此日长驱入雁门。
心地能宽无仄径，世间唯别最销魂。
关山待播新诗句，金粉空留旧酒痕。
髀肉易生[2]滋感喟，吾侪及此舌犹存[3]。

东园乐趣逾南面，匹马飘然独远征。
眼底河山应自壮，望中云树不胜情。
诗怀从此月千里，世事还同棋一枰。
片语赠君君记取，有田江上速归耕。

【注释】

1. 这一组诗大约写于1919年。并门，指并州，今太原。
2. 髀肉易生：成语，形容生活安逸无所作为。
3. 舌犹存：成语"齿亡舌存"，比喻刚硬易折断，柔软能保全。

47. 挽达继聃[1]

南菁[2]嘉会无须说，东海遗民亦已稀。
经术如君名不朽，尘劳愧我意全非。
善人奄逝天心晦，硕学凋零世道微。
尤惜不生嘉道日，等身著作未全肥。

【注释】

1. 达继聃：达李（1865—1919），字继聃，江苏南通人，在江阴南菁书院学习达十余年之久，为经师黄以周嫡传弟子，《南菁文钞》收入其论文多篇。清末参与筹建通海五属公立中学（江苏省立南通中学前身），任该校国文教员（赵统《南菁书院志》，上海书店出版社，2015年，507页）。达李去世后，南菁同窗冯善征亦有挽诗，冯诗附后（录自冯善征《达庐诗录》，民国十六年，卷二，第七页）。

2. 南菁：江阴南菁书院，晚清江苏最高学府，创建于光绪八年（1882），中国近现代史上有多位政界、文化界重要人士肄业于此。详见赵统《南菁书院志》。

挽达继聃（三首选一）

冯善征

在昔我识君，结交笃分谊。
晨夕乐过从，比较平生志。
我但事涉猎，而君得精诣。
几年客君山，比舍纵谈艺。
一线定海传，愧非我能继。
我既骋四方，此事况久废。
思君独完素，涵泳益深邃。
离合洵无常，望望托神契。
奄忽三十载，人事屡殊异。
讯至陡失惊，旁皇为叹逝。

48. 雨花台

过眼忽忽三十载，不堪回首此登台。
羡他花雨留名胜，话到桑田几劫灰。
文石满山奇气郁，长江如带画图开。
尘昏终日增烦恼，姑认云光说如来。

49.丹仲忽来白下,并携梦青[1]偕往京都

春初方谓江湘住,忽地相逢在白门。
尘海万人燕市隐,诗歌一卷楚骚魂。
载来西子明湖影,觅取南朝香雪痕。
容易倾谈留一夕,小楼听雨酒重温。

【注释】

1.梦青:据内容或为潘恩元女友。

50.晤钮元伯[1]

十年不见一弹指,须发萧疏各老翁。
阅世忽忽春梦里,忧天隐隐客愁中。
兴亡不尽沧桑感,显晦无伤泰斗崇。
眷念云情辄驰系,几回引领独临风。

【注释】

1.钮元伯:钮传善(1875—1941),字元伯,江西九江人,优贡,曾赴日本留学,清末任四川省德阳县知县、重庆府知府、云南省丽江知府等职。入民国任九江关监督、陕西省财政厅厅长、财政部次长,全国烟酒公卖局总办等,1921年脱离政界投身实业。抗战爆发后在沦陷区任伪天津市治安维持会委员、伪社会局局长等。

51. 饯春词

春光罩满台城[1]路，春色忽成三月暮。
今日已为饯春期，百计留春春不住。
莺胡为老花胡残，年年经此春一度。
年年有春春无心，故已变新新又故。
春方来时晴光开，浅绿深红动歆慕。
春将别矣魂黯销，怜之惜之春弗驻。
去年有人同送春，_{谓静子、丹仲} 今年春来人不遇。
何况我值今年春，春不我违事相忤。
留春送春屡有词，春老人老难回顾。
人虽云老胸自春，明年知与春再晤。
春可再晤却经年，及兹犹春一倾吐。
痴心愿祝明年春，予我长假将春护。

【注释】

1. 台城：东晋南朝时期宫城所在地，位于建康城内。

52. 答钮元伯

北辙南辕纷午际，停骖江上两诗翁。
凄惶身世苍茫里，感慨河山涕泪中。
难得故交肝胆共，况逢高义日星崇。
石城已报春归去，尚有秦淮燕子风。

53. 立夏日与储铸农[1]、高怡亭[2]、鲍芹士[3]夜宴于金陵春，和风袭裾，凉月散彩，乃呼舟人移花舫，相与徜徉秦淮，品茗论诗，其乐无极，感赋

宴罢出门余兴足，招呼小艇画桥东。
百家灯火空明里，一路笙歌断续中。
金粉早经随逝水，莺花犹自占春风。
波光月色清溪畔，剩有诗心付短篷。

【注释】

1. 储铸农：储南强（1876—1959），字铸农，号简翁，江苏宜兴人，贡生，肄业于江阴南菁书院，民国初曾任宜兴县知事、南通县知事、江苏省临时议会议员和第二届省议会议员，后辞官回乡，筹资整修善卷、庚桑（张公）两洞，并撰写《二洞志》一部。

2. 高怡亭：高元升，字怡亭，江苏如皋人，曾任江苏省第二届省议会议员。

3. 鲍芹士：鲍贵藻（1867—1952），字芹士、勤士，号岛翁，江苏仪征人，廪贡生，毕业于东京弘文学院，在日本加入同盟会，曾任江苏省临时议会议员、江苏省第二届和第三届议会议员、副议长。

54. 静子有丧明之痛[1] 慰之以诗

开函无限酸心语，悲感凄凉为悯然。
扬子童乌[2]怜早世，坡公磨蝎[3]叹临前。
乡园割舍宁非数，征路迷茫欲问天。
卜氏丧明毋乃过，昙花悟彻了尘缘。

【注释】

1. 丧明之痛：晚年丧子之痛。出自《礼记·檀弓上》，孔子的弟子子夏晚年丧子，哭之失明。

2. 扬子童乌：汉代文学家扬雄的儿子童乌，早慧，夭折。

3. 磨蝎：星宿名，古人认为属磨蝎宫的人多磨难。

55. 与钮元伯 传善 胡宗武[1] 嗣芬 孙少川[2] 锡祺 杨善征[3] 宗翰 周海如[4] 观涛 赵伯铭[5] 勋 宴于秦淮

十年旧雨一时集，昔日岷江今白门。
灰劫莫谈经过史，尘襟重印未来痕。
风尘作合关缘分，沧海横流荡梦魂。
觅醉秦淮聊快意，人生几次共芳樽。

【注释】

1. 胡宗武：胡嗣芬，字景威，号宗武，贵州开阳人，光绪二十一年（1895）进士，曾为翰林院庶吉士，河南夏邑县知县等，在四川任职不详。

2. 孙少川：孙锡祺，字少川，浙江钱塘人，附贡出身，四川保路运动爆发时为富顺县知县。

3. 杨善征：作者自注名宗翰，余未详。

4. 周海如：周观涛，字海如，江西德化人，光绪三十年（1904）恩科进士，曾任四川江津县知县、剑州知州。

5. 赵伯铭：赵勋，字伯铭，余未详，《孙氏宗谱》中有其撰写《三十四世廉卿公传》一篇。（孙汇沣、孙汇和主纂《孙氏宗谱》，民国十六年，卷九，家传）。廉卿，孙汝霖，字廉卿，孙傲之父。

56.铸农寓白门江干最高楼上，流连风景徘徊不忍去，额以伏狮楼并赋诗一章，次韵答和

江上留胜概，风趣各不同。
兹楼最上层，构造疑天工。
狮岭日相对，镇伏气沉雄。
江水有如带，时时来飞艟[1]。
前后皆大观，怡然扩心胸。
江浦水凝碧，石城霞映红。
武汉据上游，黄鹤横远空。
东望一片练，剪取半江淞。
题咏足千古，斯楼永属公。

【注释】

1.飞艟：一种快船。

57.重九即事兼忆延令[1]静子

白门数遇重阳节，黄菊今为一度花。从前重九菊均无花，今年遇闰秋故菊花多
追忆诗篇如日昨，欹歔游迹老天涯。
秋客怕说枫林改，客况愁看雁字斜。
旧雨未来吟兴浅，登高只向望中赊。

【注释】

1.延令：江苏泰兴县旧称。

58. 晤子久暨翰飞甥[1]

纷飞既恨见时少，况自吾侪垂老年。
接席锦江成旧梦，停槎白下认良缘。
朋交骨肉情弥笃，尘世风云态几迁。
可喜凤毛[2]能继誉，于今腹笥[3]已便便。

【注释】

1. 翰飞甥：冯雄（1900—1968），字翰飞，冯善征（子久）之子。甥，女婿。
2. 凤毛：原指凤凰的羽毛，寓意稀少，多指人子有才似其父辈。
3. 腹笥：有学问。笥，书箱。

59. 与鹤亭别十五年矣，一旦相见均各老苍，然鹤亭兀傲犹昔，觅醉秦淮兴致勃发。昨晤子久得诗一篇，谨叠前韵以诒鹤亭，并呈子久·静子[1]

汪伦雅谊镌肝鬲[2]，一别须臾十五年。
相见有须应共笑，偶来聚首亦前缘。
坐中诗酒一时杰，眼底沧桑几度迁。
豪气如公犹昔日，惊筵但觉论便便。

【注释】

1. 这首诗写于1918年。
2. 肝鬲：肺腑，指内心。

60.偕强斋[1].勤士.苴孙[2]游雨花台

偷闲携得数同志,探胜来寻第二泉。
旧垒几经兵火劫,荒台毋复雨花天。
晶莹匹练横云表,迤逦崇城落照边。
到此不须增感慨,飘飘我欲学游仙。

【注释】

1.强斋:钱崇固,字强斋,江苏吴江人,钱崇威(自严)之弟,曾任律师,民国早期任江苏省第一届议会议员、副议长,第二届议会议长。

2.苴孙:未详。

61.题朱梦湘[1]幽竹馆诗草

徐山自古英雄地,灵气还钟风雅人。
赋到落花增积感,对兹幽竹净无尘。
俭为德宝潮流逆,命与才仇诗卷新。
我读遗篇三太息,半戈峰畔一吟身。

【注释】

1.朱梦湘:朱元筠,字梦湘,有《幽竹馆诗草》二卷。

62.三月七日与强斋应岩村成允观樱会之约,感而赋此[1]

樱花开,樱花开,夭艳盈盈红满堆。
连朝无故风雨摧,晴霁一放罗琼瑰。

岩村宴客倾香醑，好花欲语几低徊。
意谓吾国樱占魁，花时游赏动春雷。
国中万人空巷来，遍山异采腾蓬莱。
数株移植钟山隈，士女纷沓语嘲诙。
珍重佳会飞金罍，花为国瑞彼交推。
花为国瑞彼交推，吾持何说吾心哀。

【注释】

1.这首诗是作者与钱崇固一起应岩村成允之邀观看樱花而作，时间为1919年春天。岩村成允，日本学者、外交官，1897年来华，编著有《安南通史》《北京正音·支那新字典》《支那现代文》等。

63. 答和黄芳墅[1] 端履

昌披世俗久轻儒，奚必羁縻怀此都。
君以长才伤濩落，我惟一醉托屠苏。
横流到处成狂沸，正道何人倡翼扶。
东鲁[2]于今嗟不国，警心犹恐沼全吴[3]。

诗才卓荦陋雕虫，降伏无言叹赏中。
举目山河忧未已，许身稷契[4]志犹雄。
拙书空说摊红叶，佳句还应借碧笼。
纨扇轻圆尤别致，聊将俚语笑清风。

【注释】

1.黄芳墅：黄端履，字芳墅，江苏金山人，清末曾任工商部参事，民国时出任江苏省临时议会议员和江苏省第三届省议会议员。

2.东鲁：原指春秋鲁国，这里指信奉孔教的人。

3.沼全吴：即沼吴，出自《左传》，指吴国的宫殿将会变成池沼，比喻亡国。
4.稷契：后稷与契的并称，上古贤臣。

64.子久过白下停云三日，复约同住江干，相聚之乐数年来无此愉快，然骊驹在门[1]寐兴即发，思之黯然

客里相逢应极乐，年来说别最伤神。
风尘老友今余几，花月南朝景自新。
宵烛长明留共话，晓钟未动尚称春。
明朝渡浦匆匆发，惆怅江干伫立人。

【注释】
1.骊驹在门：表示朋友即将分别。骊驹本指马，后多以歌骊驹作告别之辞。

65.张竺巢[1]有七十感怀诗四首，芹士录以见示并为索和

家藏万卷书，园有千竿竹。
此中系何人，真州老名宿。
先生故高尚，入世不惯熟。
游幕虽多年，一生鄙食肉。
饥溺本素怀，推赈散仓谷。
时俗日昌披，杞忧为痛哭。
所志在泉石，退休吾初服。
松柏历岁寒，矫然鸣幽独。
七十古来稀，述怀诗满幅。
体气健而康，耄耋锡天禄。
硕士进鸿词，同致千秋祝。

【注释】

1.张竺巢：江苏仪征（真州）人，余未详。

66.次子久车中有怀原均，兼示静子

三十年来交谊笃，静子而外只有公。
行旌方止晨又发，江流激射朝暾红。
昨夜联床记共语，今日送君在南浦。
呜呜一声飞车驰，但见云树迷茫处。

67.题仲母刲股疗亲[1].画荻教子[2]两图

吾离吾母三十年，卒见此图心怦然。
吾母一生孝慈全，披图若为吾母传。
刲股一似身可捐，疗姑愈姑意拳拳。
吾母事姑诚格天，虞舜克谐有合焉。
仲母教子手一编，诵声朗朗青灯前。
儿时滋味足留连，不啻置身画图边。
孝妇之孝难于专，常变不计一心虔。
儿须大成其勉旃[3]，母教不让欧苏贤。
呜呼！
吾读斯图心铭镌，吾思吾母泪涟涟。
仲子图母如表陇冈阡[4]，吾未表扬吾母心滋愆。

【注释】

1.刲股疗亲：成语"割股疗亲"，指割取自己腿上的肉入药来治疗父母的疾病，为古时候的一种孝行。

2.画荻教子：成语，欧阳修的母亲用芦苇在沙地上写字启蒙孩子。
3.勉旃：努力。
4.陇冈阡：指《陇冈阡表》，欧阳修撰写的一篇祭文，纪念其父母。

68.补祝陈莲波[1]先生八十生日

寿骨兼仙骨，鱼湾[2]八十翁。
沧桑人世幻，书画斗山崇。
乡井利谋溥，耆英天独丰。
最难潇洒性，健步柳桥东。

棋局心何逸，歌声月正圆。
酒为相契友，身是小游仙。
雅叙半淞集，天怀百事捐。
期颐知必达，寿算祝绵绵。

【注释】

1.陈莲波：陈藁（1841—1928），字莲波，号荷道人，江苏通州人，画家，费师洪编《南通书画大观》收有其作品。
2.鱼湾：位于南通石港。

69.闻李督军[1]自戕有感

藩镇强权空自持，亡唐覆辙古如斯。
问谁独抱忧天志，竟尔遗书绝命词。
世乱苦无容足地，交深虑有反颜时。
拥兵厚积终何用，一死明心最可悲。

【注释】

1.李督军：李纯（1874—1920），字秀山，直隶天津人，时任江苏督军。为人素好名声，因任用义子文和为财政厅长一事而不堪舆论谴责，遂于1920年10月12日凌晨在督军署内留下遗书后自杀身亡。李纯死后受到北洋政府优恤，在南京建"秀山公园"，在江西、天津等地立祠纪念。

70. 里中艺菊法超大江南北，开花时拥护修饰加以人工，活色生香一时无两。年为菊会一次，极友朋酬酢之乐。予栖迟白下，叠误芳期，怅望家山，辄为眷眷。今秋乘暇旋里，正逢菊花盛开，乐极矣，渡江后追溯清景成诗一篇

寒英阔别两年久，嘉会权为一度留。
能耐久长无过菊，矧兹冷艳恰宜秋。
月圆人寿花增宠，酒绿灯红兴转幽。
最是无从排遣处，四筵璀璨雪盈头。

71. 悼张凤笆[1]

蜀中老友联翩去，君似孤云独后期。
一别岂知成永诀，十年空自写相思。
兵戈撩乱无消息，道义沦亡缺故知。
犹忆桃潭千尺水，依依送我出川时。

【注释】

1.张凤笆：生平籍贯未详。冯善征《闻张凤笆殒于新都》中有"落拓遗民终

客死,精研朴学少人知"句,知其为前朝遗民,隐身不仕,考据整理古籍,于1920年前后客死于四川新都县(冯善征《达庐诗录》,民国十六年,卷四,第十二页)。

72. 费范九[1]以金沙菊会事冗未赴,寄诗一律,次韵答和[2]

晚节莺花贱,嘉宾齿德尊。
寒英采农圃,佳种出儒门。
宴会车公[3]缺,心情杜甫存。
明年来就否,北海未空樽。

【注释】

1. 费范九:费师洪(1887—1967),字范九,号伯子、慧茂居士,江苏南通人,早年就读于江宁法政学堂,毕业后参与办理两淮盐务。民国初年回乡协助张謇兴办水利保圩工程,后主编《南通报》,曾当选江苏省第三届省议会议员。民国十七年(1928)任上海商务印书馆编辑,抗战时期曾与作者组建南通旅沪人士文学诗社剪淞社,编著有《南通书画大观》《淡远楼存笺甲集》《淡远楼诗》《淡远楼联语》《延旭轩俪语》等。

2. 费师洪未参加这次菊会,而以诗寄谢,诗稿拟好后先向冯善征乞教,冯将其中第五至第八句作了修改(中科院文献情报中心藏《冯善征书简》),费诗附后(费范九《淡远楼丛墨》第25页,南通市文学艺术界联合会,2006年)。

3. 车公:指车胤,东晋人,据《晋书·车胤传》记载:"又善于赏会,当时每有盛坐而胤不在,皆云:'无车公不乐'",后泛指集会时不可或缺之人。

瑾丞师命与金沙菊会,以事羁未赴,寄谢一律

费师洪

东海群英会,巍然一老尊。
菊天清兴足,栗里素风存。
遗鲤新传简,登龙幸有门。
黄花知耐久,怊怅未同樽。

73. 新年初过雨雪交加，忧从中来不能自已

兵戈满地潮流急，风雪弥天忧虑多。
新历年华空怅惘，残冬人事几蹉跎。
万方鹬蚌如观火，十载萍蓬逐去波。
来日大难堪太息，莫教举目异山河。

74. 参谋章[1]

参谋章，何辉煌，信可安享食华堂。
不应广衢奔走忙，太息官卑眼无光。
一饱难觅响空肠。
瞻彼拉车夫，日日循道途。
以力博一盂，聊可慰饥躯。
慰饥躯，争疾驱，疾驱无力长叹吁。
筋枯血竭倒路隅。
参谋末运乃如此，肥马轻裘益足耻。
徽章灿烂同敝屣，世间多少拉车死。

【注释】

1.《参谋章》和后面的《教员叹》《官赈荒》《韩人戮》等四首作品是针对当时的时政新闻写的一组讽时诗，为新乐府体裁。这首诗描写的是一名底层公务员为了生计去拉车，因劳累过度倒毙路旁的悲惨故事。参谋是职务，章指徽章。《达庐诗录》中有冯善征所作《拉车死》《教员叹》《官赈荒》等三首，同为新乐府讽时诗，故推测作者的这些诗为与诗友同吟之作。

75. 教员叹[1]

教员教员，师资不群。
长安道上庠序[2]纷，授徒竟月不茹荤。
不茹荤，功课勤，勤于功课意欣欣。
一饭不饱空醉醺。
馆谷可度日，课罢惘然出。
既无点金术，北风况惨慄。
修脯例送应无失，阮囊羞涩竟罔恤。
呜呼京师教员多，奈何达官百万炫绮罗。
如渑之酒[3]势滂沱。
滂沱汗漫，豪华无算。
灵敏有手腕，那顾教员叹。

【注释】

1.本诗描写了民国早期京师教员的清苦生活和官员的奢侈腐败。
2.庠序：学堂。
3.如渑之酒：形容很多酒。

76. 官赈荒[1]

官赈荒，何奔忙。
灾民有食浆，督办有勋章。
已饥已溺镌肺肠，哀鸿饮惠惠无疆。
络绎皇华使[2]，恩泽久不至。
转移抒奇智，选举聊一试。
东征西敛搜罗备，灾民反为选民利。

又或睹穷瘠，藉以收阡陌。

贱田无价格，三年十成百。

穷黎不遑择，达官好计画。

官能赈荒民乐观，荒不在民乃在官。

官之自赈富壶飧，民则无赈饥且寒。

我对于官有余叹，我对于民涕汍澜。

【注释】

1.这首诗抨击那些腐败官员借赈灾之机，低价收购灾民的土地，发国难财的黑暗现象。

2.皇华使：皇帝的使臣。

77. 韩人戮[1]

韩人戮，日何毒。

不念自古箕子国[2]，乃为奴隶为鱼肉。

为鱼肉，同种族。

国内人民辱，国外人民逐。

辱之逐之犹未足，非歼其类不遂欲。

吁嗟朝鲜屋，乃我之旧属。

国亡忍瀔觫[3]，天乎何太酷。

韩人韩人嗟不禄，凡类韩者皆当哭。

灭韩关系我全局，杀人况在我边幅。

唇亡齿寒思之熟，弱肉强食果其腹。

瞻韩太息韩已覆，亲日使我增感触。

二十一条[4]恐继续，作俑何人沉地狱。

"间岛"[5]无数韩尸暴，鉴彼前车心滋蹙。

【注释】

1. 这首诗是针对朝鲜"三一运动"遭到日本镇压后有感而发。
2. 箕子国:箕子,名胥馀,商末王室贵族,周初被武王封于朝鲜,不臣于周。(《史记·宋微子世家》)
3. 觳觫(hú sù):因恐惧发抖。
4. 二十一条:日本妄图独占中国的秘密条款,1915年1月由日本向袁世凯政府提出。
5. 间岛:图们江以北海兰江以南的一块狭长滩地,本名假江,亦曰江通滩,旧属我国吉林省延吉府,今为延边朝鲜族自治州。日韩人曾称之为"间岛"。

78. 题陆惕夫[1]先生意园征诗小录

卧游山水成佳话,继此清芬有意园。
亦淡亦真高士味,是仙是佛杂家言。
多情天地双云屐,回首兵戈一酒尊。
愿介寿辰持片语,先生无处不羲轩[2]。

【注释】

1. 陆惕夫:陆龙(1865—?),字铁夫、惕夫,江苏吴县人,画家。
2. 羲轩:指伏羲、轩辕。

79. 静子以夜阑将寝风雪交作即事一章见示,次韵答和

石城久聚前缘足,雪夜高吟往事曾。
几度沧桑荒戍角[1],十年风雨小楼灯。
苔岑契合心相印,文字轩昂室不冰。
可笑此怀成古井,任他波浪几掀腾。

【注释】

1.戍角：戍边军队的号角。

80.朱竹亭[1]助学恤贫各一万元，其所宣言可作座右铭，洵达观君子也

守钱奴，积锱铢。
良田美产拓宏图，厚积将以遗妻孥。
妻孥服丽都，供享极华腴。
万金挥霍逞须臾，钱虏钱虏何其愚。
家世转眴判荣枯，得真解脱松江朱。
兴学不惜重金输，赒恤贫寒数相符。
不为子孙计有无，但愿子孙习勤劬。
多财为累少远谟，身外之物等泥污。
黄金散去心情娱，我得我失还故吾。
财得其用比瑾瑜，言能入道非虚诬。
伏波[2]诰诫语如珠，阳明[3]劝勉冶一炉。
胸襟眼界春气苏，呜呼朱君真丈夫。

【注释】

1.朱竹亭：诗中显示为江苏松江人，余未详。

2.伏波：指东汉伏波将军马援，其言有："凡殖货财产，贵其能施赈也，否则守钱虏耳。"（《后汉书·马援列传》）

3.阳明：王守仁，字伯安，号阳明，其《示弟立志说》中有："夫学，莫先于立志。志之不立，犹不种其根而徒事培拥灌溉，劳苦无成矣。"劝勉三弟守文要将立志当作学习的第一要义。

81. 得顾二娘手制圆砚一方，精巧绝伦，喜极成七绝六首[1]

砚石端坑重老苍，箕纹细密析毫芒。
千秋尤物不轻得，标志吴中顾二娘。

年时犹得溯康熙，家世还教付阙疑。
但说奏刀须老石，鞋尖点去已能知[2]。

雕镂专精几琢磨，生平综计却无多。
从知刚化为柔日，辛苦人间织女梭。

刘慈[3]赠句纪随园[4]，今日旁稽又摭言[5]。
石上桃花凝醉墨，个中应有美人魂。

一寸干将软若绵，曲传神妙彻中边。
涛笺蕙锦飘零尽，此砚今垂三百年。

定庵初得婕妤印，不换公卿喜欲狂。
从此碧霞吟馆地，笔花香带粉花香。

【注释】

1.顾二娘，清雍乾时期苏州制砚名家，本姓邹，夫家姓顾，继承夫家祖传技艺发扬光大。顾二娘砚选材考究，雕工细腻，数量稀少，历来受到文人追捧，北京故宫博物院和台北故宫博物院均有收藏。作者20世纪20年代在南京得到此砚，写下这六首七绝寄给冯善征，冯答和四首，冯诗附后（录自冯善征《达庐诗录》，民国十六年，第十四页）。

2. 鞋尖点去已能知：传说顾二娘仅用鞋尖点一下即辨端石优劣。
3. 刘慈：字霞裳，袁枚弟子，有"一寸干将切紫泥"之咏端砚制作之句。
4. 随园：指《随园诗话》，袁枚作，这里指袁枚。
5. 摭言：摘录别人的言论。

孙谨丞得顾二娘制砚于江宁，赋诗索和，作此应之（四首选二）

冯善征

端溪谁割紫云开，传是鞋尖试点来。
二百余年留妙制，重编砚史首苏台。

慧心妍手事雕镂，百炼刚为绕指柔。
钿阁才人多姓顾，二娘曾不让眉楼。

82. 题袁母夜课图[1]

夜课图，夜课图，一灯半明干欲枯。
苦节抚孤甘如荼，楹书[2]付儿心计粗。
针黹不辍忍艰虞，檐下伴纺有女奴。
斯时情景极清癯，精诚凝结同华腴。
不是身世历崎岖，安得一日入坦途。
破几价值一斛珠，坐处不啻云霞铺。
朝衣一袭乃翁儒，愿儿加兹七尺躯。
阶前玉树[3]异常株，铁中铮铮负远谟[4]。
门墙已久网罗蛛，赎屋还我旧规模。
品性士林置八厨[5]，巷有嘉名锡孝乌[6]。
此生此景心所摹，母兮圣善德宏敷。
有图一幅比瑾瑜，记之者谁其遗孤。

不忍卒读长叹吁，语语灌顶若提壶。
吾母课子矢勤劬，儿时有味侍一隅。
观图不觉泪与俱，置身图中其有无。
贤母教子如冶炉，寸心不让古欧苏[7]。
灯影机声图画殊，北江大儒殆同符。

【注释】

1. 作者在写这首诗的时候，触景生情，勾起了对自己母亲的思念。
2. 椠书：遗书。
3. 玉树：对他人子弟的美称。
4. 远谟：远谋。
5. 八厨：指东汉度尚等八位清流人物，能以财救人。
6. 孝乌：乌鸦的一种，传说长大后会喂食自己的父母。
7. 欧苏：指欧阳修的母亲和苏轼兄弟的母亲，这里指她们的教子方法。

83. 六十述怀[1] 丙寅—丁丑[2]

双丸[3]来往苦如梭，自叹浮生一瞬过。
差幸层柯有根柢，试看尺地几风波。
游踪到处添吟兴，世味于今任醉酡。
难得亲朋相聚乐，春光九十[4]细消磨。余生日为二月十四日，有亲朋聚于海上

吾乡四百廿方里，著意经营十五春。
好惰厥为工可救，设游民工厂无为未必俗能淳。
全区道路车同轨，开辟马路一百二十里 遍野弦歌德有邻。初级学校计四十余处，全区自幼稚园起至初中校止约五十处
邦国果真归一例，中原应见日彬彬。

民情鄙塞何由拔,举首凝思辄惘然。
自有人工夺天巧,不妨沧海变桑田。
造园水北添风景,_{水中填土成沧园} 建校村东杂管弦。_{设孙氏私立小学校于东市}
锦簇花团一隅地,须知精卫几衔填。

朴诚两字终身守,竟尔蹉跎六十翁。
事业穷窿河海潦,交情浓郁马牛风[5]。
闲身自悔为泥絮,绝响终应让爨桐[6]。
尘世事非无月旦[7],愿凭杯酒论英雄。

自怜年力衰退日,未报生成高厚恩。
一纸命题时勿失,_{先严督作文辄命题限一日作就} 十章背诵句常温。_{六龄时先母授大学章句,尝于睡时背诵,喜无错误}
泰岩斗拱依稀峙,灯影针痕仿佛存。_{吾母于灯下针黹,余侍侧读书}
欲养无由亲已逝,皋鱼[8]惟有泪潺湲。

蜀吴状况付云烟,偶一思量在眼前。
九载宦游泥几踏,_{宝山冷官迭经五载,川中游宦又历四年} 十年事变谷频迁。_{滥竽苏议会先后十年}
解牛聊试庖丁术,策马羞扬壮士鞭。
一事尚堪萦念虑,白门两集未全镌。_{在金陵时有白门集,与杨静子、潘丹仲合作镌刻未竣,又有续白门集未付刻}

花朝才过正芳时,对镜应惭雪压髭。
行事醉心游侠传,_{少年时崇拜游侠,至老不衰,生平行事略师其意} 言情酷喜乐天诗[9]。
老来尚自迎桃叶,兴尽无妨遣柳枝。
满眼皆春是余愿,雨兴风冷压荣滋。

春蚕吐出丝多少，检点平生缺二三。

婴孺保存儿命重，本市无育婴堂，拟即筹办 园林措置我心耽。自创公园可八十亩，仅建一演讲厅，余尚待筹措

建坊好作斗山仰，拟以文昌宫改建文庙 救世还为麟凤谈。

天佑吾曹能早就，饮虽未醉梦犹酣。

【注释】

1. 这组诗写于1926年农历二月作者六十岁生日之际，诗中回顾了自己的人生经历和作为，展示了自己的价值观。全诗文笔朴实，感情真挚。

2. 丙寅—丁丑：诗稿抄本原注，指以下的这些诗作于丙寅年（1926）—丁丑（1937）年之间。

3. 双丸：指太阳和月亮。

4. 春光九十：春天三个月九十天，指春天的美好光景。

5. 马牛风：指不相干。

6. 爨桐：毁弃良材。

7. 月旦：指月旦评。古代一种对人物及其作品的评价形式。

8. 皋鱼：成语"皋鱼之泣"，孔子见皋鱼哭于道旁之典故，意为孝养父母须及时。

9. 乐天诗：指白居易诗。

84. 题师郑[1]西砖校经图[2]

朝校经，暮校经。

经中有深味，朝暮手不停。

一任飞尘高万丈，笔耕墨耨户常扃[3]。

少校经，老校经。

由少而至老，潜契于冥冥。

读经救国无多语，下则江河上日星。

治校经，乱校经。

愈乱则愈治，春秋古仪型。

西砖多少名山业[4]，为挽狂澜下疾霆。

【注释】

1. 师郑：孙雄（1866—1935），原名同康，字师郑，号君培，江苏昭文人，肄业于江阴南菁书院，光绪二十年（1894）进士，曾任文科大学监督，著有《道咸同光四朝诗史》《师郑堂集》《旧京文存》《诗存》《读经救国论》等，另有《味辛斋笔记》记述清代朝野趣闻。曾为孙汇沣、孙汇和主修《孙氏宗谱》撰文数篇。

2. 这幅《西砖校经图》收录于《南通孙氏宗谱图咏》。校经，校点儒学典籍。西砖，指北京宣南西砖胡同，孙雄住所。

3. 扃：门闩，这里指关着门。

4. 名山业：成语"名山事业"，指著书立说。

85. 读高老愚[1]先生家传书后[2]

纲常废弛礼教枯，邪诐横行吾道孤。

先正不留日月徂，追谭往事犹跃呼。

先生笃谨甘守株，性情淡泊貌清癯。

主静养气真师儒，一入庭闱色笑殊。

侍奉堂上志勤劬，下气怡声色愉愉。

故效孩提博亲娱，天性孺慕敦友于。

一心敬爱诚意孚，伦纪铮铮乃丈夫。

孝悫两字名实符，老愚老愚老非愚。

【注释】

1. 高老愚：高汝璞（？—1917），字韫甫，号老愚，江苏无锡人，系明代东林书院高攀龙之兄高附凤十一世孙。

2. 《高老愚先生家传》为钱基博撰写，高老愚之子为显扬父辈事迹邀请名家题咏。

86.题保孤存祀图[1]

君殉国亡时,臣子义难负。
阖家誓相从,谁复顾我后。
孙兴系何人,再世为婴臼[2]。
保孤露肺肝,存祀此枢纽。
一线忠孝延,遗绪日星守。
大节耀乾坤,高门隆泰斗。
迄今已九传,文章藉老手。
绘图乞题咏,琳琅编座右。
余谓如孙兴,名共山河寿。
安顺王国正,忠义世无偶。
二尹[3]虽卑官,与孙金石友。
成仁不让人,以女匹为妇。
两家正气留,对天心可剖。
为兴事固难,若王岂易有。

【注释】

1.这幅《保孤存祀图》收录于民国十八年版《南通孙氏宗谱图咏》,作者为云南画家孙少元,其家族与南通孙氏同为新安孙氏支脉。

2.婴臼:指春秋时公孙杵臼和程婴舍身保全赵氏遗孤的忠信之举,见于《史记·赵世家》。

3.二尹:县丞或府同知的别称。

87. 跋潘丹仲不残朴斋诗集后

腹槎枒兮胸垒块，侧身乃置万人海。
不与燕雀同酣嬉，由来生性高寒在。
高寒在，性不改，威凤梧冈[1]振文采。
岂惟一鸣秦皆雌[2]，光气烛天炳千载。

【注释】

1. 威凤梧冈：引《诗经》句："凤凰鸣矣，于彼高岗。"
2. 秦皆雌：秦，指秦吉了，了哥，可模仿人语，产于秦地。雌，声不扬。

88. 读顾延卿[1]先生遗诗

秋气满肝鬲，梅桃室不春。
伤时苛政虎，绝望蹑云[2]麟。
胸有千秋想，身行万里人。
平生爱国意，歌哭遍风尘。

【注释】

1. 顾延卿：顾锡爵（1848—1917），字延卿，江苏如皋人，诸生，曾为薛福成幕僚，跟随薛出使英、法、意、比四国，著有《顾延卿诗集》。顾诗附后（录自冯雄藏《范当世手札扇面卷》）。
2. 蹑云：腾云。

追录丁堰舟中与肯堂、仲休杂咏之作，即乞子久我兄大雅教正（六首选二）

顾锡爵

尧不幽囚舜再生，诏书万纸急纷更。
华山野老骑驴堕，从此人间说太平。

凤慕宗周与道周，要当残汉武乡侯。
今宵如共冤魂语，一卷悲文月满舟。

89. 过通城承鼎三[1]表弟酒肴相待，兼与震万[2]表兄絮叙甚畅，赋诗申谢并呈震万兄

衰龄兄弟几人在，吾辈今惟中表行。
诗简一通情最密，盘飧数事味弥香。
儿时曾记同嬉戏，老去还期少感伤。谓震万新丧一孙
天假之年非易易，眼前但冀不沧桑。

【注释】

1. 鼎三：曹元本（1867—1953），字鼎三，江苏通州人，作者表弟，曾跟随作者赴四川青神县任事，回乡后做过小学教员。（孙道东《霞西琐话》稿本）

2. 震万：曹震万，江苏通州人，作者表兄。

90. 质庵贻诗，依韵赋奉并呈宛楼

廿载能逢不算迟，助人清兴雨丝丝。
梧冈凤哕君无让，桥畔鹃声我早知。
数友如初当时福，一尊姑尽此何时。
白门漫道音尘歇，淞沪安仁已有辞。

91. 题瀛儿[1]南通书画家简谱[2]

琅峰书画无详册，博采穷搜第一声。
得二百家成实录，于两三幅见平生。
足知记载关文字，从此流传有姓名。
沧海遗珠原不免，大纲要已撷精英。

默念吾州多掌故，阐微抉隐不嫌深。
名山自有千秋业，向壁毋滋一得心。
初径兹为轮辂始，高冈一振凤鸾音。
立言不朽儿常记，愿宝青灯惜寸阴。

【注释】

1.瀛儿：指孙瀛（1914—1987），字道东，号郑堂，作者第三子，毕业于无锡国学专修学校，早年随姐丈冯雄在河南从事水利工作，后在上海市银行、上海市粮食局等任事，编著有《南通书画家简谱》《郑堂诗稿》等。孙道东在父亲去世后曾收集整理父亲遗稿，分别于20世纪50年代和80年代先后誊写出《诗稿》和《沧叟遗稿》，晚年续编《孙氏宗谱图咏》，拟就初稿，后由其子孙家源接续完成。

2.南通书画家简谱：孙道东编纂于30年代，1941年高吹万曾为《南通书画家简谱》题诗，高诗附后（录自高铦、高锌、谷文娟《高燮集》，中国人民大学出版社，1999年，第680页）。

孙道东所辑南通书画家简谱，尊公沧叟属题

高燮

名父之子孙道东，手辑简谱传南通。
南通本是人才薮，即论书画灵秀钟。
二百八十五家富，勤劳费尽搜罗功。
过庭之书知微画，君家法乳海内崇。
何况区区只一邑，自明以来谁称雄。
天骨卓立世无匹，书人近数张啬公。
经畲楼高足文献，六年埋首供探穷。
芟繁有例归诸简，钩玄妙论非从同。
果然孙阳具神力，一编跃出群马空。
书成肃拜献堂上，老人笑逐开欢容。
崇川掌故无友记，是辑庶可垂宗风。
沧园雏凤声第一，锵然振起狼山峰。

92. 叠韵和宛楼并呈质翁

追维沪会云同驻，与宛楼、瑶笙[1]会于沪上 惆怅辛园酒不春。谓瑶笙
难得天涯逢旧友，漫从季世作闲人。
老来惟有寻高咏，后去相期免劫尘。
安得一年成一聚，泠然歌啸海之滨。

【注释】

1.瑶笙：程璋（1869—1936），字德璋，号瑶笙，安徽休宁人，移居江苏泰兴，后寓于上海，画家，曾任美术教员，工笔花卉自创新貌，去世后有《程瑶笙先生画集》刊行，郑逸梅《艺坛百影》对程有专文介绍。孙儆儿媳杨蓬雪曾师从程瑶笙。

93. 题馨谷[1]芙蓉白头翁画幅

清姿雅质本无双,开向西风兴未降。
唤作拒霜知不称,浅红淡白映秋江。

少年结队逐东风,看遍长安无数红。
那及秋花甘寂静,相怜尚有白头翁。

一枝画笔擅英芬,天曲于今不可闻。
遥想秋芳装满腹,芙蓉馆主应归君。

【注释】

1.馨谷:张蓁(1880—1932),字圣麟,号馨谷,江苏南通人,画家,早年任金沙孙氏私立小学美术教员,费师洪编《南通书画大观》收有其作品。

94. 题觉初上人[1]拂水山居图

何福修来小洞天,岩居习静据梧眠。
町畦自喜依名刹,山泽从知有大贤。
清比泉源见心性,梦如世事付云烟。
上人名就功成日,抱膝长吟意豁然。

半亩长留莲社踪,闲来歌啸白云峰。
纷纷尘劫惊人胆,谡谡天风荡我胸。
好友高山共流水,是僧古柏与苍松。
画图佳处一凝睇,仿佛声传世外钟。

【注释】

1.觉初上人：未详。

95.梅冈[1]落成

江潮冲破梅花垞，篾土堆成梅花冈。
梅垞四围片时尽，梅冈一邱万古芳。
成冈虽以人力胜，高处风景异寻常。
东瞻沧海混茫里，西望群峦列白狼。
南为祖宗邱墓地，北有淮河一线长。
手植梅花三百本，为冈点缀冈堂皇。
问余植梅是何意，品格高寒体质刚。
满地雪霜群卉萎，梅魁终为百花纲。
琼英绛萼盛开日，朵朵助我经畬[2]香。
闲来携筇一凭眺，梅欤冈欤吟咏忙。
里中名胜少所见，前乎冈者园有沧。
庾岭孤山不在远，登此岂翅南面王。

【注释】

1.梅冈：1915年金沙大旱，作者利用疏浚河道之泥土及他处购置之瓦砾，加高金沙北山教场河中原有土丘，得地三亩，种植梅花，取名为梅冈。

2.经畬：经畬楼，作者的藏书楼。

96. 题徐积余[1] 狼山访碑图

紫岩天祚有题名，此是狼峰第一声。狼峰题名以天祚为首
山志搜罗通志续，南庐而后又先生。

拓片成时情霭霭，访碑获处味津津。
风尘无数阅墙者，搜讨荒残有几人。

开函题咏半名流，沙健庵[2]范伯子[3]冯蒿叟[4]陈伯严[5]笔更遒。
图画千秋留雪印，先生此卷亦千秋。

薛球游迹曾镌名，刘氏五山志[6]载提刑薛球太守臧师颜 检点岩坡今则无。
莫是年堙多剥落，刘氏五山志于臧师颜下载，其下字多剥落不可读，是当时已不免剥落矣 春来细细剖榛芜。余尝拟编辑五山志，去春驻山拓碑四五十纸，惟薛球一纸无之，今春再游当细细寻觅

【注释】

1.徐积余：徐乃昌（1869—1943），字积余，安徽南陵人，光绪十九年（1893）举人，曾任江南盐巡道、淮安府知府、总办江南高等学堂、督办三江师范学堂等，其藏书甚富，著有《积学斋藏书记》《镜景楼诗》等。

2.沙健庵：沙元炳（1864—1927），字健庵，江苏如皋人，肄业于江阴南菁书院，光绪二十年（1894）进士，入翰林院，散馆授编修，后辞官回乡，创办如皋师范学堂，推动地方事业。辛亥革命后被推举为如皋县民政长，1913年2月当选江苏省第一届议会副议长，同年4月被推选为议长，未就任。著有《志颐堂诗文集》。晚年皈依佛教。

3.范伯子：范当世（1854—1905），初名铸，字铜士，号肯堂、伯子，江苏通州人，廪贡生，桐城派学者，曾入李鸿章幕府，著有《范伯子诗集》等。范当世

为作者受业师之一（详见本书"拾遗"第50首小序）。

4.冯蒿叟：冯煦（1842—1927），字梦华，号蒿庵、蒿叟，江苏金坛人，光绪十二年（1886）进士，曾任安徽巡抚，辛亥革命后寓居上海，著有《蒿庵类稿》等。冯善征去世后，冯煦为其撰写墓志铭并为其遗著《达庐诗录》作序。

5.陈伯严：陈三立（1853—1937），字伯严，号散原，江西义宁人，光绪十二年（1886）进士，曾任吏部主事，著有《散原精舍诗》。陈三立为陈宝箴之子、陈寅恪之父。

6.刘氏五山志：指刘名芳著《南通州五山志》。（详见本书第103首注）

97.题施君一[1]风树图

皋鱼哭声悲，养亲亲不待。
千古伤心人，多少及亲在。
闻君孝行优，刲股志无悔。
椿庭为日长，莱戏[2]屡舞彩。
犹作风树图，孺慕思不怠。
亲存心与俱，亲逝失主宰。
近世礼教颓，非孝尚欺绐。
伦常在天地，炳耀千万载。
有孝立人纲，无孝乾坤改。
愿告为子者，菽水胜鼎鼐。

【注释】

1.施君一：未详。

2.莱戏：成语"老莱戏亲"，指孝行。

98. 贺师郑六十晋九兼重游泮水¹之喜

瑞撷藻芹²天意厚，心耽道义世缘稀。
西砖攻苦成诗史，南极光芒映少微。
典籍有灵思救国，沧桑无术可支机³。
热心毅力垂垂老，莫谓精庐吾道非。

隐居何惜在朝市，遐寿端知非岁龄。沈约弥陀佛寿铭，眇哉遐寿，非岁非龄语⁴
弱冠科名芥轻拾，老年歌咏菊含馨。
鲸波任炫旌旗赤，骥德常昭史册青。
待看秋期翁晋九，盈盈庆祝有双星。

【注释】
1. 重游泮水：清代科举制度的一种庆贺仪式，童生入泮满六十年后，再行入学典礼，后泛指考中秀才六十周年。泮水，古代学官前面的水池。
2. 瑞撷藻芹：即撷芹，指考取生员入泮。
3. 支机：支机石，古代传说中可以用来补天的石头，唐代冯涓诗《题支机石》中有"不随俗物皆成土，只待良时却补天"，这里指补天，比喻利世利民。
4. 出自沈约《广弘明集》之十六《弥陀佛铭》。

99. 师郑宗兄以四律寿我，读之愧怍¹

鸰原²自有精诚结，莫恨天涯尺素稀。
体道常思周茂叔³，焚香愿见陆探微⁴。
提纲挈领文章伯，斗角勾心锦绣机。
一念天空嘘蜃市，临风太息世途非。

远贻玉什尝三复,可叹人生无百龄。

省识浮尘都是幻,但留名著有余馨。

阁中图卷百城富,江上琅虞两点青。

漫说旧都一遗老,世间珍重斗南星[5]。

【注释】

1. 这首诗大约写于1936年初,农历二月十四日作者七十岁生日前后。
2. 鸰原:出自《诗经·小雅·常棣》"脊令在原,兄弟急难"。比喻兄弟友爱。
3. 周茂叔:周敦颐,字茂叔,宋代理学家。
4. 陆探微:南朝刘宋时期画家。
5. 斗南星:成语"斗南一人",比喻十分杰出的人才。

100. 乙亥[1]中秋月

中天月团圞[2],四野田荒秽。

夜色愈凄清,人心益颓废。

往昔值中秋,但见高寒概。

兹亦一中秋,举目增感慨。

满地散琼瑶,今则见破碎。

识气为金银,今则见乖背。

澄空无异观,玩赏问几辈。

光明占十分,毋令照秋刈。

【注释】

1. 乙亥:1935年。
2. 团圞:团聚,团圆。

101. 情荃[1]嘱题画隐园图[2]

毘陵昔有汤贞愍[3]，狮窟[4]曾为琴隐园。_{琴隐园在狮子窟}
姑藉画鸣非得已，自甘遁处复何言。
空留世外桃源梦，如返湘中水绘魂。_{水绘园[5]有湘中阁}
海内名流题咏遍，皎然始识恽王[6]尊。

谷园篆刻斫轮手，旧德群推第一流。_{许容[7]有谷园印谱、韫光楼印谱，见通州志，为世推重}
尘世沧桑嗟片刻，儒家诗画足千秋。
园林苍翠乾坤小，图卷联翩今古收。_{水绘园图卷共藏此园}
况有清才坡颖[8]侍，老年得此百无忧。

【注释】

1. 情荃：许树枌（1861—1941），字情荃，号白也、画隐老人，江苏如皋人，岁贡生，肄业于江阴南菁书院，清末民初在如皋兴办教育，任教习及学监，并参议地方事业。工诗词金石书画，在柴湾镇建有画隐园，著有《读五千年未见书楼丛谈》《画隐园文赋诗词钞》《劫余吟》等。

2. 同为画隐园图题咏的有费师洪，费诗附后（录自费师洪《淡远楼诗》，民国二十三年）。

3. 汤贞愍：汤贻汾，谥号贞愍，清道咸时期官员，善诗画，著有《琴隐园诗集》。

4. 狮窟：指狮子窟，汤贻汾之别处园林。

5. 水绘园：如皋冒家花园，始建于明末。

6. 恽王：指恽寿平、王士祯。据《程邃年表简编》："（康熙十五年）时冒襄水绘园玉山女史有临花鸟十二种，装帧成册，请四方名流题咏，程邃、恽寿平、王士祯均为此题册。"

7. 许容：清代早期篆刻家，如皋籍。

8. 坡颖：本指苏轼苏辙兄弟，这里借喻许树枌两位有才学的儿子。

寄题许情荃先生画隐园

费师洪

隐者古恒有，实嗟世不用。
屠筑或医卜，涠迹合群众。
公今隐于画，殆亦有深痛。
精心赴毫楮，拚将日月送。
画理通治术，众象妙抟控。
信手与点染，规矩一一中。
何日园中游，春醪携与共。
门临淮水长，不碍闲鸥梦。
逍遥一卷书，当花听莺哢。
莫羡武陵人，此即桃源洞。
转念更劝公，伊吕本伯仲。
悠悠日闭门，柴湾酒孰供。_{丈居如皋柴湾}
理乱方寸间，为反招隐颂。

102. 甲戌初夏得个道人[1]双薇诗选墨迹两卷，乃从江棱、双薇两集选录者，喜赋四绝

荒境团瓢[2]似古初，双薇吟馆复萧疏。
父孙皆食清廷俸，高咏如何入禁书。

热眼不知梅趣味，寒心独抱雪襟期。
啸歌风雨愁边壮，文字龙蛇拙处奇。

性天素嗜孝慈事，命运兴嗟潦倒人。
堂号肚疼非怪异，孤云落叶识吾真。

成茧成丝蚕蚁分，为魂为血杜鹃声。
个仙墨迹应无价，两卷公然压百城。

【注释】

1. 个道人：丁有煜，字丽中，号个道人，通州人，清康乾时期诗人、画家，著有《双薇园集》《江棱集》《双薇园诗集》《与秋集》等。
2. 团瓢：圆形草屋。

103. 甲戌初夏得丁、刘佳本

甲戌初夏得个道人双薇诗选墨迹，又得南庐¹崇川烬余录。丁无第一、二卷，刘无第一卷；丁系墨迹，刘非自书，或系丁家抄录之。个老诗刻有双薇园集、江棱集、与秋集，清代列入禁书，南庐诗未见。刻本如果印刊中有句云"改尽衣冠不改操，喜新憎旧笑儿曹"，恐又将列入禁书也。一日得两佳本，自谓眼福不浅，录副贻翰甥、范九并记之以诗。

左江右海一闲身，气骨嶙峋不染尘。
歌啸常邀孤馆月，梦魂难舍故乡莼。
苍茫云水萧疏客，暗淡乾坤潦倒人。
愁不因贫愁日积，秋心寄处写吾真。

除夕山中三十咏，一生心迹却晶荧。
分君余粒官家董，知己千秋个老丁。
波浪枕边横古树，水云窝里托孤萍。
眼前愿作模糊看，自解浑如对酒星。

崇川集号烬余录，四十年光几卷诗。
幸有一夔差算足², 虽无全豹已能窥。
囊中山志分头记，道左秋坟鼎足奇。
在日微名身后永，诵君高咏我心仪。

【注释】

1.南庐：刘名芳，字南庐，号七山外史、十六洞山人，福建人，乾隆时期曾寓居南通，去世后葬于狼山。著有《南通州五山志》《宝华山志》《焦山志》等。

2.幸有一夔差算足：这里指得到的残本虽然不全，但也很满足。夔，异兽名。《辞海》"夔一足"条：《韩非子·外储说左》：鲁哀公问于孔子曰："吾闻古者有夔一足，其果信有一足乎？"孔子对曰："不也，夔非一足也，夔者忿戾恶心，人多不说喜也；虽然，其所以得免于人害者，以其信也；人皆曰独此一足矣，夔非一足也，一而足也。"《吕氏春秋·察传》：鲁哀公问于孔子曰："乐正夔一足信乎？"孔子曰："昔者舜欲以乐传教于天下，乃令重黎举夔于草莽之中而进之，舜以为乐正，重黎又欲益求人，舜曰'若夔者一而足矣'故曰夔一足，非一足也。"按桂馥《说文义正》："此二说不同，皆寓旨也。"（《辞海》（丁种），上册，丑集，第二一二页，中华书局，民国二十六年）

104.邵潜夫为吾通高士，所著皇明印史，书贾居为奇货，顷购得潜夫别集一部，浏览一过，成诗两律¹

满腹牢骚老更愁，典坟²编辑暂消忧。
今人无偶古为偶，知己难求书可求。命名友谊录，篇名最奇
聚满德星劳月旦，文士传未印 搜来循吏足风流。有循吏传四卷
引年志幻多偏僻，引年志幻两录，敢谓先生道欠柔。失俪志附志幻录后

印史曾经见一斑，翰甥购得一册 琳琅声价震人寰。
韬光陋巷衡门下，州志载王阮亭³访之巷隘不容车骑 植品廉泉让水间。州志阮亭出金一镒为寿，潜笑曰，久甘穷约，无所事此，却之
州乘有资嗟散佚，州乘资三卷未印 字书误正枉追攀。字书考误二卷未印
眉如诗草天怜惜，所著眉如诗草未能觅得 应有孤云在世间。

【注释】

1. 邵潜夫：邵潜，字潜夫，通州人，明末清初文学家、诗人，善篆刻，著有《皇明印史》《友谊录》《文士传》《循吏传》《引年志幻》《失俪志》等。（作者自注）
2. 典坟：成语"三坟五典"，意为上古时代的书籍，这里泛指各种典籍。
3. 王阮亭：王士祯，字子真，号阮亭、渔洋山人，清初文学家。

105. 挽师郑¹

飞舸正拟祝遐年，平沪旋惊噩耗传。
以史为诗无作者，读经救国剩遗编。
从今棠棣难联咏，未值龙蛇乃厄贤。
蒲月²悼亡方答和，如何双举共升仙。

燕山黯淡室生尘，著作空教说等身。
指日双星歌寿考，君七月古稀大庆 何年再造到人伦。
归期东海耕难耦，凉夜西砖屋不春。
耆宿光沉梁栋折，商量旧学又何人。

【注释】

1. 这首诗写于1935年农历五月。
2. 蒲月：农历五月。

106. 啸台[1]

摄衣历层级，行陟苏门山。一啸自千古，孙公和[2] 祠前有一啸千古额 百泉无片闲。

百泉在其下

隐名昭世宙，清响绝尘寰。俯仰一凭吊，台空人不还。

【注释】
1. 啸台：位于河南省开封市尉氏县，为晋代阮籍有关的一处遗迹。
2. 孙公和：孙登，字公和，魏晋时期隐士，长年隐居苏门山，尤善长啸。

107. 百泉[1]

我见名泉亦多处，未见百泉天下奇。
灵源出自太行麓，不为瀑布为明漪。
方塘如鉴豁心目，昭质弗闻素变缁。
四周衔绕砌砖石，整齐画一无倾欹。
宇内方池所在有，异境特出光陆离。
疏者曙星列三五，密者玉盘走珠玑。
大者茶铛热汤沸，小者波面露华滋。
晶光皆从宝藏显，梅花数点天心施。
荇藻无时不飘拂，鱼蟹随在可游嬉。
叠呈月窟天根象，力行不堕空明思。
俯视深度不逾丈，迂回荡漾成渺沵。
为地亦仅百余亩，莹然一片白玻璃。
有时静坐听天籁，琴筑清音其庶几。
亭台点缀水心里，为泉生色泉无知。

我来百泉领灵境，我喜百泉谒先师。百泉上为苏门，有大成殿悬子在川上额

正学联翩存矩矱，宋邵康节²安乐窝在此，泉上有邵康节、孙夏峰³祠 逝者虽逝文在兹。元许鲁斋⁴、姚公茂⁵、窦汉卿⁶皆讲道于此

源头活水今寻得，有志深造属人为。

因泉悟道泉自若，以泉盟心心无欺。

不观此泉数孔出，奔放有如万马驰。

卷而怀之在方寸，永葆真源无竭时。

【注释】

1. 百泉：位于河南省新乡市辉县境内，为历史名胜。
2. 邵康节：邵雍（1011—1077），字尧夫，谥号康节，北宋理学家，曾在百泉隐居，其祠堂位于百泉湖西北角。
3. 孙夏峰：孙奇逢（1584—1675），字启泰，世称夏峰先生，明末清初理学家，曾在百泉讲学，其祠堂位于百泉湖南岸。
4. 许鲁斋：许衡（1209—1281），字仲平，号鲁斋，元代理学家。
5. 姚公茂：姚枢（1203—1280），字公茂，元代理学家。
6. 窦汉卿：窦默（1196—1280），初名杰，字汉卿，元代理学家。

108. 题王半耕¹梅册

名贤遗墨几家藏，梅阁嶙峋翰墨场。

赖有遐心寻淡味，题句有著墨不在多，一淡而已矣 喜从远道识孤芳。得于郦南²

书名若露羁人意，名字上载崇川二字 写照还存似我章。有梅花似我章

此是吉光无觅处，持归好共海天长。

【注释】

1. 王半耕：据作者自注，或为通州籍画家。
2. 郦南：新乡旧称。

109. 洛阳

形胜西京势独尊,九朝都会惜无痕。
背邙面洛崇规具,西涧东瀍[1]故道存。
灰烬经过悲凤阁,唐武则天镌有凤阁之宝印 兴亡阅尽有龙门。
愿君莫发迁居议,所冀旋乾与转坤。

【注释】

1. 瀍:瀍河,位于河南省,发源于孟津县,汇入洛河。

110. 伊阙[1]

伊阙忽成阙,龙门若有门。此非神禹迹,犹见魏胡痕。北魏胡太后凿山辟洞
伏虎高冈并,垂虹远势吞。潜溪知脉暗,古洞识云骞。
十寺遗留少,闻止剩潜溪、香山二寺 三龛镌刻存。石纹莲座踞,山根下有天然莲座 碑记藓斑繁。
劫火灰无数,珍珠水自翻。有珍珠泉 我来一登眺,兴废且休论。

【注释】

1. 伊阙:即洛阳龙门,因两山对峙,伊水中流,宛如门阙得名。

111. 谒关陵[1]

关陵高耸势嵯峨,古柏苍苍苔藓多。
忠义一腔无洒处,上为星日下江河。

【注释】

1.关陵：历史上名为关陵者有数处，这里是指位于河南洛阳的关林。

112. 林落山[1]

林落山头气势庞，四围凹处涧飞泷。
魏宫阒寂风烟冷，有说魏安釐王筑雪宫于此 稠塔崔巍法力□[2]。中有神头塔，云北齐稠禅师[3]所建，旁有稠禅师墖[4]
今日弦歌成讲肆，当年花雨造经幢。寺西小山上有经幢
游观无限沧桑感，惟有泉声晓夜淙。

【注释】

1.林落山：林虑山，位于河南安阳。
2.抄本此处脱一字。
3.稠禅师：僧稠禅师，河北昌黎人。
4.墖：古同"塔"，通常指僧人之墓。

113. 翰甥有饯别诗次原韵[1]

鄜南小住故恬然，款款深情托素笺。
孤本同搜先辈秘，遗编时结古人缘。
精详合是书林叶，博雅无惭经笥边[2]。
今日一程劳送我，须臾踪迹各云天。

【注释】

1.1935年冯雄在新乡（鄜南）工作期间，作者游历豫陕一带并在新乡小住，

这首诗为离开新乡时所作。

2.经笥边：指博通经书的东汉学者边韶。

114. 谒韩魏公祠[1]

碑碣犹留昼锦堂，先生祠宇独芬芳。
欧阳作记星辰炳，大范齐名日月光。
兵火几经仍屹立，子孙两庑最蕃昌。
世间不少人中杰，谁似韩原气脉长。

【注释】

1.韩魏公祠：也称韩王庙，为纪念北宋政治家韩琦而建的祠堂，位于河南安阳。韩琦（1008—1075），字稚圭，封魏国公。

115. 殷墟[1]

北冢[2]风沙日相逐，古器长埋鬼神哭。
文字郁没三千年，一朝发掘光炳煜。
摹拓参考发幽情，刘孙王叶[3]诸名宿。
雪堂[4]在先后容商[5]，陈董[6]于兹尤三复。
可识者有一千余，不识之字满篇牍。
尼山[7]殷礼不足征，线天居然获杍柚。
我爱契辞先搜书，复置甲骨韫诸椟。
昔年曾为廓南行，咫尺安阳未转毂。
今年二度新中游，相州[8]之役苦不速。
谒韩访张[9]张迁 多古思，洹上三经不惮复。
小屯故是河亶城[10]，河亶甲城 农服田畴童饮犊。

寥寥村落几人家,殷墟出品群注目。
深坑尚有雪泥痕,碎片或为风雨卜。
黄金市骨数零星,珍重不啻珠一斛。
我藏此品数近千,一经验明更芳馥。
古人书法尚清刚,英锐之中有起伏。
或增或减见义理,时瘦时肥尤叹服。
象形假借最纷繁,训释往往不可读。
商周递嬗转移间,何以灵光天使独。
籀斯[11]是否悉渊源,叔重[12]应恨无眼福。
百世而下得此文,河海渊深泰华矗。
呜呼!
鲧堤尧城[13]杳莫追,商家故宫茂草鞠。
何图发见此卜辞,因流溯源知孕毓。
遗留奇字在人间,多少名家搓胸腹。
骨片纵亡书不亡,讵主变迁如陵谷。

【注释】

1. 这是作者1935年到访河南安阳小屯村之后所写。

2. 北冢:传说为商王盘庚的都城。

3. 刘孙王叶:指刘鹗、孙诒让、王国维、叶玉森等四位发现和研究甲骨文的先驱。

4. 雪堂:罗振玉(1866—1940),字叔蕴,号雪堂。

5. 容商:指容庚、商承祚。

6. 陈董:指陈夕康、董作宾。

7. 尼山:孔子出生地,这里指儒家典籍。

8. 相州:安阳旧称。

9. 谒韩访张:韩,指北宋韩琦;张,指东汉张迁。(作者自注)

10. 河亶城:第十二代商王河亶甲的都城。(作者自注)

11. 籀斯:指史籀、李斯,历史上对汉字发展作出重大贡献的人。

12. 叔重:许慎,字叔重,东汉文字学家,著有《说文解字》。

13. 鲧堤尧城:鲧堤相传为鲧治水遗迹,也称尧城,位于河北威县。

116. 玉泉院[1]

骇浪惊涛日不休，瀛寰无处觅无忧。
龙蛇飞动山中树，山荪亭下有古树，腰围极钜，中空，树皮作龙蛇飞动状，名无忧树。
院中共有四树，相传为希夷[2]所植 金铁玱琮石上流。
亭子全荒空有迹，山荪亭、无忧亭 尘踪能绝复何愁。
世人但学希夷睡，洞内有希夷睡像 便是天边一野鸥。

【注释】

1. 玉泉院：位于陕西华阴。
2. 希夷：陈抟，字图南，赐号希夷先生，唐末五代隐士。

117. 华山行[1]

华岳奇险居第一，入山数武[2]即有奇险天下第一峰数大字 六九老叟鼓勇从。
迟明即为竹兜乘，冥想一叩壶峤[3]踪。
眼前但有峦面面，耳傍唯闻水淙淙。
行三四时不见日，造百千级未登峰。
石或壁立似蹲虎，泉则夭矫[4]如游龙。
寻径恍若青嶂阻，履石宛觉白云封。
两肩轻负薄人命，舆夫以一肩乘之，手或不扶杠，危险殊甚 四围皆山小天容。
有时展步行蹙蹙，当极陡极险处须下舆行走约三四里 或竟急力心憧憧。
绝磴难攀仍奋足，舆夫力挟代支笻。
蜀道云难或输是，秦关言险此为冲。
经历已达四十里，超过不啻千万重。

再上仚谓必矫捷,到此已觉非凡庸。

能蚤十载探石室,知可近傍碧芙蓉。

【注释】

1. 这首诗写于1935年,此时作者虚龄六十九岁。
2. 数武:不远处。武,半步。
3. 壶峤:指方壶和员峤,古代传说中五座仙山中的两座。
4. 夭矫:屈伸有气势。

118. 山河篇

山不太华不见险,水不黄河不见奇。

是乃造化所特创,骨气要非人工为。

立身须具特异质,向学亦宜浩荡规。

嗟嗟!

微太华,吾恶知劲骨之所撑架;

微黄河,吾恶知大气之所包罗。

119. 重游百泉

重来不跨幱[1],车驶似行船。

浅壑沙成锦,方塘玉作泉。

湖心无价景,谷口有声弦。

到处游观毕,髯翁未倦眠。

【注释】

1. 幱:古同"鞯",鞍鞯。

120. 饿夫墓[1] 彭了凡名之灿，直隶蠡县诸生

国亡士焉附，生死度外看。
自从明社屋[2]，在在皆悲观。
饿死啸台畔，不饿心不安。
匪必继孤竹[3]，清泉湛肺肝。

【注释】

1.饿夫墓：明末志士彭之灿之墓，位于苏门山东侧。彭之灿，字了凡，蠡县人，明朝灭亡后，不接受清朝统治，在啸台绝食而亡。（作者自注）

2.明社屋：明朝终结。屋，终止。

3.孤竹：指商代孤竹国的两位王子伯夷、叔齐不食周粟，饿死于首阳山的故事。

121. 咏公和夏峰两先生

先有公和后夏峰，亭台祠宇白云封。
心情皎皎一池水，风义堂堂百尺松。
感世沧桑空慨叹，忘机鱼鸟且从容。
苏门名胜孙家占，翠藓苍烟万古浓。

122. 积书

太华归来意兴遐，积书正好老烟霞。
缺残未必无佳本，古逸居然压五车。

旧德敢忘诗礼诲，遗经或拜马牛嘉。
朝闻夕死尼山训，莫问桑榆日影斜。

123. 狼山

春冷郊原寂，山游友好携。
岩空苍藓古，江阔白云低。
怪石纷然立，衰年不畏梯。
百忙休息好，权借一枝栖。

只说江环抱，还登望海楼。
近瞻孤塔耸，远看一轮浮。
良伴随缘喜，高僧意孕秋。
扶桑虽极目，忧患满心头。

华岳归来后，兹山坦荡行。
摩空花隼影，幽静木鱼声。
白浪横江带，丹崖障石城。
旧传狼卧处，底事[1]易琅名。

山前花滞发，羯鼓[2]不须催。
豪气江间涌，奇情天外来。
禅机参佛学，诗句仗仙才。
东望阴氛塞，何方为拨开。

【注释】

1. 底事：何事。
2. 羯鼓：用公羊皮蒙制的一种双面打击乐器，常见于西域，传说出自羯族。

124. 题率口程氏六烈妇诗[1]

前有戴汪黄[2]，后有江孙李[3]。
六烈萃一门，节义光青史。
或以颈血溅，钢刀直儿视[4]。
或以白璧完，付兹一泓水。
名悬大阜瀛[5]，魂魄武林涘。
正气所扶持，两地同一轨。
近年女权张，不顾纲常圮。
平等与自由，恋爱相矜侈。
置古烈妇中，何者为廉耻。
腼然巾帼身，能不愧怍死。
堂堂理学程，著书振人纪。
闺闱大节昭，贞心贯天咫。
渊源有所承，奇烈耀万祀。
率口山苍苍，徽河水沘沘。
山高水流长，六烈常似此。

【注释】

1.率口程氏六烈妇的事迹，记录在程龙标于1921年出版的《休宁率溪程氏六烈妇传》中，徽州程氏一族的六位妇女，面对太平军坚贞不屈英勇就义的感人事迹。黎元洪、吴士鉴、顾祝同、伊立勋、傅增湘、狄平子等人为此撰文题诗。宋代以来程朱理学在徽州地区影响深远，贞节观成为社会主流意识，据相关记载，这一地区出现的贞女烈妇明代就有6万多人，清代达到8万多人。率口，位于今安徽省休宁县流口镇。

2.戴汪黄：咸丰十年（1860），太平军占领休宁，程氏一族的程崧辰妻戴氏、子锦标妻汪氏、元标妻黄氏被俘，三烈妇坚贞不屈，大骂乱贼，慷慨就义。

3. 江孙李：咸丰十一年（1861）冬，程崧祝妾江氏、儿得标妻孙氏、侄儿龙标妻李氏带着襁褓中的孩子避难杭州，太平军再次攻陷杭州，为保贞节，程氏三妇宁死不屈，带着襁褓中的孩子投钱塘江自尽。

4. 儿视：蔑视。

5. 大阜瀛：休宁县流口镇大阜瀛村，戴氏、汪氏、黄氏就义处。

125. 海门

廖嘴[1]陆沉三百载，旧痕不见只新痕。
当前不乏桑麻美，此是江天一角魂。

城市山林境地殊，半为佳处半通衢。
花开不是河阳县[2]，满郭新阴柳与榆。

一片膏腴接启东，狮山矗立望何崇。
若教慧眼参生灭，无数楼台蜃市中。

【注释】

1. 廖嘴：也称廖角嘴、料角嘴，是长江北岸江岸线与海岸线的交界处，位于今南通市启东县境内。

2. 花开不是河阳县：出自李白诗句"河阳花作县，秋浦玉为人"。

126. 灵岩

馆娃宫[1]址傍青苍，黛色湖光百代香。
又是名山又佳丽，古今只有一吴王。

琴台绝响风流歇，石室无人拘系空。
惟有山容今不改，太湖一片旧鸿濛。

高僧弘愿德休休，殿宇重辉魄力遒。系印光法师[2]所建
多少行宫兼别院，早随灰劫付东流。

【注释】

1. 馆娃宫：相传为吴王夫差为西施建的宫殿，位于江苏吴县灵岩山上。
2. 印光法师（1861—1940），法名圣量，字印光，陕西郃阳人，净土宗高僧，早年在陕西兴安县双溪寺出家，曾修行于北京龙泉寺、普陀山法雨寺等多处寺院，六十岁以后在上海太平寺、苏州吴县报国寺弘法，1932年其改报国寺名为灵岩山寺，后圆寂于此。有《增广印光法师文钞》传世。

127. 谒韩蕲王[1]墓

西施洞外蕲王墓，均在灵岩山麓儿女英雄并著名。
桴鼓夫人[2]曾助战，我来凭吊意纵横。

铁胎能挽不模糊，悍马风驰意气粗。
木渎[3]酒家应不少，未知赊欠一壶无。

【注释】

1. 韩蕲王：韩世忠（1090—1151），字良臣，南宋名将，死后被追封蕲王，葬于吴县灵岩山西南麓。
2. 桴鼓夫人：梁红玉，韩世忠继室，曾为夫君擂鼓助战。桴鼓，鼓槌与鼓，也指战鼓。
3. 木渎：江苏吴县（今苏州市吴中区）木渎镇，灵岩山所在地。

128. 天平山[1]

山号天平石不平，奇形异状我尤惊。
鸳鸯并立垂千载，鹦鹉能言不再声。鸳鸯、鹦鹉均天平石名
枫径待看红叶染，松峦但见白云横。
扶筇直自线天上，衰老无妨脚力撑。

【注释】

1.天平山：位于江苏吴县（今苏州市吴中区）。

129. 登烟雨楼

我来烟雨楼，适当烟雨里。
湖烟湖雨最多情，烟时雨时尤可喜。
此为柳堤烟，此为药栏[1]雨。
烟楼雨楼楼不知，美人画舸自来去。

【注释】

1.药栏：芍药之栏，泛指花栏。

130. 游西湖

十里春波泛碧油，湖山化作女儿柔。
一椽聊寄此终老，濯足何须万里流。

131. 岳庙柏石

柏曷为成石，石曷为是柏。
松脂二千年，便化为琥珀。
人品是松柏，人心是铁石。
柏身与石身，今知同一脉。

132. 云栖寺[1]

夹寺千竿竹，横山一段云。
董经[2]留石刻，莲塔播灵芬。
栖止尘心灭，游观净典薰。寺为净土宗
庄严禅殿肃，香气正氤氲。

【注释】

1. 云栖寺：也称云栖山寺，杭州五大名刹之一，始建于五代，原址位于西湖西南五云山麓，今已不存。
2. 董经：指董其昌书写的佛经。

133. 白龙潭[1]

必抵白龙穴，行行志未灰。先至小和山，再前去尚有七八里，山路崎岖，泉涧纵横，不易登陟
危崖忘路险，飞瀑自天来。

缺处两山并，两山之间留一缺处，下即飞瀑 当前匹练开。

何人为摄影，身在水云隈。章君以余年已七十余，健步游此为摄影

【注释】

1. 白龙潭：位于杭州。

134. 风波亭

无处无风波，风波眼前是。
独有风波亭，古今皆下泪。

135. 龙亭 河南开封

石台辇道[1]势巍峨，想见当年彩仗多。
今日龙亭一凭吊，山河故是旧山河。

【注释】

1. 辇道：或称御路，皇帝车驾专用道路。

136. 铁塔[1]

铁塔十三层，廿丈标天柱。
佑国寺[2]全荒，俯仰成千古。

【注释】

1. 铁塔：位于河南开封，又称开宝寺塔。
2. 佑国寺：即开宝寺。

137. 范九闻经畲洗劫有诗慰我，次韵奉酬 戊寅[1]

不与劫灰尽，遥知天眷长。
百珍虽灿烂，万事本空茫。
有聚终应散，为祥即是殃。
烟云曾过眼，何必论存亡。

【注释】

1. 戊寅：1938年，这年4月24日经畲楼遭抢劫焚毁。

138. 质翁以兄铁叟[1]仿子建赠白马王彪[2]体作诗二首，乃赓续二首，完成兹篇情意缠绵，友爱心肠判然若揭，爰综括斯义成五古一首

伦纪重友爱，无如兄弟情。
子建崇骨肉，不鉴彼忠诚。
铁叟郁悲愤，恩义油然生。
质翁歌棠棣，花萼赓续成。
但苦离别恨，未能联瑟笙。
江水虽咫尺，不啻万里程。

苦乐杳然异，白发矢坚贞。

有园不涉览，有田不归耕。

呜呼乱离世，何时见清明。

【注释】

1. 铁叟：潘恩元之兄。（作者自注）
2. 赠白马王彪：曹植写的一首抒情长诗，描写与白马王曹彪被迫分离时的复杂心情。

139. 得家报悉经畲楼被焚，瀛儿恐余懊丧不使余知，故及今方悉，赋数言志慨亦无聊之极思也[1]

绛云[2]不留文采湮，志颐[3]被厄精气沦。

乱世纷扰不能免，吾独何为复断断。

七二衰翁有几春，洪流大祸乃及身。

我得我失亦何恨？

呜呼！经畲一毁兮不重新！

呜呼！经畲一毁兮不重新！

【注释】

1. 这首诗写于1938年5月以后。
2. 绛云：指绛云楼，清代文人钱谦益的藏书楼，遭火焚毁。
3. 志颐：隐居养志。

140. 回忆 经畲楼被焚所存各物洗劫一空,今举可记者约略记之,得五古十首

甲骨

古物本足珍,甲骨为尤古。
发见五十年,出自殷虚土。
物从汴梁来,介绍金陵贾。
中多万选钱,千百菁英聚。于万余片中选出此,叶大如桐,叶小似错刀,共五六百片,余零星小片约三百余片
凤毛麟角希,全龟更四五。
儿辈精拓成,积册堪摩抚。订四册
斯文未坠亡,逸篆足订补。
一旦付东流,知音向谁数。

书籍

教子尚遗经,籯金复何用。
老夫本斯旨,百城纷错综。
经史子集全,陈列何珍重。
采择多元明,有时兼及宋。
古刻未易寻,尊礼香花供。
钞册数百年,有明人钞册若干部,皆极有用书籍 匪自人间共。
秦豫两州间,得书常讽诵。
倏忽经飘风,层层白云封。

碑帖

碑帖有专门,生平好采获。

人谓墨缘多，时时得名册。

秦汉猎遗珍，<small>秦权汉碑碣 晋唐留真迹</small>。

明拓不易求，宋元同拱璧。

淳阁与凤楼，<small>王著模本淳化阁帖、潞王藏星凤楼帖</small> 经畬泰华脊。唐碑如欧颜，<small>欧阳询皇甫君碑、颜真卿争坐位及三表两种</small> 精气真宰辟。

余帙佳者多，<small>明人丛帖不经见者亦有数种</small> 全幅尤可惜。<small>拓片全张多字者</small>

顷刻付烟尘，闻之荡心魄。

字画

古人真气存，所存在字画。

癖好五十年，楼中藏各派。

朱黄[1]墨迹精，苏米[2]笔意迈。

迂痴[3]为琳瑯，唐王[4]皆珪玠。

仇文[5]更名贵，自能辟境界。

恽家[6]尚工致，格式尤崇拜。

通画积亦多，<small>有南通书画家简谱已载明，有未入简谱者</small> 自谓古缘届。

十箧积深深，一朝羽毛铩。

尺牍

名宿不可见，精神聚短牍。

短牍留者稀，何人韫诸匵。

搜集包元明，书家画家独。<small>赵子昂[7]、陈老莲[8]、查二瞻[9]</small>迨至咸同朝，文采尤芬馥。

曾胡[10]遗菁英，彭左[11]气浓郁。<small>曾彭尺牍尤居多数</small>

卫薛[12]皆旧家，瑶函珠一斛。<small>廊南卫家、金陵薛家多所采取</small>

徐王[13]张范[14]伦，<small>树人、菽原、啬师、肯师</small> 先辈堪私淑。如何浩劫中，烟云等过目。

折扇

汉制有班纨[15]，制扇匪今始。

折叠任回环，挥洒可满纸。
多少书画家，功候验于此。
明代重泥金，美术澈表里。
倪文各璀璨，倪元璐、文征明 名辈亦秀峙。八大、二瞻之类
清代伟人多，精品联蘅芷。百二兰亭斋所藏得之最多
为数四百幅，片刻付流水。
古骨多陆离，望风空延企。

图章

经畬聚图章，印册有十六。
近来十年中，收集未加幅。
三桥廿余方，精心纷簇簇。文三桥[16]
丁黄镌刻工，丁敬身[17]、黄小松[18] 数章足纫服。
赵吴各有派，赵撝叔[19]、吴让之[20] 流丽堪入目。
最惜刘南庐[21]，有南庐一章，旁有跋语 高致如云矗。
平生名号繁，各章光煜煜。
计数六百方，散去抑何速。

拓片

钟鼎不易摹，金石有拓片。
器盖重全型，耀眼墨光炫。
鬲鼎大规模，鬲鼎全型甚大 毛公英光绚。毛公鼎全幅
现时存者稀，搜罗价匪贱。
多少泉与瓦，簠斋[22] 尤宠眷。
印记不含糊，古味供摩研。
元公姬夫人[23]，完石余所羡。
余珍亦纷纷，金石拓片不易觏者尚有多数 忍报桑田变。

石砚

吾通产澄泥，书家重端石。

澄泥卅余方，缮黄充几席。

其间最晶莹，蕉绿间荷白。

端石几千年，大半江枫赤。

鸲眼[24]著空灵，龟图灭潚澨[25]。

三方顾二娘，二娘生平制砚只数十方 南面不与易[26]。

银星[27]尤足珍，不啻来姑射[28]。计有百种

忽然化鹤飞，思之如隔夕。

鼎彝

古器虽无多，鼎彝亦稍备。

有鼎大如瓠，纹理露奇致。

一盘及两匜，文字颇殊异。

断为周时物，万古云霞萃。

更有一牺尊，籀篆尤横恣。

余器未深稽，各自有铭识。有一鼎甚高，中亦有铭识，极古朴

五鼎与五炉，色香尤工致。五鼎纹最古，五炉玉红色

重量不可求，一小炉重十余斤 乃遽逢魑魅。

【注释】

1. 朱黄：指朱熹、黄庭坚。
2. 苏米：指苏轼、米芾。
3. 迂痴：指倪瓒、黄公望。
4. 唐王：指唐寅、王翚。
5. 仇文：指仇英、文征明。
6. 恽家：指恽南田。
7. 赵子昂：赵孟頫，字子昂，宋末元初诗人、画家。
8. 陈老莲：陈洪绶，字章侯，号老莲，明代诗人、画家。

9. 查二瞻：查士标，字二瞻，清初诗人、画家。

10. 曾胡：指曾国藩、胡林翼。

11. 彭左：指彭玉麟、左宗棠。

12. 卫薛：作者有注。

13. 徐王：指徐树人、王菽原，徐为嘉庆年间进士，王为道光年间进士。

14. 张范：指张謇、范肯堂。

15. 班纨：汉成帝妃班婕妤曾作《团扇》诗，后有班女扇一说。

16. 文三桥：文彭，字寿承，号三桥，明代篆刻家。

17. 丁敬身：丁敬，字敬身，清代篆刻家。

18. 黄小松：黄易，字大易，号小松，清代画家、篆刻家。

19. 赵撝叔：赵之谦，字撝叔，清代画家、篆刻家。

20. 吴让之：吴熙载，字让之，清代书法家、篆刻家。

21. 刘南庐：刘名芳，字南庐，清代诗人、篆刻家。

22. 簠斋：陈介祺，字寿卿，号簠斋，清代金石学家。

23. 元公姬夫人：指《元公夫人姬氏墓志》，正书，三十七行，行三十七字，刻于隋大业十一年，清嘉庆二十年（1815）出土于西安。

24. 鸲眼：指带有如鸟眼斑纹的一种端砚，很珍贵。

25. 渊渚：水浪相击声。

26. 南面不与易："虽南面之君，未可与易也"，比喻任何时候都不会与人交换，见于苏轼《放鹤亭记》。

27. 银星：银星砚，一种歙砚。

28. 姑射：神仙或美女的代称。

141. 质翁以雨夜闷人，晨起喜有霁色诗见示，次韵奉和

小楼彻夜雨声长，俄顷云开露晓光。
芍药辞枝春院寂，荼蘼压架午庭香。
花晨次第催人老，世事艰危使我忘。
颠倒客怀无一可，熟梅天气太匆忙。

142. 闻成都大火简翰甥[1]

方报池鱼染祸殃，锦官城又火光飏。
可怜西蜀嚣尘地 谓闹市，哪比东吴浩劫场。
密切关怀惟远道，有无惊梦在他乡。
滔滔海上忧人满，君托桃源意较强。

【注释】

1. 这首诗写于1938年6月，当时日军飞机轰炸成都，燃烧弹导致市区大火，成都市民死伤惨重。

143. 质翁和我简翰甥韵次韵和答

轰雷掣电万家殃，遑论岷江燎势飏。
巴蜀有名繁盛市，山川无限劫灰场。
既经触念到吾倩，又动焦思在故乡。
不但远人告无恙，衰年均愿祝康强。

144. 题平潮市十景图

大丈夫进不能廊庙展宏猷，退当为乡里谋百福。
或积万卷书，嘉惠士林俾果腹。
或建数孔闸，救济农民俾树谷。
或志在阐幽，义勇丹忱，表彰俾云蠢。

或心在存古，异树奇花，保养俾芬郁。
力所能为任艰难，后之游者几歌哭。
费子[1]远识世所无，锦绣一乡身使独。
又况单店古名村，_{平潮古名单家店} 胜迹翩翩画一幅。
桥可翔兮园可陶，阁参天兮潭深谷。
云台何苍苍，梵音自往复。
得天者厚孕人才，占地之灵产名宿。
费子费子用力勤，创造葺修计五六。
汇为十风景，吕子[2]尺地缩。
题者笔凌云，敦翁[3]珠一斛。
余谓当添一叶孝思图，
父兮父兮宛若三熏沐，
子兮子兮未能酬养育。
无论亲存与亲亡，显扬唯恐其不速。
费子费子，孝思年年无已时。
桃村桃村，千花万花不啻为君祝。

【注释】

1. 费子：费师洪，《平潮十景图》编辑人。
2. 吕子：吕瀛，字海澄，江苏丹徒人，画家，寓居南通，《平潮十景图》作者。
3. 敦翁：潘树生（1881—1959），字敦安，江苏如皋人，早年就读于通州民立师范学校，曾经担任过通州、北京、厦门等多所学校的教员，在家乡李堡镇参与创办数所学校，晚年赋闲，为剪淞社社友。作者自注其为《平潮十景图》题句。

145. 霪雨五律十首次质翁韵

有如天雨血，无复鼎调梅[1]。
浊世悲芳草，高坡上绿苔。

龙蛇斗郊野,黿鼋²傍池台。
淅沥无聊甚,还加鼓角哀。

日日瞻晴霁,空濛不见晴。
四围笼雾气,两度杂雷声。
屡望风云满,何时天地清。
阴霾争似此,但有远烟横。

一室栖皇里,萧萧尽杜门。
荒凉孤岛立,寂寞万家屯。
蓑笠空人影,车轮搅水痕。
心情都汩没,起舞不须论。

已近分龙节³,相观飞燕时。
阵云常片片,朝旭复丝丝。
常怪衣箦润,翻嫌玉漏迟。
农田霑既足,沉浸少人知。

烟雨连朝护,江河远影长。
蓬蓬千顷黍,漠漠大堤杨。
未必兵戎洗,频观车马忙。
苍茫盈眼底,水势正猖狂。

无穷人事感,徒叹我心劳。
伊郁关山笛,仓皇江海涛。
天心何太酷,诗兴独能豪。
但冀消兵气,从容脱战袍。

近时多决口，无处不横流。
荩虑空营救，狂涔罕匹俦。
但看盈畎浍⁴，何怪满林丘。
莫问离披象，徐州又豫州。横字，近人诗多有读作平声者

人生始忧患，淡泊又如何。
艰困寻常事，灾凶来去波。
徒教浓岸柳，早见破池荷。
劲草亭亭立，无虞风雨多。

大难来日卜，危况近今同。
沸浪迷茫里，晴曦梦寐中。
时光真黯淡，格局极沉雄。
福泽生艰苦，还询百卉丛。

湿遍千秋润，阴生万象低。
秋心宜冷客，雨境合羁栖。
世事原桑海，人情堕絮泥。
无声当反舌，应有一鸠嗁⁵。

【注释】

1.鼎调梅：即佐鼎调梅，出自宋李曾伯《沁园春·乙未代寿尤制帅》"佐鼎调梅，参帷借箸，略试斯文经济功"，指辅佐君王调理国家。

2.鼀黾：蛙类动物，比喻谗谀之人。

3.分龙节：春季民间节日，此际多雨。

4.畎浍：田间的水沟。

5.嗁：同"啼"。

146. 海上逢鹤亭感赋[1]

不迓[2]音尘三十年，每瞻云树眼为穿。
相逢须发都苍白，忍见兵戈已接连。
刚炼指柔纯熟候，鸢飞鱼跃澹和天。
海滨奇字无人问，得借他山益鞶然[3]。

【注释】
1. 这首诗写于1938年。
2. 不迓：不接。
3. 鞶然：笑貌。

147. 咏龟甲集成五言两绝

有文在龟甲，出见四十年。
图史得鼻祖，允为彝鼎先。

世系既能明，礼仪有足考。
古文其在兹，艺林之珍宝。

148. 鹤亭和我年穿字韵，仍次奉酬

吾侪均是古稀年，惆怅关河展几穿。
文酒故人伤怛化[1]，桑榆莫景转颠连。
惊心烽火逾千里，回首春明又一天。
老友能逢缘不浅，商量旧学更怡然。

【注释】

1. 怛化：生死顺其然，后指人死。

149. 质翁以斋中建兰盛开，近悲未塞对之，弥益增感，赋诗四律次韵奉答

凡卉谁如此，幽芳自不同。
繁荣杂人海，淡雅趁秋风。
品色评香里，哀麟泣凤[1]中。
愁心千万叠，乃获翠云丛。

及此争英发，毋须藉拙藏。
轩腾无数箭，喷溢自然香。
生有芳馨质，情殊时世妆。
名花慰迟暮，戎马一行行。

厄运逢香国，危时有盛花。
三湘[2]遗素质，九畹[3]洗铅华。
冉冉依骚客，盈盈傍故家。
忧伤为颂祷，未免一毫差。

离愁方戚戚，佳卉乃重重。
聊可供诗卷，无劳祝华封[4]。
孙枝[5]知泽远，秋风独情浓。
时世悲观久，空山何处从。

【注释】

1. 哀麟泣凤：成语"泣麟悲凤"，哀伤国家衰败。
2. 三湘：湖南别称。
3. 九畹：指兰花。出自《楚辞·离骚》："余既滋兰之九畹之兮，又树蕙之百亩。"畹，田亩单位。
4. 祝华封：成语"华封三祝"，指上古时代华地封人对唐尧的祝福，这里意为不必像华封三祝那样。
5. 孙枝：树干上长出的新枝。

150. 疚斋再和我年字韵，谨再叠奉答

田间风烛已残年，眼底沧桑亦看穿。
每向军中思邓禹[1]，何期海上晤成连[2]。
存亡关系仍能国，兴废寻常总听天。
诗友安仁今病咳，为怀良侣更怦然。

【注释】

1. 邓禹：东汉开国名将，善于顾全大局，刘秀评价其"深执忠孝，与朕谋谟帷幄，决胜千里"。（《后汉书·邓禹列传》）
2. 成连：春秋时期的琴师，伯牙曾从其学琴。

151. 敦安客秋仿杜工部秋兴叠至二十四章，今秋又以叠前韵见示，谨次奉呈，并简鹤亭[1]

万里无声月满林，楼台衔接影森森。
关山鼓角连朝壮，江汉波涛彻堂阴[2]。
烈士丹忱千古事，老儒白发百年心。
天涯游子嗟衣薄，惆怅清溪几处砧。

四郊风雨正倾斜，孤岛凄惶感物华。
边塞谁歌青海曲，天空数见玉河槎[3]。
心惊邻院深宵笛，肠断江城竟夕笳。
万叠愁怀无可诉，何堪触眼又秋花。

日日高楼对夕晖，西风澹宕篆烟[4]微。
怕闻城市狼奔突，凄绝层穹鹗退飞[5]。
志在并吞兵气老，生经离乱素心违。
山河虽破能团结，极目郊原马尚肥。

今古由来一局棋，如斯强暴使心悲。
乃知国步艰难日，正是人生忧患时。
兵火薰天毋过此，干戈周岁漫伤迟。
秋风两度畴消受，金石坚持我熟思。

凭高东向有龟山，重镇天然武汉间。
新辟战场荆竹铺，铸成大错秣陵关。
老师似犯军家忌，决死能恢壮士颜。
乱世只应谈武备，早知敝屣寻马扬班。

深深界线海东头，一片风涛浩荡秋。
半壁存亡夷夏混，大江南北地天愁。
群山险阻来飞隼，九派萦回集散鸥。
回首乡邦蹂躏久，及今铁骑满通州。

汉皋坐镇[6]不言功，焦虑朝朝廑念中。
素节常如银界月，清秋叠遇石尤风。

将残蕉叶心犹绿，未染枫林血正红。
国事关怀难恝置[7]，江楼西望一衰翁。

申滨道路正逶迤，天意偏留此锦陂。
自喜迁莺曾得木，许多惊鹊未安枝。
三春暮景巢方稳，千里清光月又移。
老去吟怀浑未减，每因感触首频垂。

【注释】

1. 这首诗是上海孤岛时期写给好友潘树生、冒广生的，其背景为1938年武汉会战中的黄广战役，从7月到10月，第五战区数十万官兵在李宗仁、白崇禧率领下，于长江北岸的黄梅、广济、蕲春、浠水、黄冈一线，与12万日军精锐部队殊死交战，包括少将旅长陈德馨在内的数万名官兵战死，武汉沦陷。诗中"将残蕉叶心犹绿，未染枫林血正红"二句，为作者当时之心情。
2. 堂阴：房屋之角落。
3. 玉河楂：天河中的木筏。
4. 篆烟：缭绕弯曲如篆字般的轻烟。
5. 鹢退飞：成语"六鹢退飞"，比喻观察或记述事物须准确全面。
6. 汉皋坐镇：指当时坐镇武汉亲自指挥的蒋介石。
7. 恝置：无动于衷。

152. 中秋书感

中秋佳节号团圆，无数灾民遍大千。
瞻瞩由人哀乐异，澄空如水古今悬。
山河破影当兹夕，江海羁怀别一天。
衰老心情欣对月，不堪眼底尽风烟。

153. 中秋月色模糊再赋一律

节候阴霾兵火屯，模糊月色独怆神。
谁藏玉宇清空影，怕见红尘灾难人。
万里浮云气萧瑟，一天好景运沉沦。
愁怀莫诉家山远，策杖徜徉东海滨。

154. 答漪如[1]为我作申江避地图

申江避地绘成图，直合倪黄冶一炉。
同是乡园归不得，西风勿复念尊鲈。

惆怅关山画角哀，瑶笺一幅乱离赅。
能文巾帼知多少，三绝尤推不易才。

图画题成黄绢词[2]，簪花妙格[3]晋人遗[4]。
岂惟绘事清空派，可惜生当戎马时。

【注释】

1. 漪如：胡敬（1906—1941），字漪如，安徽巢县人，如皋知县胡维藩之女，善诗词书画。
2. 黄绢词：出自《世说新语·捷悟》，曹操与杨修一同破译曹娥碑背面"黄绢幼妇，外孙齑臼"八字题句的故事，后以黄绢词（辞）指优美的诗文。
3. 簪花妙格：引用清曹景芝词《金缕曲·题素姊遗稿》句。
4. 晋人遗：魏晋遗风。

155. 题春痕无恙楼

我辈非春人，胡为谈春事。
未春抱采薪，及春能酒食。
回忆长安道，遭遇一再至。
橐笔[1]来春申，寒冬逢病累。
过春便解除，垂老拜天赐。
春与我有缘，我维春是寄。
春光护万千，春痕咏再四。
图画不嫌重，无恙乃正义。
年年贮春痕，永永惬余意。
海上有高楼，藉以鸣殊致。
喜成五字题，游目春云腻。
呜呼今何世，大地均烽燧。
漂泊乱离中，伤春罔知忌。
有春且忘春，孰以痕为志。
哀鸿到处多，未得一椽庇。
余侪皆老年，抱绪幸未坠。
病势或如焚，春色消芒刺。
乃知春景来，生气日放恣。
无恙历旧新，此不可不记。
诗怀万古春，足以驱魑魅。
胸襟胞与春，或稍解怨怼。
余心自然春，未敢一时秘。
楼深春与深，时见春风被。

【注释】

1.橐笔：本指近臣负橐簪笔，以备纪事，后表文人之所事。《辞海》"橐笔"条：《汉书·赵充国传》："安世本持橐簪笔。"注："张晏曰：'橐，契囊也，近臣负橐簪笔，从备顾问，或有所记也。'师古曰：'橐盛书；簪笔，插笔于首以纪事。'"后人因以橐笔表文人之所事。马祖常诗："侍臣橐笔皆鹓凤。"（《辞海》（丁种），上册，辰集，第二零五页，中华书局，民国二十六年）

156. 士翘[1]以旧作见示，次韵奉和

随俗脂书[2]正则羞，余怀謇謇又焉求。
修能古重无双品，耿介争居第一流。
变芷化茅[3]成惯例，佩兰服艾抱深忧。
沉沉乱世心常治，避地申滨暂小休。

云中一鹤任人嗤，宦海浮沉不合时。
灭绝纲常风正厉，担当道义我非痴。
先忧后乐温公[4]志，爱国忠君杜老词。
枘凿[5]任他不相入，此心应许天地知。

【注释】

1.士翘：吴邦珍（1883—1961），字士翘，号月庵，江苏宝山人，拔贡，留学日本弘文书院，曾任宝山县视学，及青浦、昆山、吴江等县知事，抗战胜利后出任上海市政府秘书。善诗词书法，著有《碧海青云集》。

2.脂书：指虚伪奉承的文章。

3.变芷化茅：引用屈原《离骚》中诗句，意为世道沉沦，随波逐流。

4.温公：北宋政治家司马光，去世后获追赠温国公，人称司马温公。

5.枘凿：成语"方枘圆凿"的略语，意为不相容。

157. 剪淞社[1]友以经畲楼命题，届时必多名作，谨先成五古一篇

城东有高楼，苕苕见殊致。
西南隐五山，光气郁奇异。
匪以壮观瞻，文史足寝馈。
缥帙环如城，名籍元明置。
艺术搜古今，书画纷树帜。
碑帖古色香，墨缘多天赐。
名之曰经畲，深耕心所醉。
非必贻子孙，老年自修地。
园林可怡情，开窗列青翠。
斯楼或及身，未必崦嵫坠。
剥复易理探，完全天道忌。
成者败之征，景光一飞驷。
胡骑遍中原，家山尽烽燧。
到处殃池鱼，兹楼何轩轾[2]。
黄巾于郑乡，未见寸草萎。
如何康衢中，青天逢魑魅。
古物洗劫空，楼屋遭焚炽。
武士盗贼行，攘夺何横恣。
他日或言旋，无书可穷治。
念此独彷徨，一掬灵均泪。
既念楼纵存，终久必沦踬。
书画与金石，缘满漫希觊。
绛云化烟尘，美福不盈眥。
吉凶顷刻间，消息识所自。

天地果清明，无妨乐衡泌[3]。
经畲名即亡，经畲实必至。
所惜书画湮，难以近取譬。
约达与微臧[4]，冥索非妄拟。
理必求会通，心在乎默识。
尽信不如无，但须扫妖彗。
又况风烛翁，何必怀怨怼。
笔砚日勤劬，飞仙真不啻。

【注释】

1. 剪淞社：抗战时期由费范九等流寓上海的南通籍人士组成的诗社，"剪"是取李商隐诗句"何当共剪西窗烛"之排解客居寂寞之意；"淞"指淞滨，即上海，是为纪人纪地（见本集第305首《剪淞社复集》）。吟社定期活动，布置课艺，交流作品，有《剪淞社存稿》二册存世。已知参与剪淞社吟诵的有费范九、孙徽、潘恩元、徐宣武、张策清、瞿竟成、许宝善、顾似基、苏恩培、缪镛楼、潘树生、曹鼎三、董玉书、田毓璠、刘云阁、钱允孚、吴则乾、赵鹤清、冯静伯、孙道东、冯雄等人。

2. 轩轾：成语"轩轾不分"，比喻不分高下轻重。

3. 衡泌：隐居之地。

4. 约达与微臧：即"约而达，微而臧"，出自《礼记·学记》，意为简洁而通达，精微而完美。

158. 马一良[1] 孟元 为我题春申避地图，次韵奉答

九州风雨夜沉沉，未到寒秋气象森。
明识机缄[2]为暂局，无从排遣是愁心。
江程只见分飞雁，日夕畴为择木禽。
一息尚存终有果，鬓毛奚患雪霜侵。

【注释】

1. 马一良：作者自注名孟元，余未详。
2. 机缄：气数。

159. 题徐积余学佛图 己卯[1]

尼父言求仁，迦叶重植福。
儒佛虽殊途，其旨同一目。
先生古德人，艺林老名宿。
孝义声问昭，慈悲根性伏。
未尝与佛期，其心极清肃。
近座接旃檀，入林嗅檐葡[2]。
无何染风痹，抚膺几往复。
豁境悟虚空，除尘断驰逐。
容与至人舟，病亦霍然速。
眼界光明生，胸地庄严簇。
愿言学终身，一室异香馥。
专修心力勤，立志雪霄矗。
杨枝肘离披，莲花足浓郁。
乃是得道时，故谓几希蹴。
匪以迟暮心，一任径行独。
一息今尚存，正受窃私淑。

【注释】

1. 己卯：1939 年。
2. 檐葡：佛界的一种植物，宋赵蕃诗《桥上闻檐葡香》中有："曾闻檐葡林，自是佛世界。"

160. 题朱凤千[1]抚松图[2]

孤松高高百尺长，斯人手抚独何意。
挺节本为云霄姿，居幽不坠山林志。
长风万里倦游归，息影江滨不事事。
马齿倏忽日方中，眼底烟尘满天地。
举头四顾百忧来，郁郁空说孤怀寄。
终守岁寒盟不渝，庶几一朝申正义。

【注释】

1. 朱凤千：朱鹤翔（1888—?），字凤千，江苏宝山人，私立上海震旦学院毕业，留学比利时获博士学位，回国后曾任北京政府外交部主事、北京大学法科教授、南京国民政府外交部国际司司长、驻比利时大使等。

2. 同时题咏的还有高吹万（高吹万简介见本书第182首），高诗附后（录自高铦、高锌、谷文娟《高燮集》，中国人民大学出版社，1999年，第663页）。

题朱凤千抚松图小像（二首选一）

高燮

使星远照汉家营，破碎山河画不成。
要仗岁寒真毅力，挽回元气入坚贞。

161. 题淡远楼[1]

淡者淡泊心，远者远大志。
费氏以名楼，具有深长意。

祖德凛儒修，不重爵与位。
以此贻子孙，俾识淡远意。
主人好读书，博闻而强识。
守道谢簪组[2]，谨拜先畴[3]赐。
佣书依沪滨，斯文幸未坠。
学佛颇欣然，空观仰无愧。
又况人纲立，孝思真不匮。
显亲以扬名，在在为之地。
金谓好古深，炉青功候至。
余谓孝念存，莫非淡远致。
自古多名楼，不久或颠踬[4]。
矧今万劫余，叠叠遭烽燧。
此楼既无恙，未触么魔[5]忌。
淡远本无奇，或为俗所弃。
孝道炳日星，正气两间被。
淡远贻后人，永永标风谊。

【注释】

1. 淡远楼：费范九位于南通平潮镇的藏书楼，建于1920年前后，落成时冯善征有诗赠费范九，冯诗附后（录自冯善征《达庐诗录》，民国十六年，卷四，第九页）。

2. 簪组：指官宦。

3. 先畴：先辈留下的田地。

4. 颠踬：败落。

5. 么魔：微不足道的人，这里指小人。

淡远楼赠费范九

冯善征

波路几年成契阔，此来坐觉水天澄。
维舟近岸登临便，接席高斋感想增。

胜日风光须共览，清门堂构自相承。

中亭嘉树还依旧，看取繁条郁几层。

162. 题陈蒙庵[1]闭门觅句图

塞兑复闭门[2]，古义纪老子。
致仕或悬车[3]，陈实[4]自保或远耻。冯衍[5]
又或勤求学，兄弟读书史。
孟浩然诗均以闭门称，萧然敦素履[6]。
君则耽苦吟，乃在尘嚣里。
不如日杜门，一室闼[7]兰芷。
勿谓枯寂身，自见渊深理。
九天与九地，沉思常如此。
心与万物通，胸有云霞绮。
奇语每飞来，静中时跃起。
干戈尚未休，骚心却满纸。
画中亦有诗，摩诘差堪比。
忽思避地人，古今堪景企。
种菜为英雄，觅句乃高士。

【注释】

1. 陈蒙庵：陈运彰（1905—1955），字君漠，一字蒙庵，号华西，广东潮阳人，生长于上海，曾任教于之江文理学院、太炎文学院和上海圣约翰大学，善诗词书画篆刻。

2. 塞兑复闭门：即塞兑闭门，出自《道德经》，意思是关闭感觉的门户。

3. 悬车：指隐居不仕。

4. 陈实：即陈寔，东汉名士，史载其修德清静，不惧祸，有担当。

5. 冯衍：东汉辞赋家，怀才不遇，闭门著述，著有《显志赋》等。
6. 素履：喻人以朴素坦白之态度行事。
7. 閟：幽静。

163. 公展¹ 贻我便面，一画菊一写诗，酬以一律

非关游赏到东篱，灼灼风华淡淡姿。
惠我名葩留便面，多君妙笔写新词。
高吟眼底无余子，善绘江南老画师。
但看龙蛇飞舞处，余尤珍重脊令² 诗。

【注释】

1. 公展：谢寿（1885—1940），字公展，江苏丹徒人，画家，曾在南京美术专科学校、上海务本中学、上海美术专科学校等任教。
2. 脊令：即鹡鸰，水鸟名，比喻兄弟友爱。（与本书第99首《师郑宗兄以四律寿我，读之愧怍》中"鸰原"条同）

164. 涵公¹ 以明年重游泮水诗属和，谨成两律

几生修得渭滨年²，重傍宫墙便是仙。
淡泊胸襟聊见志，萧闲状况转疑禅。
衰龄适意惟诗酒，乱世澄观到海田。
纵说避居身自在，春江芹藻有余妍。

老凭翰墨作生涯，况复便便富五车。
大地兵戈苦纷扰，一生道义不欹斜。

圜桥璧水相依日，佛理诗情到处家。公有诗情参佛理，到处可为家句
明岁重游羁歇浦，合将高咏碧笼纱³。

【注释】

1. 涵公：未详。
2. 修得渭滨年：比喻像姜太公一样长寿。渭滨，指姜太公在渭滨遇文王的典故。
3. 碧笼纱：即碧纱笼，出自五代王定保《唐摭言·起自寒苦》，意为某人发达以后其诗文也受到重视。

165. 题黄芳墅孤岛吟

满怀幽郁山河泪，一卷苍凉风雨吟。
家国频增工部感，海天聊寄幼安¹心。
浑忘老境催黄发，惟有诗情豁素襟。
君住三年余两载，一般积稿叹深深。

【注释】

1. 幼安：辛弃疾，字幼安。

166. 己卯除夕

才过除夕一弹指，偏又惊心到岁除。
客里景光容易记，老来情绪几曾舒。
一年结束阴霾满，万事芟夷¹忧患储。
欲慰桑榆无可慰，不堪回想到经畬。

天涯经过两除夕，人海客留一叶身。
郊野及今犹百战，雪梅却又报初春。
迎祥爆竹年年改，_{旧年爆竹不绝，今则禁止}来日沧桑事事新。
彻夜彷徨不能寐，但期大地净烟尘。

衰龄怕遇新时节，除夕偏教到眼前。
愁绪自怜千万叠，明朝非复七三年。
儿孙果酒同消夜，乡里门庭欲化烟。
寄语山妻休怨苦，一江南北境相悬。

回思三百六旬日，鸿雪能同贾岛无。
酒脯双陈资慰藉，诗词百稿未荒芜。
最难旧雨添新雨，忍说今吾胜故吾。
照镜谛观[2]还自问，究增苍白几茎须。

【注释】

1. 芟夷：除去。
2. 谛观：审视。

167.题曹崧乔[1]居士手书华严经后

华严一经经中王，永久受持室生光。
口诵心维德无量，又况手写列千章。
古吴居士储弘愿，善心善举事一贯。
不图遍地护烟尘，有会隐贫乃中断。
求佛保佑日写经，七十万字三载成。
自非居士志坚定，焉能寒暑无变更。
波谲云诡风推荡，道高一丈魔一丈。

赖此方寸不动摇，何惧魑魅与魍魉。

种种感应仗佛缘，水火刀兵无与焉。

果报功德真广大，共业别业难拘牵。印法师谓，劫属共业，诚系别业

持诚非止一身福，将破天关与地轴。

人谓居士善心深，余谓居士宿根²伏。

【注释】

1. 曹崧乔：曹岳觐（？—1945），江苏吴县人，京师同文馆肄业，曾任出使义国大臣随员，盐运使衔，及江西补用知府。后为印光法师弟子，曾创办苏州隐贫会。抗战期间避难于上海。（冯筱才、夏冰《民初江南慈善组织的新变化：苏州隐贫会研究》，《史学月刊》2003年第1期，第88页；曹元弼《君直从兄家传》，赵统《南菁书院志》，上海书店出版社，2015年，第358页）

2. 宿根：佛教语，指前世的根基。

168. 何德身¹为我绘春申避地图并题一诗，次韵赋谢 庚辰²

驿使报寻至，鱼书薰沐留。

画中真意布，江上几人愁。

烽火前方烈，家山远望收。

延令通问便，一水未为修。

【注释】

1. 何德身：字雪门（1908—1972），江苏泰兴人，祖籍安徽歙县，画家程瑶笙弟子。

2. 庚辰：1940年。

169. 温丹铭[1] 得东坡归去来辞集字诗十首小楷册，属题，率成七古一篇应教

何人书法珠颗颗，无佛称尊说亦颇。
刚健婀娜足千秋，瘦硬通神不谓可。
平生学陶意芳菲，欲作九原渊明归。
归去来辞尤心嗜，集字十首白云飞。
案头书此有数册，今日尚留两墨迹。
一册完美尘世希，阅九百年真拱璧。
先生得之缘分深，配以旧藏四璆琳[2]。
眉山大观充君箧，不啻暴富千万金。
余昔曾藏一长卷，天门冬熟兴不浅。<small>写天门冬熟诗两首</small>
龙蛇飞舞笔腾骧，文刘诸贤皆称善。<small>文山[3]、伯温[4]均有跋</small>
遭时不幸万劫罗，百宝顷刻随逝波。
此卷与余缘已尽，昙花一见无如何。
新近海上得两幅，巘谷[5]清芬槃满目。
见坡老画如见人，即画胸□□万斛[6]。
书画由来事相通，因画知书笔力丰。
如坡集陶淡弥永，如君藏册味无穷。

【注释】

1.温丹铭：温廷敬（1869—1954），字丹铭，号止斋，广东大埔人，廪贡生，就读于广西优级师范学堂，历任惠湖嘉师范学校校长、广东高等师范教习、大浦修志局总纂、广东通志馆主任兼总纂、广东省文史研究所导师、硕士考选委员会委员等。抗战期间一度居住上海，与沪上文人多有交往。

2.璆琳：美玉。

3. 文山：文天祥，字宋瑞，号文山。

4. 伯温：刘基，字伯温。

5. 嶰谷：昆仑山北谷，传说黄帝曾令人取嶰谷之竹制作乐器。

6. 此句诗稿抄本仅为"即画胸万斛"五字，脱漏二字，或为"即画胸（次珠）万斛"。

170. 戴伯寅[1] 属题先德敷畴先生遗像

孝子永慕心，本无间生死。
事亡如事存，古语崇斯旨。
矧在子三龄，椿庭即倾圮。
父逝儿不谙，儿嬉父不视。
罔悉父容颜，仰望徒延企。
不谓兵火中，鲁壁[2]获一纸。
灵光乃独完，余景皆全毁。
忽睹父丰神，毋怪儿惊喜。
父表犹少年，儿今则老矣。
孔行在孝经，伦纪莫逾此。
其中有天意，人杳仪容迩。
嗟嗟生死亦何常，唯此孝思无穷已。
君不见寻觅亲颜行万里，卒获图形无与比。
精诚格天悯孝子，是一是二传千祀。

【注释】

1. 戴伯寅：戴思恭（1872—1958），字伯寅，号敬庵，江苏嘉定人，曾任嘉定启北学堂校长，嘉定教育会会长，民国第一、二届江苏省议会议员，著有《偶止舟诗文稿》。

2. 鲁壁：指暗藏书籍的孔子故宅墙壁，这里指戴家老宅。

171. 题冒辟疆画牧牛图

有儿童，日放牛。放牛惯傍绿杨洲。
无腔信口兴悠悠。霹雳几声天地裂，
崩腾万里海山浮。一幅骑牛百不收。

172. 题镜人¹瞿园图

极目山河改，惊心城郭非。
乡关何处是，愁绝不能归。

昔日林泉乐，今朝家室离。
画图空展望，触境已生悲。

乱极终须治，吾生本有涯。
瞿庐天畀予，留赏一园花。

多少黄垆痛²，吁嗟白发生。
沧桑经几变，鸿雪尚晶莹。

【注释】

1. 镜人：瞿竟成（1888—1964），字镜人，江苏南通人，少年时期攻读四书五经备应科举考试，因科举废除未能如愿，后长期任教员，善诗词歌赋，为剪淞社社友。

2. 黄垆痛：成语"黄垆之痛"，意为触景生情，怀念亡友。

173. 题梁楷[1]画

八大有时为减笔，石涛作画重传神。
岂知嘉泰梁风子，天半朱霞不受尘。

毫端恍若神龙见，腕底悬知天马空。
鸿雪人间留点点，看来如电又如虹。

【注释】
1.梁楷：南宋嘉泰时期宫廷画家，不拘礼法，人称梁风子。

174. 题谢雪村[1]画石

胸中磊块孤怀耸，画里峰峦独石奇。
有笔欲飞留不住，忽然呈出碧云姿。

【注释】
1.谢雪村：谢庭芝，字仲和，号雪村，昆山人，元代画家。

175. 题颖滨[1]遗老墨迹

栾城[2]文艺自千秋，难得今朝翰墨留。
片幅距今一千载，有天呵护未沉浮。

苏家风范本堂堂,棣萼³余芬字尚香。
莫谓诗词多阙简,不看晋剩十三行⁴。

【注释】

1. 颍滨:苏辙,字子由,晚号颍滨遗老。
2. 栾城:指苏辙《栾城集》。
3. 棣萼:比喻兄弟。
4. 晋剩十三行:指王献之《洛神赋帖》。

176. 和伯行¹偶止舟诗

悟却人生一芥舟,天涯到处可容留。
危时无地能安住,小屋权栖足散忧。
巢幕²不知梁上燕,随潮自得水中鸥。
米家书画沧江夜,我羡先生笔底收。

【注释】

1. 伯行:未详。
2. 巢幕:出自《左传》,指燕子筑巢于帷幕之上,比喻处境危险。

177. 简策清¹

乱离无处不凄然,触耳笙歌堕我前。
老去但翻陶令集,静观都使邓通钱²。
时传好句二三友,梦想兴王五百年。
但冀甲兵能洗净,田园或可一休肩。

【注释】

1.策清：张策清，民国初年曾任江苏省第一届省议会议员，为剪淞社社友。

2.邓通钱：汉文帝时宠臣邓通自造的钱币，这里比喻战时各地自行发行的货币。

178.题李复堂[1]松菊

浮沤池馆[2]一时新，笔底云霞别有神。
精气至今常不减，苍松白菊自千春。

【注释】

1.李复堂：李鱓，字宗扬，号复堂，江苏兴化人，康乾时期画家，扬州八怪之一。

2.浮沤池馆：李鱓建于兴化城南升仙荡的居所，即今兴化第一中学院内，现已不存。

179.挽陆醉樵[1]

烽火连天成浩劫，江湖无地着诗人。
宿缘蠡澫[2]权栖止，故土虞山感障尘。
一瞑徒增红豆怨[3]，长辞勿复白茅[4]春。
修文从此依天上，想见从容自在身。

【注释】

1.陆醉樵：陆宝树（1876—1940），字枝珊，号醉樵，江苏常熟人，曾参与创办虞山诗社，著有《茆桂题襟集》《桐阴唱和集》。

2.蠡澫：位于常熟西部，今属无锡市。

3.红豆怨：暗指陆醉樵去世后其遗孀处境艰难。红豆，红豆山庄，因明末钱谦益携柳如是居住于此而闻名。

4. 白茅：常熟城东白茆镇，即红豆山庄所在地。

180. 赠杜畲孙[1]

殷墟夙学早推崇，江北江南尺素通。
一见倾心同旧雨，万人如海挹清风。
留宾不亚陈惊坐[2]，具食还逢庞德公[3]。
从此问奇能遂志，载书喜煞一山翁。

【注释】

1. 杜畲孙：杜进高，字畲孙，四川万县人，寓居上海，篆刻家，著有《印学三十五举》。

2. 陈惊坐：指西汉游侠陈遵的典故，后人借指名震于时的名士。

3. 庞德公：东汉名士，友善好客，淡泊名利，曾将诸葛亮和庞统分别誉为"卧龙"和"凤雏"。

181. 题王云笑[1]曲水幽居

曲塘[2]旧有罗昭谏[3]，老友今嗟宿草[4]多。
邮路传来贤者简，考槃载咏硕人薖[5]。
江湖满地烟尘护，泉石怡情道义磋。
小隐家山良得计，如余归计尚蹉跎。

【注释】

1. 王云笑：未详。

2. 曲塘：位于江苏海安县。

3.罗昭谏：罗隐，字昭谏，晚唐诗人，这里指海安的一位罗姓诗人。

4.宿草：隔年的草，借指坟墓。

5.考槃载咏硕人蔄（kē）：出自《诗经·卫风·考槃》"考槃在阿，硕人之蔄"，这里比喻隐居的诗人。蔄，古书上说的一种草。

182. 简瑞之[1]

十载丁桥[2]一梦过，老年会晤不嫌多。
若非兵甲成罗网，焉得江天共啸歌。
惭愧樽前随北郭，依稀岭外遇东坡。吹万[3]、伯寅、禹修[4]、思期[5]、石子[6]同在座
枕旁书味忘迟暮，我欲相从互切磋。

【注释】

1.瑞之：闵璪（1872—？），字瑞之、瑞芝，号冷禅，江苏松江人，实业家，南社社员，曾任上海民孚商业储蓄银行董事长，江苏省第一、第二届省议会议员。

2.丁桥：指南京丁家桥，民国早年江苏省议会所在地。

3.吹万：高燮（1879—1958），字时若，号吹万、卷叟、葩叟，江苏金山人，早年主持寒隐社并加入南社。晚年信佛，自署吹万居士。著有《吹万楼诗》《吹万楼文集》等。高燮为作者晚年挚友，作者病逝后其曾作七绝四首悼念（《南通孙沧叟先生哀思录汇稿》第十七页）。

4.禹修：戴克宽（1879—1964），字禹修，号果园，江苏青浦人，光绪三十二年（1906）毕业于南菁高等学堂预科，曾赴日本考察教育，一任江苏视学，入民国后在家乡白鹤江镇创建青浦县第一图书馆，参与续修《青浦县志》，晚年居沪上，1956年任上海文史馆馆员，著有《果园诗钞》《果园赠联录存》等。

5.思期：沈世骐（1896—1988），字思期，江苏金山人，毕业于南洋中学，早年曾任小学教员，抗战时期组织金山县旅沪同乡会，任理事主任，后任世界书局董事、经理等职。

6.石子：姚光（1891—1945），字凤石，号石子、复庐，江苏金山人，早年

曾在家乡兴办学校、图书馆、育婴堂等地方事业。曾加入南社，藏书数万册，著有《复庐文稿》《倚剑吹箫楼诗集》《姚氏撼残集》等。

183. 题林和靖[1]墨迹

寒梅湖上几阴晴，难得先生一样清。
愿与冰霜联伴侣，须知色味却轻盈。
山中敬谢风尘驾，字里还为金石声。
留有千秋遗墨在，无边诗意与花情。

【注释】

1. 林和靖：林逋，字君复，谥号和靖先生，北宋人，喜画梅花。

184. 题石涛[1]芙蓉

九秋景色几芳丛，自叹诗人今已翁。
万事不如平淡好，劝君莫作十分红。

问谁绘出此幽丛，手笔知为绿发翁[2]。
冷淡风光闲里过，溪边最忌是妖红。

【注释】

1. 石涛：清康熙年间画家。
2. 绿发翁：出自李白诗句"中有绿发翁，披云卧雪松"。

185. 题高思白[1]摹印

邵潜有印存,号皇明印史。
所摹皆明贤,隐寓褒贬旨。
计书成四卷,锋芒露风轨。
贾肆如得一,直以百金视。
去今三百年,藉藉吾桑梓。
挽近高思白,尚友心仰止。
摹仿竭巧思,雕刻成一子。
散佚此谨存,清光去渣滓。
肖像用全力,雕虫显殊技。
名家为宝藏,但见云霞绮。
倘使流布多,应贵洛阳纸。

【注释】

1.高思白:未详。

186. 冬月三日遭逢狂暴,将不利于后,爰为避地之举[1]

乱世多荆棘,狂儿富羽翰。
毕生无怨毒,平地起波澜。
畏恶甘雌伏,投林暂燕安。
老年何足惜,风雨逼人寒。

【注释】

1.这是作者遭遇一起人身威胁事件后写下的诗,从内容看,或许是收到威胁信,具体不明,时间为1940年12月1日。避地,隐遁。

187. 除夕[1]

儿时最喜逢除夕，老去常逢转耸然。
本冀卜居存一息，讵知转瞬已三年。
身栖斗室乾坤小，眼看飞尘桑海还。
抚镜明明添白发，但求无恙食和眠。

乱离世宙多寒饿，衰迈年华足啸歌。
况值米珠薪桂际，其如风暴雨狂何。
能明止水方为福，时傍菩提不着魔。
除去旧污常省觉，深宵默察喜无佗。

垂衰乐咏升平世，忍痛思观胜利时。
大地当开千里雾，今朝应定一枰棋。
频斟绿蚁[2]酬兹夕，豫赴黄龙[3]会有期。
顿使老年神气玉，对斯遥夜寸心驰。

平生嗜古由天性，至老犹然兴不挠。
旧有鼎彝兵劫逝，新藏书画债台高。
诗词填赋时盈纸，甲骨临摹不畏劳。
今夕吟笺当结束，衰龄意气尚粗豪。

【注释】

1. 此为1940年除夕。
2. 绿蚁：指新酿的酒。
3. 黄龙：泛指地方要地，这里指战胜日本侵略军。

188. 咏梅 辛巳[1]

烟青骨白木枯干，萧瑟凋残璀璨难。
独有孤标甘黯淡，若留芳质伴严寒。
偏于霜雪丛中见，莫向笙歌队里看。
多事万方姑莫问，载将诗意满归鞍。

关河莫叹角声残，团结终能抗岁寒。
冷澹丰姿由独立，坚持态度任人看。
萧萧风色喧花发，咄咄生机在叶干。
我有忧怀无处诉，静观疏影到更阑。

春来凡卉尽芳妍，未到春时春满园。
窃怪群芳趋照燠，愿留逸品伴晨昏。
山为屏障云为幕，雪是衣裳月是魂[2]。成句
试问几生修得到，喜凭花下一倾尊。

铁骨冰肌不入时，有人赏玩苦吟诗。
尘中畴占无双品，雪里新开第一枝。
意境澄鲜余所好，轩斋供养我非私。
风光待到梅花落，一曲还凭玉笛吹。

纷纷燕雀漫疑猜，雪地冰天有老梅。
岁暮方知三友重，天心豫报一春回。
清光恰自溪边发，淡影还从月下来。
何日耆英同聚首，江头香泛故人杯。

【注释】

1. 辛巳：1941 年。
2. 雪是衣裳月是魂：出自杨万里《过太湖石塘三首·其一》。（作者自注）

189. 题陈贤妇舍生存祀图

阴霾惨象接天沉，母子相依爱护深。
欲冀万全无别法，宁拼一死乃安心。
枢机只在存门祚，魂魄兼能傍藁砧[1]。
巾帼施为胜男子，干戈声里凤鸾音。

兵火饥寒万族残，问谁当作泰山看。
饮酖[2]事大皆庸行，断葛心坚抱远观。
不决将虞巢尽覆，同归可奈路尤难。
悬知慈母飞升日，万古留兹一掬丹。

【注释】

1. 藁砧：这里指代丈夫。出自《古绝句》："藁砧今何在，山上复有山；何当大刀头，破镜飞上天。"（徐陵《玉台新咏》卷十）
2. 饮酖：即饮鸩，饮用鸩鸟羽毛泡制的毒酒。

190. 题吴仲坰[1]竹均轩肄书[2]图

一片远山摩诘画，三重茅屋杜陵诗。
人生清福无过此，况有潇湘竹数枝。

战时文字多遭厄，乱世儒冠不值钱。
终日肄书无别好，须知吾道自恬然。

【注释】

1. 吴仲坰：字载和（1897—1971），扬州人，善书画篆刻，30年代曾任职于上海金城银行。
2. 肄书：读书。

191.题耕烟散人¹松风涧响图²

松风何谡谡，涧响复琤琤。
幽人弹一曲，天趣自横生。

山峦既明秀，庐舍况幽深。
虽抚北苑³笔，自题摹北苑笔 独来独往心。

自作聪明者，乃谓师巨然⁴。有倩厂⁵者以松风涧响原题改作松风萧寺，且谓师巨然，但画幅既不见寺又不写月，不知语从何来？石谷自云抚北苑笔意，必谓师巨然？不悉此公是否有巨然一幅得证明也⁶
无寺不见月，翻羡笔如椽。

【注释】

1. 耕烟散人：王翚，字石谷，号耕烟散人，清代画家。
2. 松风涧响图：王翚作，南通俞吟秋收藏。画轴有多人题署，孙儆、高燮、缪谷瑛题咏，俞吟秋、吴湖帆题字。高燮题咏附后。（录自高铦、高锌、谷文娟《高燮集》，中国人民大学出版社，1999年，第675页）
3. 北苑：董源，曾任北苑副使，人称董北苑，五代南唐画家。
4. 巨然：五代末北宋初僧人，画家，传承董源画风。

5. 倩厂：吴湖帆（1894—1968），初名翼燕，字遹骏，号倩厂，书画署名湖帆，江苏吴县人，画家。厂，同"庵"。

6. 这段作者自注仅见于诗稿，并未题于画卷。作者此前藏有王翚作品，高燮诗《题王耕烟画卷·孙沧叟藏》有载，详见《高燮集》第675页。

王耕烟松风涧响大幅，俞吟秋属题（二首选一）

高燮

随傍山隈与水隈，瑶琴手抚此徘徊。
弹成一曲无人听，只有松声答和来。

192. 冷禅依韵和我再答以一律

雪村见访几曾过，老友倾谈喜笑多。
地角天涯存尔我，阵云塞月足诗歌。
乱离莫慰桑榆景，衰退甘驰苜蓿坡。
未及治平应有待，商山园绮乐相磋。

193. 周岐隐¹ 以书感一律见示，次韵奉答

人生百岁一沤浮²，事业堂堂历几秋。
尘世况当风雨夜，江湖不尽古今愁。
苦吟时得诗歌乐，垂老毋忘道义谋。
君是名贤傅青主³，知医识药辨亲仇。

【注释】

1. 周岐隐：周利川（1897—1968），字微泉，号岐隐、稚翁，浙江鄞县人，

医学家。

2. 沤浮：水面的气泡，比喻容易消失的事物。

3. 傅青主：傅山，字青竹、青主，山西太原人，清代医学家。

194. 白龙山人[1]为心渊[2]画钟馗像，题云"魑魅魍魉成浩劫，为民请命去朝天"，吹万作七古一章见示[3]，极趣，爰亦赋此

风云汩汩尘沙塞，日星昏昏天地黑。
鬼蜮无处不喷人，问谁具有回天力。
山人豫知浩劫来，为馗设想异境开。
手执大珪放弃剑，谓将朝天解此灾。
馗能杀鬼能食鬼，真杀真食知有几。
鬼怪而今极披猖，馗也馗也徒雄伟。
民生及兹痛苦深，死者饿者日侵寻。
身欲杀鬼力不足，只凭朝天一片心。
或谓纵容在平昔，馗之愆尤将日积。
藉口朝天年复年，徒使虬髯愤如戟。
又谓今日万劫生，乃馗一手所造成。
责备贤者春秋义，杀鬼食鬼空有名。
余谓两说皆中肯，馗之过也难减等。
四年亦已飘风过，何遂终日甘酩酊。
余今为馗进一言，限馗旦夕将鬼吞。
愿馗化身千万亿，一一扫荡鬼无痕。
如谓朝天天不理，天心悔祸当终止。
尽馗力量答苍天，切莫因循纪纲弛。
馗也灭鬼果有功，香烟供奉家家同。
金杯进馗葛蒲绿，玉瓶献馗榴花红。

枇杷颗颗黄可爱，角黍叠叠饷何丰。
不则撕像毁形付流水，永远辍馗天中祀。

【注释】

1.白龙山人：王震（1867—1938），字一亭，号白龙山人、海云楼主、梅花馆主，浙江吴兴人，寓居上海，早年师从画家徐祥，后结识吴昌硕并受其影响，常有王画吴题之合作。王一亭于宣统元年（1909）开设面粉厂，曾任中华商业储蓄银行董事长、上海总商会主席等，晚年潜心绘画，从事慈善事业。

2.心渊：彭心渊，江苏通州人，曾任吕四志诚初级土木工程职业学校教员。

3.高燮亦有题诗，题为《白龙山人为彭君心渊画钟馗图一帧，山人自题云"魑魅魍魉成浩劫，为民请命去朝天。丙子仲春，王震画"，翌岁之秋，此图因遭乱失去，至辛巳春仲而复得之，彭君喜不自胜，属余加题其上，戏成一诗博笑》（详见高铦、高锌、谷文娟《高燮集》，中国人民大学出版社，1999年，第678页）。

195. 题儒镕[1] 兰花

所南[2]题兰诗，挥洒见高致。
半似灵均辞，半似颠旭[3]字。
君其为灵均，抑或为颠旭。
相喻于无言，萧然而自足。

【注释】

1.儒镕：邓儒镕（1872—1951），字炼青，号兰隐山人、兰友山人，江苏盐城人，工诗，擅画兰花。

2.所南：郑思肖，字忆翁，号所南，南宋诗人、画家，擅画墨兰。

3.颠旭：指张旭，唐代书法家，风格狂逸，传说其大醉后以头濡墨而书，人称颠旭。

196. 前题

兰石本为朋,一片清光染。
昔之郑所南,今之蒋予检¹。

浓淡行自然,笔有无穷妙。
画兰不画根,君则宗思肖。

【注释】
1. 蒋予检:字矩亭,河南睢州人,道光二年(1822)举人,善写兰。

197. 题唐六如¹美人

手执琼枝有所思,晓妆初罢幔张时。
何人新试风流笔,绘出深闺绝代姿。

【注释】
1. 唐六如:唐寅,字伯虎,号六如居士,明代诗人、画家。

198. 南通师印莲社¹成立感赋

俯仰乾坤一老衲,专心净土无尘杂。
足下忽生朵朵莲,一笑拈花灵岩榻。
灵岩大师倏生西,大师功德无与齐。
宣扬文化归正觉,收留徒众破沉迷。
大师虽逝精神在,通人皈依车胜载。

结社纪念永不忘,行师志意始自隗。
诚敬二字儒释通,净业修持味无穷。
涅槃垂训得旨趣,感想弥陀乐融融。
君不见明季大师有莲池[2],云栖[3]永永腾光仪。
及今训戒人人守,三百年后又印师。

【注释】
1.南通师印莲社:南通佛教信众为缅怀印光法师而成立的学佛社。
2.莲池:莲池和尚,字佛慧,明代著名净土宗大师。
3.云栖:杭州云栖寺,莲池和尚在此主持四十余年。

199.次韵和翰甥兼呈质翁[1]

为遂嘤求[2]镇日吟,浣花笺[3]纸聚如林。
磨旋锦水千程转,涨积涪江几许深。
赓和诗篇都满意,新奇军火漫樱心。
暑炎已过秋风至,树上频来一片音。

唱和联翩不辍吟,亦风亦雅重儒林。
诗情上薄云霄迥,笔力穷追瀣溦[4]深。
引类招来兰蕙友,抽思凭此卷葹[5]心。
将来汇集成名册,掷地当为金石音。

一时修堰一时吟,金玉纷披积若林。
下笔千言辞簇簇,灌田万顷水深深。
功追夏禹留泥印,诗爱陶潜见道心。
闲诵涪溪秋涨句,绕梁三日有余音。

长江秋涨老龙吟,一线皆成荆棘林。
谁似锦川春雨暖,闲看涪水晚烟深。
识为上下千年眼,诗抱纵横万里心。
我欲西征愧衰老,况今到处尽笳音。

【注释】

1.这组诗是1941年初秋写给身在四川的冯雄的,诗中所用的"吟"字是剪淞社当期字韵,当时有多名社友叠韵唱和。质翁,潘丹仲。

2.嘤求:寻求知音。

3.浣花笺:产于成都的一种名笺。

4.滟滪:三峡瞿塘峡峡口江心突起的巨石,著名的险礁,于1959年炸除。

5.卷葹:一种草,南朝梁王僧孺《赠顾仓曹》:"臂如卷葹草,心谢叶空存。"

200. 题周昉¹ 射雕图

漫赋关山木叶枯,名家画稿笔扶疏。
无边塞上秋风思,并入青天雁影图。谓周画

西南边警事分明,急切屯兵备战争。
谁是天空射雕手,胡儿意气尚骄横。谓时事

从容题画咳成珠,美艺流连志意乎。
宫禁不知边塞事,他年挟走饱尝无。谓道君

【注释】

1.周昉:字仲朗,唐代画家。

201. 程少梅[1]见访喜赋

昔年泮水记同游，今日相逢各白头。
吾辈见时如隔世，人生终竟是浮沤。
沧桑影里垂垂老，笳鼓声中渺渺愁。
但愿天河兵甲洗，与君及蚤赋归休。

【注释】

1.程少梅：诗中显示是与作者同一年（1885）考取生员的儒生，年约七十余岁，余未详。

202. 次韵酬少梅

欲寻吾土已无根，画出幽姿欲断魂。
留得铁函芳万世，及今胡骑满中原。

203. 题孙秉三[1]雪映庐画鉴

宦游涉历成图画，保守珍藏五百年。
讵料瑶章付灰烬，遂教名迹化云烟。
达人继起夸三绝，佳作如林汇一篇。
留意丹青诚雅事，几回披玩兴油然。

荆榛遍地无完土，笔墨惊人有画家。
游迹名图罗故实，钜篇宏制灿云霞。
展成胜概留泥印，靖节清标寄菊花。
言念吾宗精艺术，应多好句碧笼纱。

【注释】

1. 孙秉三：孙振麟（1903—1952），字秉之，号秉三，浙江平湖人，藏书家，寓沪经商，积书甚富，其藏书室曰"雪映庐"，去世后藏书分赠浙江、上海图书馆。著有《当湖历代画人传》。

204. 哭策清

呜呼策清何以死！
记君生日君赋诗，孙行拜跪君欢喜。
采掇事实入篇章，余与质翁喻厥旨[1]。
醉酒饱德乐终朝，后之初度均视此。
驹隙倏忽未一句，胡然报君长已矣。

呜呼策清何以死！
记余曾往无恙楼，谈君病况或当已。
感冒微疾料将瘳，矧君知医病应止。
出门便道视君疾，叩门忽闻哭声起。
门者谓君作古人，腹痛遄回[2]伤无比。

呜呼策清何以死！
陶言未知明日事，亦识人生如寄耳。
如君微恙本无伤，何至遽入樊笼里。
未往医院犹能行，以人试方最可耻。
一方片刻倩春归，事欠分明命倾圮。

呜呼策清何以死！

【注释】

1. 厥旨：主旨。
2. 遄回：迅速返回。

205. 挽许息庵[1]

简淡如贤者，秋心不自嫌。
诗情参贾岛，菊味学陶潜。
坛坫[2]文求洁，萍蓬取独廉。
忽闻亡与可，挥泪有苏髯。

本为名宦后，乃作老书生。
身世贫非病，文章老更贞。
薄棺滋可痛，吊客不知名。
我辈迟闻耗，空余叹息声。

【注释】

1. 许息庵：许宝善，字息庵，浙江杭县人，佛教居士，善诗，剪淞社社友。
2. 坛坫：文坛。

206. 题朱竹垞[1]梅花

胸有藏书千万卷，堂堂浙水一诗人。
孤怀皎洁清无比，愿藉梅花自写真。

早有文章惊海内,渔洋诗友是知音。
兼通六法为余事,老树寒梅托此心。

【注释】

1.朱竹垞:朱彝尊,字锡鬯,号竹垞,清康熙年间史学家、藏书家、诗人、浙西词派创始人。

207. 和董逸沧[1]见赠韵

乡园北望不能归,渐觉人间百事非。
能识性情惟老友,可堪尘世尽危机。
衰年如我才思退,直道知君肝胆微。
况有诗名赢海内,乐亲德范接余辉。

【注释】

1.董逸沧:董玉书(1869—1952),字逸沧,号遗叟,又署寒松、寒隐、寒葩、拙修老人等,江苏江都人,拔贡,曾任安徽天长县、霍邱县知县。辛亥革命后当选扬州议事会副议长。抗战爆发,"家遭兵燹,避地沪渎,欲归不得",避居于上海,1946年流寓北京。著有《寒松庵诗集》《芜城怀旧录》等(《芜城怀旧录·跋》,建国书店,民国三十七年)。

208. 题刘伯温山水

云山古衲垂垂老,水国渔翁故故迟。
饮酒弈棋诚乐事,如何才智逊鸥夷[1]。

萧闲落得托烟波，老去风光入画多。

可喜乾坤新点染，山河依旧汉山河。

【注释】

1.鸱夷：即鸱夷子皮，范蠡之别号。这里是评价刘伯温不知急流勇退，不及范蠡。

209. 题管夫人[1]画竹

魏国夫人[2]生面开，尺绡墨竹绝尘埃。

渭川千亩罗胸臆，一一都从笔底来。

漫把潇湘纸上看，琼楼玉宇想高寒。八月十五日画此

绿窗[3]无事萧闲甚，聊掬秋心写数竿。

【注释】

1.管夫人：管道升，字仲姬，赵孟頫夫人，元代女画家，擅画竹。

2.魏国夫人：管道升之封号。

3.绿窗：指女子的居室。

210. 题董逸沧北湖春泛图

春至湖上年一次，湖上逢春百美萃。

湖晴春好杂诗人，何者非吾行乐地。

常日游湖足写怀，变日泛湖宁适意。

江南湖山况改观，江北湖滨犹汉帜[1]。

一舟荡漾水中天，一家眷属萍蓬寄。

湖光春色虽可亲，老去杜陵常不寐。
犹是湖天犹是春，风景不觉当前异。
风景纵异雪痕留，珍重绘图兼纪事。
余对此图感想深，有湖可泛见高致。
如此海峤住五年，可奈白日逢魑魅。
安得湖水一往游，春烟淡淡浮青翠。

【注释】
1.汉帜：指当时仍旧由中国军队控制的地方，区别于大部分沦陷区。

211. 辛巳除夕纪事

驹光忽忽又除夕，我到申江第四年。
垂老那堪长岁月，思家争奈渺云天。
客中酸辣频加味，眼底饥寒尽倒悬。
说甚吉辰环境劣，一回想念一愀然。

从前家破人依旧，七五年华赋悼亡[1]。
明识时光多转变，其如衰退遽逢殃。
江横毋怪成千里，云散何由聚一堂。
客路空歌偕老句，安仁[2]情况我亲尝。

今日何必焚诗草，辜负年时每辍吟。
酷嗜画图真若命，富藏古物略娱心。
墨缘多少来资助，眼福毋劳远索寻。
不惜良田易精品，遥遥隔代诩知音。

纷纷大雪盈江海，寒气侵人合闭门。
飞舞虽称银世界，流离恰是冷乾坤。
佛生足纪知华诞，华严于十二月二十九日生 天哭相传鉴岳冤 岳忠武遇害为十二月二十九日，是日天雨，世谓天哭
但愿干戈立平息，归来早日净心魂。

【注释】

1.七五年华赋悼亡：这年十一月作者的夫人胡氏在家乡金沙病逝。

2.安仁：潘岳，又名潘安，字安仁，西晋文学家，与妻子杨氏终身相爱，杨氏逝世后，潘安作诔文怀念，感情真挚，缠绵悱恻，故有成语"潘杨之睦"。

212.题秋蟪吟馆诗集[1] 壬午[2]

不肯稍雷同，独自成机杼[3]。
古人所未宣，历历天上语。

把酒便吟诗，乘醉珠玉唾。
奇句李青莲[4]，霸才陈惊座。

古今诗家多，杜陵称诗史。
迨至清咸同，又有亚匏子[5]。

遭逢残炙里，声调壹弦中。
愤世忧民志，皇天鉴此衷。

【注释】

1.秋蟪吟馆诗集：指《秋蟪吟馆诗钞》，晚清诗人金和著。

2. 壬午：1942年。

3. 机杼：比喻文章布局。

4. 李青莲：李白，字太白，号青莲。

5. 亚匏子：金和，字弓叔，号亚匏。

213. 哭建儿[1]

兄弟之中尔体强，体强宜可臻寿昌。
由沪而通而家乡，卧病数月乃云亡。
去夏因事来洋场，望之气度仍轩昂。
临别一夕余同床，不惜絮絮话家常。
何图旋归病且僵，有时书来稍复康。
自谓微灾症无妨，深虞老父断肝肠。
犹思弱冠好腾骧，意气自喜武维扬。
南都军政正发皇，自愿耐苦粗食尝。
稍稍升擢颖脱囊，由赣而蜀几梯航[2]。
云路从容可翱翔，因我分孽[3]整归装。
有时剑气夜鸣廊，不图剧变起岛方。
随时眼底呈沧桑，家遭横祸忧方长。
洗污濯垢心彷徨，奔走南北灭刺芒。
云天复见宿愿偿，宽慰老父喜相望。
同辈多少露锋铓，富贵立取气焰张。
宁为蠖屈慎行藏，作孽负疚不敢当。
审度顾虑必周详，践履庶循大道行。
岂意缠绵病榻旁，斯人斯疾愈可伤。
卜氏丧明泪盈眶，吁嗟天意太茫茫。

【注释】

1. 建儿：指孙建（1913—1943），字建中，作者次子，毕业于上海民立中学，娶包氏，育有三子一女。
2. 梯航：梯和船，这里比喻升迁的途径。
3. 分爨：分家。

214. 贺唐蔚芝[1]重宴鹿鸣[2]

文化东南只手擎，堂堂海峤一耆英。
知音审乐言诗旨，悯世悲天劝孝声。
无愧醇儒朱致一[3]，是真古谊郑康成。
弇山[4]瑞事夸王掞[5]，又有先生赋鹿鸣。

【注释】

1. 唐蔚芝：唐文治（1865—1954），字颖侯，号蔚芝，江苏太仓人，光绪八年（1882）举人，光绪十一年（1885）入江阴南菁书院，光绪十八年（1892）进士，光绪二十八年（1902）陪同庆亲王载振出访欧洲、美国和日本，考察各国教育。曾任上海高等实业学堂监督、私立无锡国学专修学校校长等，晚年寓居上海。
2. 重宴鹿鸣：清代考取举人满六十周年的庆贺仪式。
3. 朱致一：朱用纯，字致一，号柏庐，江苏太仓人，清代理学家。
4. 弇山：指太仓弇山园。
5. 王掞：字藻如，江苏太仓人，康熙九年（1670）进士，曾经"重宴鹿鸣"。

215. 上巳修禊[1]

修禊取清和，觞咏亦盛举。
如何今年春，屡遭风雨阻。

寒气频袭人，衣裘时延仁。
海市本繁华，景况极凄楚。
春江郁不春，桃李无情绪。
天意厄人深，阳和不我许。
度活非年荒，可怜炊无黍。
物高币日低，吁嗟国用楮。
乃叹今何世，有口噤弗语。
满目皆不祥，敢以问诗侣。

阴霾积不开，苦雨止还起。
日在昏黯中，仰天徒延竢。
新柳絮空飞，夭桃花将委。
时节近暮春，沉郁乃如此。
困极终必舒，灾甚总当弭。
春和一旦回，时光只弹指。
扫尽万重云，揭破一窗纸。
新霁放光明，大地铲奸宄[2]。
平治在人心，恢复符天理。
祓除[3]又祓除，请从今日始。

【注释】

1.上巳修禊：古代祭礼，古时三月上旬第一个巳日为上巳，这一天人们到水边洗濯，祓除不祥，名为修禊，后世逐渐演变为春季诗人雅聚。

2.奸宄：为非作歹的人。

3.祓除：一种驱邪去灾的仪式，这里指消灾。

216. 叔怡[1]十年不见，忽晤海上，喜赋

沧桑几度爪无痕，大地烟尘日月昏。
孤岛独留风采在，十年犹有口碑存。
真能谋面皆缘分，忽尔倾谈醒梦魂。
西望吴山诚咫尺，重重迷雾塞家门。

【注释】

1. 叔怡：未详。

217. 鹤亭七十生日以一律见示，谨步原韵奉祝

莫谓儒冠不值钱，翛然素净彻床筵。
巢民[1]生日孙能并，巢民三月五日生，公同日 伏氏[2]穷经老更贤。
岁晚逢君宁有数，命屯似我总由天。
他年墓志求公作，今日觞公寿万千。

【注释】

1. 巢民：冒襄，字辟疆，号巢民，明末清初文学家，冒鹤亭十二世堂祖。
2. 伏氏：指伏生，秦博士，秦始皇焚书时曾将《尚书》藏匿于壁中。

218. 次韵酬逸沧并呈吹万

两沧忽相遇，通可谓老沧。
同是沧浪水，毋庸分米糠。君有君精我秕糠语

念君本殊质，道隆名久扬。
夷逸[1]与希逸[2]，上颉而下颃[3]。
寒松自兀傲，经霜色逾苍。
所至播善政，圭璋箸闻望[4]。
皖江察哈尔，近疆又远疆。
恩惠在人口，风动倾四方。
重来有郭伋[5]，止憩淮之阳。
余虽历尘梦，心口常自商。
十载钟山侧，归耕素志偿。
但苦学肤末，虚亢如空桑。
无何事变起，发难卢桥旁。
南北势横溢，自大有夜郎。
乡园不能住，但见兵盗狂。
春申非乐土，只得暂相将。
萍蓬遇新雨，玉振声锵锵。
好句如思白，珍同秘府藏。
芥舟徒自愧，只合在坳堂[6]。
日昨专趋谒，先生体不强。
喜遇山中戴[7]，兼亲濠上庄。
胸襟固自远，腹笥苦难量。
越日惠佳什，薰之字字香。
报李惭逼仄，敢随鸾凤翔。
一言聊慰君，三人同健康。

【注释】

1.夷逸：出自《论语·微子》"谓虞仲、夷逸隐居放言，身中清，废中权"，是一位清白、直言、不愿意做官的人。

2.希逸：谢庄，字希逸，南朝文学家。

3.上颃而下颉：出自《诗经·邶风》："燕燕于飞，颉之颃之。"毛传："飞而上曰颉，飞而下曰颃。"

4.圭璋箸闻望：意思为高尚的品德和名望。宋代词人葛长庚《沁园春·送王侍郎帅三山》中有"锦绣文章，圭璋闻望，碧落侍郎"句。

5.郭伋：字细侯，东汉名臣，曾在多地任太守，安民降贼。这里比喻董逸沧。

6.芥舟徒自愧，只合在坳堂：出自《庄子·逍遥游》："覆杯水於坳堂之上，则芥为之舟。"

7.山中戴：写有《山中》诗的戴表元，字帅初，宋末元初文学家。

219. 赠郑重光[1]

风标[2]是否笪重光[3]，江上清芬姓字香。
弹劾权奸行我直，画筌书筏故堂堂。

虚夸力革芟花絮，忠实无欺学圣贤。
愿效鲁斋勤讲习，先生自省亦恬然。

干戈扰扰症偏结，烟雾层层拨不开。
世愈乱时心愈治，熹微[4]自有曙光来。

【注释】

1.郑重光：未详。

2.风标：风度、品格。

3.笪重光：字在辛，号君宜，江苏丹徒人，清早期书画家，晚年居茅山，著有《画筌》《书筏》等绘画理论著作。

4.熹微：早晨太阳出来之前的微光。

220. 逋叟和我苏韵诗，叠韵奉答

夔子峡，岳阳湖，杜陵诗笔天下无。
此是江都下帷处，毋须孔宾夜相呼[1]。
山中梅鹤有妻孥，不时吟讽聊自娱。
丰度鸥鸟凌波立，词华骊龙濯锦纡[2]。
新村二老同一庐，仁风有邻德不孤。
文章声价泰华重，益聪不必借菖蒲[3]。
语不惊人总非夫，玩诵佳什忘日晡[4]。
君等岁寒集三友，添我应作四皓图。
诗篇而外皆唾余，海天莽莽一笑蘧[5]。
写景纪事如追逋，髯苏[6]可复愿同摹。

【注释】

1.孔宾夜相呼：祈嘉，字孔宾，西晋儒生，夜闻声呼"隐去"，即遁隐，见于《晋书·隐逸传》，喻归隐。

2.词华骊龙濯锦纡：引用杜甫诗句"鸥鸟迁丝飐，骊龙濯锦纡"，喻董逋叟的文笔追随杜甫。

3.益聪不必借菖蒲：古代医书载，服石菖蒲能益智聪耳。

4.日晡（bū）：古代时间名词，指申时。

5.笑蘧（qú）：惊喜的样子。

6.髯苏：指苏轼，以其多髯故称。

221. 送别勤士老友

老年契好今无几,异地遭逢赖有君。
白下簪裾[1]如隔世,淞滨诗酒又离群。
惊心浊世艰危甚,搔首苍天去住分。
我辈稀龄同望八,我与君同为七十六岁 何当再共海东云。

昨朝春酒蒙相庆,我二月生日,君八月生日,君于二月必来相祝,盖已两年于兹矣
来日秋风已不同。
盈眼饥寒千劫里,填胸块磊[2]一樽中。
赠言话别心如织,游泮重逢路或通。再三年我两人皆重游泮水
君号岛翁我沧叟,重来合赋大江东。

【注释】

1. 簪裾:显贵的服饰,比喻为官,这里指曾经与鲍贵藻(勤士)一同担任江苏省议会议员、副议长。

2. 块磊:块垒,比喻胸中积蓄的不平之气。

222. 质翁读同人集[1]有黄牡丹诗,因仿为之以十首见示,答以两首

水绘名葩早不存,影图韵事独留痕。
姚家佳种[2]含香艳,冒集清诗滞梦魂。
始觉紫红非正色,倘搜柑橘到芳樽。
辟疆福厚花无恙,目极霞西漫共论。

曹州³异种名天下，觅到姚花我也栽。
绢色若为高上咏，金光特向小园开。
偶因百史⁴吟芳玉，陈百史名 犹记涪翁⁵取上埃。涪翁用黄云字样，黄云出淮南子，黄泉之埃，上为黄云⁶
愿假黄冠从此老，香尘如梦莫归来。

【注释】

1. 同人集：指《六十年诗友诗文同人集》，冒襄作。
2. 姚家佳种：指姚黄牡丹，最早见于宋代洛阳的名贵牡丹品种，出于姚氏民家。
3. 曹州：今山东菏泽，以出产牡丹闻名。
4. 百史：陈名夏，字百史，明崇祯年间进士，后降清。
5. 涪翁：黄庭坚，字鲁直，号涪翁，北宋文学家。
6. 出自《淮南子》卷四《坠形训》"黄泉之埃，上为黄云"句。

223. 悼霞西村舍¹

君不见日月环转有明晦，事物瞬息成兴废。
古今多少好林园，试问而今几存在。
可叹中日事变生，攻袭轰炸最无情。
村镇须臾万人死，天地爆裂一声惊。
霞村虽未罹此患，战争影响焚烧惯。
白狼²东北经畲楼，娥眉³众嫉旋成幻。
小园经营十载余，百花名贵比璠玙⁴。
数行樱梅来岛国⁵，几株松竹蔽精庐。
芍药遍采扬州种，金带围腰尤矜宠。
牡丹则自曹州来，魏紫姚黄⁶满园拥。
舍南舍北芙蕖⁷多，村东村西环山河。山谓北山，即碧霞山，河谓运河，淮水由西北来东入于海更有梅墩[8]高百尺,五山远影势嵯峨。
乃自今春遘壬午[9],先掘墙垣不问主。
砖石稠叠数百方,凭恃武力恣强掳。
树木毁坏无余枝,庭阶花木概芟夷。
铲削净尽塌平地,破败容易些须时。
嗟嗟!
经烬楼灰化烟雾,皮之不存毛焉傅。
人间不少美山林,旦夕倾圮真无数。
某某都会皆被殃,某某园宅劫火强。
花圃先鸣有鶗鴂[10],霞西村舍宜其亡。

【注释】

1. 霞西村舍:作者故宅,位于南通金沙镇霞西村。
2. 白狼:白狼山,即狼山。
3. 娥眉:美女,这里比喻经畬楼。
4. 璠玙:美玉。
5. 岛国:指日本。
6. 魏紫姚黄:原指宋代洛阳魏氏、姚氏两家的牡丹珍品,后泛指名贵花卉。
7. 芙蕖:荷花。
8. 梅墩:梅冈,位于金沙镇。
9. 壬午:1942年。
10. 鶗鴂:杜鹃鸟。

224. 题王鸿伯[1]遗诗册

西陵铁轨通车日,南院慈云驻跸年[2]。
谁握杜陵诗文笔,庄严典丽纪行篇。

翁婿恩深又祖孙，遗笺留得雪泥痕。
六章佳咏虽无几，犹见臣民古义存。

资财罗掘畴兵匪，威柄施行若虎狼。
无复圣明恩诏下，万民稳食太平粮。

乱时文字成劫灰，太息飘零千百家。
赖有达人知宝贵，寸缣尺素灿云霞。

【注释】

1. 王鸿伯：未详。
2. 西陵铁轨通车日，南院慈云驻跸年：指王鸿伯诗册中关于1903年西陵铁路通车和庚子之变慈禧携光绪逃往山西慈云寺的记载。驻跸，帝王出行时沿途停留暂住。

225. 怀农[1]作画，常以平生知己是黄花句题识，即用此七字率成七绝三首[2]

平生知己是黄花，尘海伊谁乃久夸。
惟有此花称寿客，西风队里灿云霞。

无数春葩不拜嘉，平生知己是黄花。
空山寂寞凌霜品，淡淡秋容处士家。

杜陵丛菊句笼纱，靖节东篱朴更华。
似子秋心化霜杰，平生知己是黄花。

【注释】

1. 怀农：邓廷（1894—1986），字怀农，号东皋老农，江苏如皋人，早年师从张馨谷，解放后任上海国画院画师，上海文史馆馆员。

2. 这三首诗为辘轳体，其"平生知己是黄花"一句，依次旋转而下，处于后面每一首押韵句的不同位置。

226. 端阳佳节

万古灵均泪，千秋孝女碑。
昔人皆殂化[1]，佳节耐寻思。
蒲绿增诗料，榴红映酒卮。
彩缠小儿女，对此或支颐[2]。

【注释】

1. 殂化：逝世。
2. 支颐：手托下巴，形容儿童的天真。

227. 浦江夕照

当年封土称黄歇[1]，今日江干有白鸥。
巨浪掀空云物晚，绮霞半挂海天秋。
烟空日落沧波急，楚尾吴头暮霭浮。
过眼兴亡都莫管，万家灯火几人愁。

【注释】

1. 黄歇：即春申君，楚国人，"战国四公子"之一。浦江一带曾为春申君的封地。

228. 曝书

风雨时连续,轩斋几晦冥。
孝先[1]胸有笥,竹垞集名亭[2]。
珍重神仙字,搜寻脉望[3]形。
炎蒸虽可畏,典籍或邀灵。

【注释】

1. 孝先:边韶,字孝先,东汉学者。
2. 竹垞集名亭:朱彝尊有《曝书亭集》。
3. 脉望:传说蠹鱼(书虫)因食神仙字变形为脉望,服其水可以升仙,出自《酉阳杂俎》续集卷二《支诺皋》。

229. 题东坡午景墨趣图

玉局[1]原来大画家,岂惟竹石擅清华。
高贤少见翻多怪,并此明珠亦认差。

丹青双井咸能画,山水临川最入神。
未见真源都是幻,精通博雅又何人。

【注释】

1. 玉局:指苏轼,因其曾任玉局观提举,人称玉局翁。

230. 中秋月

望到中秋惟念月，最佳月色更忻忻。
一天良夜此孤影，万里长空无片云。
所恨阴阳重聚叠，元命苞[1]，阴阳聚为云[2] 极难节候两平分。是日秋分
颠连痛苦无由诉，想是姮娥[3]怕见君。

【注释】

1. 元命苞：指《春秋纬元命苞》，汉代的一种纬书。
2. 阴阳聚为云：出自《春秋纬元命苞》。
3. 姮娥：即嫦娥。

231. 次韵和质翁寄静子之作

在昔离群久，何年聚处同。
崩腾观海水，空旷想天风。
阅世沧桑剧，临池金石通。
迹暌[1]心不隔，说甚剑埋丰[2]。

避地几寒暑，光阴一瞬过。
无言向云树，有恨指关河。
世局奇尤甚，吾侪衰已多。
相看均望八[3]，健步问如何。

【注释】

1. 迹暌（kuí）：迹违，分隔。
2. 剑埋丰：成语"丰城剑气"，出自晋代王嘉《拾遗记·昆吾山》，意为宝物通灵，

终将不会埋没。

3.望八：年龄接近八十岁。

232.题吹万思治集

陈蔡绝粮[1]思著作，三科九旨[2]一元赅。
人心愈乱余言治，要是春秋大义来。

干戈人事日侵寻，南望家山感念深。
愿藉诗歌聊自见，此生无异杜陵心。

【注释】

1.陈蔡绝粮：指孔子身处困境仍然讲学不辍的典故，这里比喻高吹万逆境著书。

2.三科九旨：儒家对《春秋》的解构，认为三段中含有九种旨意。出自《公羊传·隐公元年》。

233.和景逸感怀[1]

本无欠缺莫他求，高节如凭百尺楼。
处困不忧天地窄，闲吟一散古今愁。
群奸媒孽[2]怜坡老，党事羁縻壮太丘[3]。
窃为先生聊取譬，一轮明月大江流。

【注释】

1.景逸：马元放（1902—1952），字景逸，江苏武进人，毕业于江苏法政学校，教育家。著有《都市政策论》《中国市政论》《归汉记》等。（王炳毅《爱国教育家马元放的人生之旅》，《钟山风雨》杂志，2004年第3期）与作者同时和诗的还有高吹万，高诗附后（录自高铦、高锌、谷文娟《高燮集》，中国人民大学出版社，1999年，第721页）。

2. 媒孽：构陷。

3. 太丘：指泰丘，春秋战国时期宋国的神社，位于河南永城太丘镇。

沧叟次马元放韵诗，命为同作

高燮

国已如斯何所求，南冠而絷强登楼。
万方谁酿茫茫劫，亘古难消浩浩愁。
始信夜长多恶梦，颇思望远少高丘。
伏波壮志终须展，横海他年破浊流。

234. 东篱赏菊

岂是安居日，还思老圃时。
有樽娱北海[1]，高咏向东篱[2]。
着力非关柳，东风齐着力，曲牌名 倾阳不让葵[3]。
他乡虽灿烂，迥异故园枝。

【注释】

1. 北海：指孔融，以其曾为北海相故名，以好客闻名。

2. 东篱：出自陶渊明《饮酒·其五》"采菊东篱下，悠然见南山"句，这里指陶渊明。

3. 倾阳不让葵：出自曹植《求通亲亲表》："若葵藿之倾叶，太阳虽不为之回光，然向之者诚也。"喻忠诚。

235. 前题

杜陵愁不减,栗里[1]兴多娱。
冷淡欺三径[2],萧疏擅几株。
芙蓉初日并,杨柳晓烟殊。
亦有黄花癖,时艰送酒无。

【注释】

1. 栗里:陶渊明居住的地方,借指陶渊明。
2. 三径:泛指隐者居住处。

236. 又

前生应是菊,篱下喜叨陪。
南国餐英惯,西风耐冷开。
花疑青帝使[1],酒有白衣来[2]。
佳卉年年见,天教脱劫灰。

【注释】

1. 花疑青帝使:出自唐末黄巢《题菊花》:"他年我若为青帝,报与桃花一处开。"
2. 酒有白衣来:出自南朝宋檀道鸾《续晋阳秋》:"陶潜尝九月九日无酒,宅边菊丛中,摘菊盈把,坐其侧久,望见白衣至,乃王弘送酒也,即便就酌,醉而后归。"

237. 又

盼到重阳节，花开有几丛。

萧疏新月白，瘦淡夕阳红。

斗柄春回处，霜枝冷战中。

一生多傲骨，曾不畏西风。

238. 中秋停云楼次铁年[1]韵

艺术分门无遁形，停云不使酒樽停。

平分秋色成高会，是日秋分 中有南天一寿星。

歌仿孙登激金石，笔同梁楷异盆瓴。淮南子有叩盆拊瓴语[2]

讵知晚近田公子[3]，长铗无辞不予听[4]。

【注释】

1. 铁年：符铸（1886—1947），字铁年，号瓢庵，湖南衡阳人，晚年寓居上海，善诗文书画。
2. 出自《淮南子·精神训》："今夫穷鄙之社也，叩盆拊瓴，相和而歌，自以为乐矣。"
3. 田公子：田文，即孟尝君，齐国人，"战国四公子"之一，以食客众多而闻名。
4. 长铗无辞不予听：孟尝君门下食客冯谖弹铗的典故。

239. 和静子寄颖孙[1]诗

元龙豪气今犹昔，时与吟哦研究中。
只缺车公成雅集，须知洛会[2]尽衰翁。
劳心翰墨身安素，抱痛山河血染红。
寄语故人聊自慰，仍留啸傲旧家风。

【注释】

1. 颖孙：未详。
2. 洛会："洛阳耆英会"之简称。

240. 冬日书怀[1]

不尽痌瘝痛，无衣最可怜。
三军应挟纩[2]，多士未装绵。
文史冬堪用，风尘雪满颠。
羊裘如可拥，垂老亦怡然。

冬日谁称爱，寒风若不禁。
无衣嗟满眼，拥絮复何心。
应识粗绵贵，畴为大布吟。
但求能送暖，奚必九华衾[3]。

路侧寒僵仆，横尸不忍看。
朔风鸦点乱，深夜雁声酸。
可叹苏秦敝[4]，真怜范叔寒。
岂无狐貉者，高步立台端。

风雪连朝战，沧桑几度经。
禅心冰鉴澈，诗境玉壶清。
岁晚防亏篑，灯寒捻断茎。
西崦[5]虽日暮，短晷[6]必须争。

【注释】

1.这首诗写于1942年冬天，抗日战争最艰难的时期，作者十分同情那些还没有换上棉衣的战士以及冻毙在路旁的难民。

2.挟纩（kuàng）：穿着棉衣。

3.九华衾：华美的服饰，出自南朝宋鲍照《拟行路难·其一》"九华葡萄之锦衾"句。

4.苏秦敝：出自《战国策》卷三《秦策一·苏秦始将连横》："（苏秦）说秦王，书十上而说不行，黑貂之裘弊，黄金百斤尽。"成语"裘弊金尽"即指此，比喻走投无路，处境艰难。

5.西崦：崦嵫山，传说中的日落处。

6.短晷：短暂的时光。

241. 东坡生日[1]

老不枯，坡公生日，王郎以诗见庆，东坡次其韵有句曰，祝我余年老不枯[2]老不枯，
身后犹博众欢呼。
古人生日亦时有，如公庆祝海内无。
记公生时黄州住，置酒赤壁集芳腴。
维时公年四十七，笛声悠扬如贯珠。闻见录载有此事
鹤南飞词奏一曲，李委何人瓣香苏[3]。
又有王郎遥称寿，以诗见庆于蔿于[4]。于蔿于三字为东坡次韵诗，于蔿于者见唐文，元德秀与乐工数十人歌于蔿于之曲，明皇叹曰真贤人之言哉

王郎诗虽无由觅,尚有公诗相唱嘁。
报以名茶廿一片,清芬百世犹传摹。
追公六十一周甲,龙眠祝公像可图[5]。
知交当时多景慕,比诸王李要同符。
公于生前逢揽揆,举酌犹觉人情乎。
死后他人来祝我,倘持此见宁非愚。
公之正气在天地,其所造诣兼佛儒。
书画艺术妙独步,诗文意蕴贯万殊。
心志未尝忘君父,功德有时寄江湖。
其见嫉也惟宵小,信如公者真丈夫。
仰止景行遍斯世,设位拜祝非一隅。
腊月十九公初度,纷纷祭奠陈盘盂。
公诗且恐身枯寂,年年景物不模糊。
吾侪飨公无别物,香花一束酒一壶。
百代馨香皆视此,公灵庶几降海嵎。

【注释】

1.这是作者参加苏东坡生日雅集活动创作的一首新乐府,晚清至民国时期,东坡生日雅集较为普遍,似成诗坛惯例。

2.出自苏轼《生日,王郎以诗见庆,次其韵并寄茶二十一片》。

3.鹤南飞词奏一曲,李委何人瓣香苏:指陌生人李委闻苏东坡生日,献奏新曲《鹤南飞》并乞苏题句,苏东坡作《李委吹笛并引》答之的典故。瓣香,敬仰。

4.于蔿于:唐人元德秀创作的一首歌,作者有注。

5.迨公六十一周甲,龙眠祝公像可图:1941年春作者以重金购得一幅东坡画像,为宋绍圣二年苏东坡六十岁生日时李伯时所画,有明建文元年方孝孺长篇题字和天籁阁等收藏印。作者经过与几幅石刻东坡画像比较,认为此画像最接近东坡本人面目,于是刊印赠与诗友。此画原作已不知去向,珂罗版画像现存于作者后人,上有潘恩元、潘树生等人的题句和作者之考据。龙眠,李公麟,字伯时,号龙眠居士,北宋画家。

242. 壬午除夕

五年避地一弹指，老去髭须白更多。
时令今宵际除夕，江潮明日转春波。元旦子时立春
烟尘影里浮沉度，椒酒声中寂寞过。
愿乞灵氛[1]为我占，来朝消息究如何。

眼前变局随年换，客里吞声暗泪流。
只恨桑榆遭劫运，乃教歌哭到吾俦。
乏钱守岁杯盘减，拈笔哦诗云物愁。
纵说余龄天假我，不如亡友得先休。

乱离莫问人间世，胜利都言劫后枰。
几架飞艎[2]留有影，六街爆竹悄无声，
战争末日知将至，耄耋衰龄又自惊。
惨淡昏沉逢此夕，万家灯火柱晶莹。

乡园支系皆分住，荆布山妻赋仳离[3]。
三十壮男[4]成永诀，万千佳象有余悲。
环观虽得儿孙乐，搜集无如书画奇。
但冀老年多适意，岁朝好景似推移。

【注释】

1. 灵氛：占卜师。
2. 飞艎：大型渡船。
3. 仳离：夫妻分离，这里指永别。
4. 三十壮男：指作者第二个儿子建中。

243. 和吹万癸未元旦立春诗　癸未[1]

日蚀东方见，_{卯时见于东方}春回岁首逢。
卜时天象转，遭厄我心恫。
快意谈坑卒，痴怀望殪戎[2]。
柳条曾漏泄[3]，冻解铎声中。

【注释】

1. 癸未：1943 年。
2. 殪戎：消灭殷商。出自《尚书·康诰》"天乃大命文王，殪戎殷"。
3. 柳条曾漏泄：出自杜甫《腊日》"漏泄春光有柳条"句。

244. 和木师[1]新年诗

禅心了澈云无住，诗境空明月映波。
艺事要当夸独步，铎声只觉感人多。
漫云微弱难支厦，自有慈悲去障河。
满地干戈思郅治，胸中早贮太平歌。

相逢多半老年人，入室争看白发新。
南面高悬木居士，东皇[2]巧配岁朝春。
江天尽有诗歌乐，朋好无殊骨肉亲。
三复师言消息在，慎毋辜负去来身。

【注释】

1. 木师：1939年一些佛教信众在上海法租界成立了一个扶乩团体来苏社，其降笔之神名为"木道人"，据称为清乾嘉年间南通吕四碧云寺高僧降世，以疑卜、病祷、诗文闻名，信徒皆称其为"木师"，实为假托，并无其人。1945年来苏社改名为寒社，自此专为诗社。当年有高吹万、闵瑞之、王一亭等多名南社人士参加来苏社活动，上海道德书局邬崇音居士曾将来苏社之事迹编成《木铎声》单行本刊行（高铦、高锌、谷文娟《高燮集》，人民大学出版社，1999年，第672、707、709、762页）。

2. 东皇：司春之神。

245. 答严彝卿[1]

六载江天傍异乡，慰情依旧守书香。
低眉闲礼[2]西方圣[3]，高咏无殊南面王[4]。
但苦环球充虎兕，可堪老耄尚风霜。
劝君幸勿伤迟暮，吾辈仍当法自强。

【注释】

1. 严彝卿：江苏泰兴人，当地知名乡绅，抗战期间居上海。

2. 闲礼：合规之礼。

3. 西方圣：指佛教中的西方三圣。

4. 南面王：指南唐后主李煜。李煜在亡国之后写的那些凄凉悲壮的词作感人至深，被人称作"南面之王"。这里指严彝卿写的不忍当亡国奴的作品。

246. 瑞棠¹以百年难遇岁朝春谚语为辘轳体²索和

百年难遇岁朝春，又况良时配吉辰。子时立春
从此甲兵应洗净，欢呼共作太平民。

毕世几遭元日蚀，元旦日蚀百年难遇岁朝春。
蚀为片刻春常在，全体更时万象新。

静数流光真是箭，岁朝春亦常谋面。余年七十七，如岁朝春已常常见之
百年难遇岁朝春，子刻春回不多见。

尚能健饭见精神，太息今成老耄身。
七七时光逢此日，百年难遇岁朝春。

【注释】

1. 瑞棠：未详。
2. 辘轳体：一种韵律如辘轳旋转般的诗体。如绝句四首，每首都有一句相同，且这相同的一句依次为一二三四首中的一二三四句，产生辘轳效果。

247. 达人¹于元宵日夜宴，即席赋诗

人间何世话沧桑，乃择元宵一举觞。
书画琼瑶同性命，江天契好共肝肠。
宴宾不让陈惊座，爱客无殊田孟尝。
我到停云仅三次，醇醪数饮不能忘。

米珠薪桂近如何，百尺容余放一歌。
海岳书船名作备，云林閟阁²古香多。
淞滨乃有贤人聚，琴室无嫌雅客过。
丝绣平原³思昔语，高风顿觉世难摹。

【注释】

1. 达人：未详。
2. 云林閟阁：指元代画家倪瓒的住所。倪瓒，号云林居士，斋号清閟阁。
3. 丝绣平原：出自李贺《浩歌》："买丝绣作平原君，有酒惟浇赵州土"句，原指用丝线来织绣平原君赵胜像，表示对其钦慕，后泛指感激他人的恩惠。

248. 祝濠观老人¹八十

最难诗酒乐余年，四顾茫茫万里烟。
欲使此心同水止，可堪大局似风旋。
常温气海²应关学，宠锡耆龄自有天。
安步当车能健饭，萍踪无处不随缘。

循吏³儒林德业成，先生端的不虚生。
惯凭风雪寻诗思，早已烟云视宦情。
元白有时频倡和，绮黄极目望升平。
甲兵不日能湔洗，一棹春江载酒行。

【注释】

1. 濠观老人：俞濠观（1843—?），号寿叟。
2. 气海：人体部位，宗气所聚处。
3. 循吏：奉公守法的官吏。

249. 再和景逸感怀诗

守定方针不泛求,任他幻结蜃中楼。
身居今世为何世,意欲消愁愈积愁。
西伯曾经拘羑里,灵均所向在高丘。
莫言持节无人问,敬佩先生苏武流。

250. 题明成化安喜宫[1]金汁书写普门品[2],并五十三参图册

安喜宫中善造因,绘图片片意恂恂。
百千万劫今何世,五十三参[3]度尽人。
彩笔生花成绝艺,杨枝洒水悉奇珍。
金精铸就诸天样,涌出慈悲自在身。

普门品乃摹成册,五百年来见此图。
变相动人吴道子,现身救世老文殊。
金光留作千秋鉴,宝气镕成一斛珠。
摹写精工参礼谨,天家绘画本琼瑜。

【注释】

1. 安喜宫:明宪宗时期万贵妃居住的宫殿。
2. 普门品:即《观世音菩萨普门品》,又称《观音经普门品》《普门品经》等,为《法华经》二十八品中第二十五品,是为观音菩萨说法,普渡众生于佛道,故名普门品。
3. 五十三参:指《华严经》中善财童子曾参访五十三位善知识(有德行之大士),最后遇到普贤菩萨而成就佛道。

251. 聚星雅集纪事[1]

不是风云呈变态，如何鸥鹭结新盟。
黄尘滚滚仍纷扰，白发星星尽老成。
仿佛耆英来会和，唏嘘诗酒异承平。
曾闻玉局留鸿印，咏雪堂高锡此名。

劳人不过几寒暑，老去须眉弗再青。
行乐及时思古语，浮生若梦况衰龄。
偶因旧雨联今雨，喜伴文星与德星。
眼底烟云都不管，得闲姑且诵陀经。

【注释】

1.这是聚星社餐会后写的一首诗，聚星社成立于1942年，已知成员有高吹万、戴敬庵、金巨山、闵瑞之、郁子甘、钱自严、钱文选和作者等人。

252. 题翁子光[1]潮汕方言

方言方言四方歧，音与文字远相离。
有音有字尚可考，有音无字枝又枝。
何况潮汕音僻远，十语吐出十不知。
君为一一勤搜讨，分别诠释了无遗。
十九年来心矻矻[2]，蛾子时术[3]不停蕾。
新词掇拾辀轩[4]采，旧献搜罗志乘垂。
证引能抉古今奥，旁通且悟虞夏辞。

始于甲子终癸未，首春均为岁朝期。
噫嘻翁君今脱稿，子云[5]而后见丹曦。
董浦[6]光芒足抗并，太炎[7]义蕴与等差。
余谓先生成此籍，匪独掌故擅风仪。
叔重解说都贯串，康成笺注识端倪。
六书体例为原本，古义雅俗为根基。
乃能发挥而光大，十五万言一吐奇。

【注释】

1. 翁子光：翁辉东（1885—1965），字子光、梓关，号止观居士，广东潮安人，著有《潮汕方言》《潮州文概》等。
2. 矻矻：努力、勤劳的样子。
3. 蛾子时术：出自《礼记·学记》："蛾子时术之"，喻勤学。蛾子，小蚂蚁；时术，时时学习。
4. 輶轩：古代使臣乘坐的车，这里指西汉扬雄的《輶轩使者绝代语释别国方言》一书，简称《方言》，是我国最早一部方言著作。
5. 子云：扬雄，字子云，汉代思想家。
6. 董浦：杭世骏，字大宗，号董浦，清代经学家。
7. 太炎：章炳麟（1869—1936），字枚叔，号太炎，浙江余杭人，曾为翁子光《潮州文概》署端。

253. 祝冷禅七十

禅无冷暖冷名禅，半个神僧七秩年。
社史成篇鸿有迹，人灵不隔鹿同仙。辛孟年七十，与麋鹿同群，世为鹿仙，见闽中记[1]
能安素位惟心适，不近红颜更志坚。
岁岁大潮记生日，今朝拜舞弄潮天。

【注释】

1.闽中记：唐人林谞所著福州地方志。

254. 题沈燕谋[1]南村勘书图

自从兵气蒸腾日，文物飘零千百家。
举世图书历尘劫，有人典籍换云霞。
能资诵读斯真福，不受灾磨敢拜嘉。
无怪南村自矜异，悬知一室炫光华。

新学罔知经史贵，廿年癖好独藏书。
琅嬛[2]喜得神明护，签架[3]非同儋石储[4]。
万卷娱亲供啸傲，五车遗子俾耘锄。
披图不尽沧桑感，艳羡南湾一草庐。

【注释】

1.沈燕谋：沈绳祖（1891—1974），字燕谋，号南村，江苏通州人，早年曾参加南社。

2.琅嬛：传说为天帝藏书处。

3.签架：分类标记的书架。

4.儋石储：成语"儋石之储"，指不多的财富。

255. 鼎三表弟在沪两月又将言归，感赋一首

往时只觉分襟[1]易，老去翻增别恨多。
中表弟昆异悠泛，他乡风雨喜来过。

八旬尔我行增秩，一瞬云烟感逝波。

但苦高踪不常驻，春申江上少婆娑。

【注释】

1. 分襟：分袂，离别。

256. 题蒋仲翔[1]陆沉草

人间试问今何世，海内胡为着此身。

满腹所存惟礧磈，九州不断是烟尘。

贫原非病知无害，诗可长吟略自伸。

欲挽陆沉无别法，举头遥祝锦江春。

枉说家家画放翁，搜罗珠玉一笺中。

雨声灯影凄凉味[2]，陇月巴云广莫风[3]。

爱国丹忱终共见，和戎白面[4]叹无功。

太平不久欣然觏，方识先生所语忠。

【注释】

1. 蒋仲翔：未详。
2. 雨声灯影凄凉味：引陆游《秋雨渐凉有怀兴元》："八月山中夜渐长，雨声灯影共凄凉。"
3. 陇月巴云广莫风：引陆游《秋思》："吴樯楚柁动归思，陇月巴云空复情。"
4. 和戎白面：出自陆游《题海首座侠客像》："功名不遣斯人了，无奈和戎白面郎。"和戎，指与外族修好；白面，指阅历不深的年轻人。

257. 咏仁[1]七十初度,以述怀两律见示并索和,成七古一篇

记余秉铎[2]淞阳[3]时,一见知君崇道义。
君年尚未及三十,余长七龄辱师事。
萍蓬聚合四三年,不久余亦将官弃。
人事奔走汴与燕,川中曾作风尘吏[4]。
世味尝试即遄归,石城又把闲身置。
与君庆吊亦相通,一面难谋空负思。
闻君勤专长教育,一度躬入梁园[5]地。
卅载暌违时节长,不图相见春申肆。
昔日皆为壮盛人,今朝白发相观异。
余今渐臻耄耋身,君亦古稀骤然至。
吾侪歇浦[6]能相逢,虽遭乱离拜天赐。
眼前随侍有儿孙,能如是矣意亦遂。
但有大愿尚未偿,六载冬枯木叶坠。
举头默望河将清,扶杖同观太平治。

【注释】

1. 咏仁:诗中内容显示,咏仁是作者担任宝山县训导时期的学生,后来从事教育工作。
2. 秉铎:指担任教育官员,作者曾任宝山县训导五年。
3. 淞阳:宝山县旧称。
4. 风尘吏:宦游在外的小官。
5. 梁园:古代名园,在今河南商丘附近,为西汉梁孝王所建,这里指咏仁曾赴商丘任教。
6. 歇浦:黄浦江的别称。

258. 奉怀逋叟并示寿吹二老[1]

董俞硕望倾文苑，山斗高高不可量。
恰是同舟如李郭[2]，未闻异调到苏黄。
耆龄合更臻绵密，道味何曾判燠凉。
我亦竹林占一席，路歧增泣益彷徨。

孟子七篇无别旨，世间义利最分明。
推重伦纪千钧重，菲薄锱铢百事轻。
是否康涛[3]多异趣，于今管鲍尚垂声。
岁寒老友能余几，窃愿先生固此盟。

【注释】
1. 寿吹二老：指俞濠观（寿叟）、高吹万。
2. 同舟如李郭：成语"李郭同舟"，比喻亲密无间，不分贵贱。
3. 康涛：指嵇康、山涛。

259. 简董逋叟

白云深处有弦音，鹿马翻从梦里寻。
蠡测管窥知浅陋，先生夙具岁寒心。

措词简素君能恕，爱友殷拳我妄评。
味得蒙庄[1]思我旨，波光月影自晶莹。

【注释】

1.蒙庄：指庄周，因其为战国宋国蒙邑人，又曾作蒙漆园吏，故称蒙庄。

260.鲁渔¹以大耋吟见示，谨次原韵赋成一篇

尘世荆棘遍，吾侪狼狈走。
跼蹐²此一隅，抚膺自谓丑。
邂逅新旧雨，道合共携手。
订交海之滨，相视皆老叟。
犹记戊寅春，余来自田亩。
六载春申江，勿复故园守。
昨正始晤公，下风瞻马首。
乱离当此际，变幻任云狗³。
老健更精神，啧啧在人口。
松柏可比方，蒲柳⁴复何有。
三十二十龄，腼颜自称寿。
今公大耋年，四方诵耆耇⁵。
其器为黄钟，公反谓瓦缶。
一篇谦逊词，不允设春酒。
所望在硕儒，共贻我佩玖。
金自甘黯淡，石无妨坚瘦。
相当白雪吟，弗作黄牛吼。
似属外孙词，弗为山鬼躁。
学富愈渊雅，道高自深厚。
护佑而扶持，天皇与土后。

【注释】

1. 鲁渔：田毓璠（1865—1954），字鲁玙、鲁渔，号耐傭老人，江苏淮安人，光绪二十九年（1903）进士，曾任安徽宁国县知县、太和县知县、六安州知州，著有《耐傭文存》《耐傭诗存》等。
2. 跼蹐：狭隘。
3. 云狗：成语"白云苍狗"，比喻世事变幻无常。
4. 蒲柳：水杨，一种入秋就凋零的树木。
5. 耆耇：年高望重者。

261. 癸未上巳巨山¹宴于沪江别墅，宴毕摄影，巨山先成一诗，次韵奉和²

上巳逢风雨，乃在春申浦。
修禊说兰亭，今讵不逮古。
百二砚田翁³，出为北海主。
尊事意何隆，老三而更五。
高致企香山，盛会相踵武。
中多文学家，腹笥真如取。
照人古颜色，仍映图书府。
一度梦黄粱，大半入吟谱。
著作或等身，通论抗白虎⁴。
遁情于书画，勇气一再鼓。
避乱非退隐，似已为巢父⁵。
遍地皆烟尘，不期住淞沪。
萍蓬一朝偕，咸谓贤人聚。
无论新旧交，皆为道德辅。
海峤非商山，文化东南柱。

摄影留鸿泥，雅集西园祖。
其时图真象，龙眠妙笔吐。
何人成此图，愿借修月斧[6]。

【注释】

1. 巨山：金其源（1889—1961），字巨山，江苏宝山人，青年时期跟随老师施琴南学习儒家经典，受命校检老师的书稿，积成《读书管见》一书，由唐文治、冒鹤亭为之序。金其源早年加入南社，曾任江苏省第二届省议会议员。
2. 此次上巳节聚会，共有高吹万、戴敬庵、闵冷禅、金其源、孙儆等十二人参加(详见《高燮集》，第793页)。
3. 百二砚田翁：清代画家金农自诩"百二砚田富翁"，这里借指金其源。
4. 白虎：指《白虎通义》，班固等撰。
5. 巢父：传说中的上古隐士，筑巢而居，人称巢父，见于皇甫谧《高士传·巢父》。
6. 修月斧：神话传说"玉斧修月"，这里是恭维对方。

262. 和谢冶庵[1] 甲申[2]

真儒来虎观[3]，名论接鸡窗[4]。
仿佛红羊劫[5]，欷歔铁笛腔[6]。
春风满陶社，新雨续申江。
何幸逢皋羽[7]，文心愿拜降。

南菁存一脉，东海集同人。
愿作行吟者，相期不辱身。
暨阳[8]名士薮，栗里太和[9]春。
尤喜交康乐，诗歌日益亲。

【注释】

1.谢冶庵：谢鼎镕（1878—1960），字幼陶，号冶庵，江苏江阴人，毕业于江阴南菁高等学堂预科，辛亥后任靖江、泰兴、武进地审厅推事，浙江东阳县法院检察官，兼代首席职务。曾偕祝廷华等发起陶社。抗战胜利后任省立无锡师范教员，1953年聘为江苏省文史馆馆员。编著有《陶社丛书》《冶庵诗文钞》等。

2.甲申：1944年。

3.虎观：指白虎观，宫廷中讲学处。

4.鸡窗：指书斋。

5.红羊劫：谶纬之说，指每逢丙午、丁未之年国家将发生灾祸。

6.铁笛腔：出自文天祥《山中即事》"千年帝子朱帘梦，一曲仙人铁笛腔"，这里指隐者的笛声。

7.皋羽：谢翱，字皋羽，南宋诗人，曾随文天祥抗击元军，这里用来比喻谢鼎镕。

8.暨阳：江阴旧称。

9.太和：雅乐名。唐段安节《乐府杂录·雅乐部》："郊天及诸坛祭祀，即奏《太和》《冲和》《舒和》三曲。"

263.题朱晦翁[1]天地正气立轴

文山正气歌，晦庵正气字。
字字吐光芒，并垂诸百世。

其心天地心，其气天地气。
岸然而为人，贵有道义味。

【注释】

1.朱晦翁：朱熹，字元晦，号晦庵，晚称晦翁。

264. 叠韵和谢冶庵

观日来东海，披风坐北窗。
孳孳惟白雪，细细到红腔。
太华一拳石，吴松万顷江。
文坛真健将，气势未能降。

玄远张平子[1]，高超吴谷人[2]。
一腔忧世志，百岁苦吟身。
海上联多友，天涯积几春。
相观黄石杳[3]，吾辈又谁亲。

【注释】

1. 张平子：张衡，字平子，东汉学者。这里比喻参与联吟的陶社张姓诗人。
2. 吴谷人：吴锡麒，字圣征，号谷人，钱塘人，乾隆年间进士，浙派诗人。这里比喻参与联吟的吴士翘。
3. 黄石杳：出自朱彝尊《水龙吟·谒张子房祠》"圯桥石杳"句。黄石，黄石公，授书给张良的老者。这里指张良拜师的时代已经一去不返了。

265. 逸沧贺我重游泮水，次韵奉答

少年殊锐进，蹀躞逐名场。
翘企衡才允，能符得士昌。
好书同犬子[1]，交誉到孙郎[2]。
似满高堂意，兼增闾里光。

鹏路曾怀志,鸡窗喜读文。
早悬张敞笔³,来采鲁侯芹。父母命入泮贺日成婚,故云
梦里生花否,庭前运甓⁴勤。
谁知今老耄,满目尽烟氛。

列阵兵锋历,圜桥⁵礼制湮。
战时忘圣教,乱极废人伦。
只调南蛮舌⁶,惟扬东海尘。
何心谈雅颂,不是太平民。

果动回天感,雍和一片声。
重游循古例,思乐称平生。
旨酒逢非易,胶庠⁷睹再清。
商山⁸能结伴,喜起待同赓。

【注释】

1.犬子:司马相如的小名,其少时好读书。

2.孙郎:指孙策,少年成名。

3.张敞笔:成语"张敞画眉",比喻夫妻感情极好。

4.运甓:勤勉自励。

5.圜桥:古代学宫。

6.南蛮舌:成语"南蛮鴃舌",意思是南方土著说话如鸟语。出自《孟子·滕文公上》:"今也南蛮鴃舌之人,非先王之道。"

7.胶庠:周代学校名,后泛指学校。

8.商山:指商山四皓,秦末汉初四位隐居在商山的黄老学者,后以泛指有名望的隐士。

266. 蒲石居士¹以怀旧雅集聚于通园，纪事诗一律见示，次韵奉和

贤人共聚海之涯，旧雨重逢此最佳。
握手莫谈天下事，论心非复昔时怀。
满腔诚意群仙祝，千尺浓情四座谐。
嘉会蟠桃世无二，_{兼祝德生²等五君寿}通园诗酒压江淮。

【注释】

1. 蒲石居士：孙肇圻（1881—1953），字北萱，号颂陀、蒲石居士，江苏无锡人，生员，民国初年投身于教育和地方自治，曾任江苏省第一届议会议员，著有《箫心剑气楼诗存》《甲申杂咏》等。

2. 德生：荣宗铨（1875—1952），字德生，号乐农氏居士，江苏无锡人，实业家，荣毅仁之父，曾任江苏省第二届议会议员，著有《乐农氏纪事》。

267. 答蒲石居士

暂将诗画作生涯，又况清秋景物佳。
顾影谁无天下责，退耕莫遂老年怀。
句如崔颢词华美，情似汪伦气味谐。
极目江天助吟兴，骚人不是橘逾淮。

268. 秋雨吟

凉秋方耿耿，夜雨复频频。
大地阴霾气，穷檐愁苦人。
凄凉孤岛市，闷损老年身。
时节重阳近，风烟已浃辰[1]。

【注释】

1. 浃辰：古代干支纪日自子日至亥日一周十二日为"浃辰"。

269. 吹万、逋叟和我秋雨诗，爰叠均成一律

莫谓秋光老，须看雨意频。
抚时秋做客，过十日立冬 送节雨惊人。只重阳一日天气稍好
倏忽成千变，萧寥寄一身。
眼前风雨遍，漫道不逢辰。

270. 朴安[1]以谢联诗[2]见示，次均奉酬

著述龙翔兼凤舞，诗词秋实与春华。
文如敬礼谁相定，乐至简韶[3]蔑以加。
放眼惟知吾道在，埋头不顾世情赊。
苍苔路古行人少，但见云迷绝磴斜。

【注释】

1. 朴安：胡韫玉（1878—1947），字仲明，号朴安，安徽泾县人，古文字学家，

早年加入南社,曾任民国日报社社长,抗战时期寓居于上海。

2. 谢联诗:为感谢作者为其书写甲骨文对联而作的诗。

3. 箾韶:传说为虞舜时代的乐曲。

271. 陶社¹展重阳雅集感赋

处到乱离无一可,聊资消遣展重阳。
忽来白雪高人简,愿趁黄花晚节香。
文字至交原共命,风烟遍地且行觞。
酒中深味谁参得,姑与酬歌翰墨场。

【注释】

1. 陶社:1924年由南菁学人、清末进士祝丹卿发起于江阴,以诗社始于陶令,故名陶社。每岁冬夏两季举行诗会,盛极一时,陈衍所辑《石遗室诗话》《近代诗钞》等均收有陶社诗人作品。1939年祝丹卿病故,陶社停顿。抗战期间谢鼎镕、陈名珂等人在上海恢复重振,新社友达八十余人,推吴达臣为社长,钱名山、孙儆为名誉社长,并于1944年上巳节举行首次社集。陶社复兴时期的作品,编入《陶社丛编》甲、乙、丙三集。(谢学裘《陶社始末》,《江阴文史资料》第六辑,第88页;陈以鸿《陶社复兴详记》,《江阴文史资料》,第十四辑第88至96页;陈以鸿《三世先德录》,《江阴文史资料》,第十二辑,第100页)另据高吹万1947年春写的《谢君冶庵设陶社分社于无锡,见示大什,并诸君子和作长卷,率次原韵奉题》一诗,显示抗战胜利后陶社仍有活动。(高铦、高锌、谷文娟《高燮集》,人民大学出版社,1999年,第792页)

272. 和谢冶庵消寒第一集韵[1]

贤人同聚合，乃在海东头。
风谊谢皋羽，名声韩伯休[2]。
文心新锦绣，诗笔旧弓裘[3]。
有酒寒光敛，悲哉不是秋。

人生行乐耳，此外百无关。
生死为常事，风烟亦等闲。
咏歌堪遣兴，温暖足怡颜。
斗室春先到，何妨方罫间[4]。

【注释】

1. 这两首诗曾收入《陶社丛编丙集·消寒集》，标题为"消寒和冶老韵"。（陈名珂辑《陶社丛编丙集》，民国三十三年）
2. 韩伯休：韩康，字伯休，东汉高士。
3. 弓裘：指父子相传的事业。
4. 方罫：棋盘上的方格。

273. 甲申除夕

沪滨八年度除夕，握笔年年赋有诗。
离乱初称诸事适，森严今且众芳萎。
难期水火如心愿，沪市近减水减电 但觉风烟迫睫眉。
祭稿[1]无心供覆瓿[2]，凄惶身世不胜悲。

今日何辰心悄悄，人间何世路茫茫。
六街嗟叹无生气，万户饥荒缺宿粮。
历落雪花呈惨淡，<small>夜五六时飞雪</small> 稀疏电炬乏光芒。
老年际此无情绪，虽聚儿孙感触长。

忧患平生事惯经，衰颓已届日常醒。
怀人远忆八千里，<small>谓翰甥旅川三台县</small> 增齿今为七九龄。
但恨春郊多虎豹，惊看白日有雷霆。
区区蜗角争无已，惆怅何时始脱腥。

一年反省吾知咎，看画论交两事萦。
名绘幸能搜蜀汉，美观不止有朱明。
俞亡田去希踪迹，董雅高奇惬性情[3]。
芹藻再赓真徽倖，全凭天佑得完成。

【注释】

1.祭稿：这里是用颜真卿《祭侄文稿》的典故，比喻自己祭奠不久前去世的儿子。

2.供覆瓿：谦辞，原指著作得不到重视，这里指自己的心情不为他人理解。出自南宋徐元杰《赠日者庐生》"我语只堪供覆瓿，子行聊赠若为资。"

3.俞亡田去希踪迹，董雅高奇惬性情：俞为俞濠观，田为田毓璠，董为董逸沧，高为高吹万。

274. 次韵和周孝怀[1]七十感怀 乙酉[2]

公年已古稀，走今又过九。
回忆卅载前，何者为真有。

文字刻骨深，知己早感受。

历时苦不多，遥企关山柳。

觏止在淞滨，易学垂不朽。

宣尼³与羲文⁴，炉冶记黄耇⁵。

永永寿名山，岂惟高北斗。

身不离忧患，于今何妨叟。

自绮同隐居，难平或出走。

栗里虽无钱，犹有一壶酒。

【注释】

1. 周孝怀：周善培（1876—1958），字致祥，号孝怀，浙江诸暨人，清末曾在四川办理学务，当时作者为其属下。周善培经历了从清末到中华人民共和国成立的许多重大事件，解放后担任民生公司董事长和华东军政委员会委员。著有《周易杂卦正解》《辛亥四川争路记》等。

2. 乙酉：1945年。

3. 宣尼：指孔子谥号。

4. 羲文：指伏羲和周文王。

5. 黄耇：指老人。耇，老人面部的寿斑。

275. 耐叟以扬州杂感八绝见示，谨作五古一篇酬之

世有素心人，窃愿老相聚。

矧当迟暮年，诗怀屡共吐。

且逢离乱辰，德星寥寥数。

一叶何飘然，遽尔去淞沪。

试思耄耋俦，海上几人伍。

及今赋分襟，冷淡黄歇浦。

邮书纵云通，隔江异接武。

遥思相见希，萦回动肺腑。
来日何茫茫，思之中心苦。
诵叟杂感诗，曲肖少陵杜。
世途有可嗟，艰辛到赁庑。
天风望回帆，叟是商山柱。

276. 赠冯卜蕃[1]

极目风云万里开，十年乡土未归来。
台庄[2]谋定哀能胜，缅甸功高战不摧。
自昔良平摅伟略，于今彭左[3]见真才。
中原此后方多事，国士当为天下推。

【注释】

1.冯卜蕃：冯衍（1908—1948），字卜蕃，江苏南通人，早年肄业于同济大学，后投笔从戎，1937年毕业于陆军大学第十三期，全面抗战初期任军令部第一厅上校科长、少将处长，为全国抗战提供业务指导。1938年初临时组成参谋团跟随白崇禧协助第五战区指导鲁南会战（也称台儿庄战役）。后任第七十一军参谋长，中国远征军少将副参谋长，中国驻东南亚盟军总司令部首席联络参谋。1945年9月12日代表中国出席在新加坡举行的日本投降仪式。1947年病逝于上海。（冯衍《冯衍自传》，稿本，1945年；冯衍《考察英德军事记略》，1946年）

2.台庄：即台儿庄。

3.彭左：指彭玉麟、左宗棠。

277. 贺卜蕃生子[1]

生儿难得是宁馨[2]，门外啼声却可听。
先德将军称大树[3]，肥强确已具模型。

八年事变记当前，清夜扪心可免惩。
不嗜杀人仁爱著，麟儿送到有天缘。

【注释】

1. 冯卜蕃此前已有四个女儿，此次生了男孩，因而贺之。
2. 宁馨：宁馨儿，晋宋时俗语，后用以赞美孩子。
3. 先德将军称大树：《南通崇川冯氏族谱》中把东汉"大树将军"冯异奉为祖先。

278. 题苇一[1]画梅

汉有郑康成，宋有林和靖。
画梅为专家，翛然离尘境。
亦越至逊清，名作留冰影。
巢林[2]称矫矫，冬心[3]尤凛凛。
何物方外人，生气笔端逞。
枝布密不繁，山空寿而静。
点缀虽一隅，心胸包万顷。
我今得饱观，眼福私欣幸。
君画意无穷，永葆三冬景。

【注释】

1. 苇一：苇一法师（1905—1963），又名唯一，字乘三，俗姓沈，江苏南通人，曾为上海大圣寺住持。

2. 巢林：汪士慎，字巢林，清代画家。

3. 冬心：金农，字寿门，号冬心先生、稽留山民，清代画家，"扬州八怪"之一。

279. 益谦[1] 有台湾之行赋诗赠别

精神契合由文字，道义交孚惬性天。
久处若忘欢聚味，临歧忽到别离年。
孤怀耿耿一轮月，远海茫茫数点烟。
从此相思在云树，几时诗句共钻研。

江南声价还洋溢，台北云霞好剪裁。
坛坫主盟知子惯，弦歌被化自天开。
相观海外联吟集，无数门前载酒来。
春暖飞航虽有约，自嗟衰耄虑难陪。

【注释】

1. 益谦：未详。

280. 八十述怀仍叠重游泮水寒酸字均 丙戌[1]

八十临头心胆寒，只知悔恨不知欢。
自惭学殖根株薄，难做儿孙榜样看。
蚤世仲男[2]空闷损，丧余老妇[3]更凄酸。
九年淞沪飘零甚，百事无成念弗安。

风雨连朝气候寒,春光虽遍不曾欢。
晋唐墨迹欣多获,金石契文乐细看。
有味诗书原共命,沁心冰雪那生酸。
布衣疏食余能惯,囊橐无钱梦也安。

坚性真能耐燠寒,忮求⁴胥泯⁵有余欢。
肯教放旷心无用,虽属丛残古爱看。
年老不甘落人后,笔豪尚可扫僧酸⁶。
未来岁月天心佑,记载编成意亦安。

羊裘⁷一领御严寒,吟咏庐中不改欢。
屋似小舟能啸傲,书连卧榻任翻看。
崇风无补丝毫益,鉴古能分橘枳酸。
世事勿谈怜齿折,舌存尚觉赋诗安⁸。

【注释】

1.丙戌年是1946年,这一年作者八十虚岁。陶社社友曾为纪念名誉社长孙儆重游泮水,用"寒、酸"字韵吟诵志庆,相关作品由陈名珂编入《寒酸集》(陈以鸿《陶社复兴详记》,《江阴文史资料》,第十四辑,第88页)。老友冒鹤亭依韵和诗一首,附后。(冒诗录自《苏讯》第六十九期,民国三十五年七月十日出版。其中有几个字模糊不清。)

2.蚤世仲男:指三十一岁病逝的二子建中。

3.丧余老妇:指自己过世的老妻。

4.忮求:妒忌和贪求。

5.胥泯:皆失。

6.僧酸:引用陆游《寄仗锡平老借用其听琴诗韵》"杰语豪笔无僧酸"句,指寂寞寒酸。

7.羊裘:羊皮衣服,因东汉隐士严子陵曾披羊裘钓泽中,故后多指隐居。

8.世事勿谈怜齿折，舌存尚觉赋诗安：用舌存齿亡的典故，旨在说明刚易损柔可存的处世哲学。

和沧叟八十述怀韵

冒广生

黄花晚节雨霜寒，日理陈编结古欢。
鹡鸰八百愁里听，鱼龙□□静中看。
重谈世事都如梦，一□儒冠便著酸。
同是欲归归不得，暂从劫罅觅身安。

281. 上巳日陶社诸社友以余重游泮水兼七十有九公宴于玉佛寺，赋长句答谢 [1]

海峤良朋尊齿德 [2]，云天高谊动风尘。
樽前鲁酒无嫌薄，江上禅林总率真。
多少诗歌规杜甫，分明俊彦是汪伦。
琳琅满壁皆书画，芹藻芬芳一室春。

【注释】

1.这首诗曾被收入《陶社丛编丙集·难老集》，标题为："乙酉上巳日，陶社同人以不佞重游泮水兼跻年七十有九，假玉佛寺为不佞寿，赋此奉谢"，内容个别文字不同，并且有陈名珂、谢鼎镕、沙誌衔、朱介曾等陶社社友的酬和，陈、谢次韵附后（录自陈名珂辑《陶社丛编丙集》，民国三十三年）。

2.齿德：指年高德劭的人。

沧丈为上巳一局来诗申谢，次韵答之

陈名珂

此老平居东海滨，凝眸几见海扬尘。
独持清节陶元亮，无改乡音贺季真。
图史满床闲岁月，儿孙绕膝足天伦。
绿杨村里人家说，我亦忝占一角春。时余居绿杨村，长君居村内之承馀坊，固同一里巷也。丈虽别居邻巷庆馀坊，日日就餐焉。

文无以沧老上巳日诗寄示，次韵率和（二首选一）

谢鼎镕

陶社复兴刚一载，静依兰若不嚣尘。
天心毕竟强华夏，地脉何尝旺女真。
海上群贤新献寿，江东一老旧明伦。
不才忝附通家列，遥祝先生杖履春。

282. 叠韵寄田耐叟

何时方使别怀消，二月春光溢柳条。
惠我诗歌同珙璧，沁人心肺胜芳膏。
论年互叹苍穹厚，抚臆无嫌白发飘。
但盼崇朝[1]能洗甲，早偿宿愿已超超。

频年易理能参透，满腹诗怀况积储。
两地虽云嗟判襟[2]，一方仍自望回车。
身栖邗上犹崇友，齿到颓龄不废书。
日月重光在俄顷，所期携侣一观诸。

【注释】

1. 崇朝：一个早晨，比喻时间短暂。
2. 判襟：分别。襟，同"袂"，袖子。

283. 题方正学血翰卷[1]

弟兄如孺友，今古两夷齐。
血迹千秋石，丹书万丈霓。
守心抗贤圣，正学辨云泥。
立定脚跟处，知为仁义梯。

【注释】

1. 方正学：方孝孺，字希直，明朝大臣，其读书庐蜀王赐名为正学，故称正学先生，因在靖难之变中坚持不降，被燕王朱棣杀害并灭族。血翰，血书。作者曾请高吹万为此卷题诗，高诗附后（录自《高燮集》，第757页）。

沧叟属题方正学血书卷，即次叟韵

高燮

学与天心合，光争日月齐。
一书传碧血，万古耀苍霓。
精魄常埋地，真金不化泥。
由来忠孝士，作圣此阶梯。

284. 酬禹修和我上巳日玉佛寺答谢诗[1]

友辈信能敦道义，诗章靡不绝埃尘。
漫嗟渤海风波恶，始识庐山面目真。
今世人心成薄俗，古时王政在明伦。
君家隐德芳标著，访戴名高别有春。

果园雅句风徽远，萍社名贤著作春。
无缝天衣夸幼妇，生花彩笔越群伦。
巧思妙想谢希逸，绝诣通才梅子真[2]。
品格性情洵我友，耄年何幸接音尘。

【注释】

1. 其中第二首为倒步韵。这两首诗曾被收入《陶社丛编丙集》，标题为"禹老答和真韵诗复叠韵报之"及"又倒押韵一首"，有个别文字不同。（陈名珂辑《陶社丛编丙集》，民国三十三年）

2. 梅子真：梅福，字子真，西汉经学家。

285. 题谢冶庵校书图

校书最苦亦可喜，试问谁氏好如此。
抱残守缺一片心，乡邦文献尤重视。
轰雷一声天地惊，典籍飘零等敝屣。
可怜老儒藜火[1]然，一旦散去如流水。
康乐避地江海滨，兴复陶社著风轨。
新知旧雨于于来，不忘死友抱厥旨。
论文讲道韩昌黎，博学洽闻习凿齿[2]。

先生恰是古之人，德性文章叹观止。

其人其事寿千秋，此图应教百世竢。

【注释】

1.藜火：出自晋王嘉《拾遗记·后汉》。西汉刘向夜里在天禄阁校书，有老者杖青藜以进，吹杖燃烛，并取书授之，后因以比喻用功夜读。这里指谢冶庵辛苦校书。

2.习凿齿：字彦威，东晋史学家。

286. 玉佛寺[1]上巳日承同人公宴赋谢诗一百首，巨山次韵和我，再叠奉和

胸中早去春蚕缚，眼底闲观野马尘。

愧我耄年空向学，多君经术必求真。

百忙能静心随奋，一得非愚志迈伦。

火急著书千古事，_{苏句}青藜有味笔生春。

【注释】

1.玉佛寺：位于上海，20世纪40年代陶社社友固定聚会处。

287. 和忆梅老人[1]七十述怀

自有千秋遥寄托，乐天安命老儒生。

世情不少沧桑感，诗句还留金石声。

浩劫于今成过往，吾侪何幸见清平。

公今七十逢斯景，乘兴应将数盏倾。

【注释】

1. 忆梅老人：未详。

288. 禹修因抗战胜利，次杜工部收京三首韵见示，赋此奉酬

忽称军械缴，旋见武装除。
貔队皆分散，虹营共集居。
黑单[1]元恶辈，素册受降书。
暴行知无益，今朝悔厥初。

突见高清象，人人意沆瀣[2]。
河山今返我，闳散[3]正盈朝。
援手思兴汉，垂头恨吠尧[4]。
强权终失效，德义薄云霄。

精研空际弹，枉筑路旁壕。
敬爱南山柏，咨嗟东国桃。
欃枪[5]今扫尽，斗极自崇高。
此后升平治，畴为天下劳。

【注释】

1. 黑单：指报载日军战犯名单。
2. 人人意沆瀣：这里指（胜利后）人们心情有如万里无云的清朗感觉。沆瀣，晴朗空旷貌。《辞海》"沆瀣"条：《楚辞·九辩》："沆瀣兮天高而气清。"注："沆瀣，旷荡空虚也。或曰沆瀣犹萧条，萧条，无云貌。"（《辞海》（丁种），上册，巳集，六零页，中华书局，民国二十六年版。）
3. 闳散：指闳夭与散宜生，西周开国功臣，此二人曾帮助被商纣王囚禁的周文

王姬昌获释,这里比喻在沦陷区坚持抗战的人们。

4.吠尧:成语"桀犬吠尧",比喻不分善恶的犬,这里指汉奸。

5.欃枪:彗星名,古人认为此星主兵祸。

289. 晤养千¹于沪滨,喜赋一律

十年不见周邦彦,海上相逢倍足珍。
我早成翁将耄耋,君今垂老尚风尘。
尊师直作伦常视,爱友能如骨肉亲。
此是至情洋溢处,世间问有几人真。

【注释】

1.养千:周养千,余未详。

290. 题李墨卿¹惜阴轩课子图

惜阴本是身心益,辟室留为世代凭。
爱护寸分怀耿耿,垂贻训诫骨稜稜²。
志甘淡泊陶元亮,境远尘氛严子陵。
贤孝有人集图咏,悬知明达到孙曾³。

【注释】

1.李墨卿:未详。

2.稜稜:威严状。

3.孙曾:孙子、曾孙,泛指后代。

291. 题杜词仙蕉雨庵遗集

爱好田家味，咨嗟津浦波。
一官无足喜，百感觉常多。
风教谁提倡，腥膻叹坎坷。
中庸君子道，士林最嵯峨。

忠孝男儿志，诗歌身后名。
西山来爽气，北海重交情。
郭道 东湖山名，君晚年住东湖寄庵 菊三径，中原棋一枰。
晚年好禅悦，心迹喜双清。

292. 八月十一日黎明忽闻和平之声溢于里巷，喜而赋此

八载沉霾久，如今放异晴。
连朝艰苦象，一片凯旋声。
仍复山河旧，重开日月明。
最难黄绮辈[1]，扶杖共观成。

【注释】

1.黄绮辈：这里指躲避战乱流寓上海的老人。黄绮，商山四皓中夏黄公和绮里季的合称。

293. 寿周孝怀七十晋一

成书满箧尽琼瑶，探得骊珠识自超。
笔底龙蛇闲岁月，人中麟凤老风标。
写真白傅¹何娴雅，乐天年七十一写真于香山寺，见本集
著目杨时²不寂寥。杨时七十一岁著有本朝纲目，见编年考
地角天涯新祝颂，晚年尚有旧宾僚。

【注释】

1. 白傅：指白居易，其晚年官至太子少傅，故称白傅。
2. 杨时：字中立，北宋理学家，为官多年，晚年致仕著书立说。

294. 题刘度尘¹啬公²赠诗手卷

毕生植有菩提树，晚岁培成净业林。
天地风云一弹指，尘缘去尽道心深。

休谈龙虎仍安命，同学中有称龙虎狗者 懒事丹青莫疗贫。
此是介推³清洁操，皭然⁴吾道自长春。

【注释】

1. 刘度尘：未详。
2. 啬公：指张謇，号啬庵，故称啬公。
3. 介推：即介子推，春秋时期晋国大臣。
4. 皭然：洁净的样子。

295. 谢张雍九[1]邀饮

居与名园近，时时眼界舒。
梅村甘阒寂，_{雍九居里曰梅村} 樱市不萧疏。
逸致能高咏，奇怀好异书。
今朝相对饮，真味拜嘉蔬。_{有罗汉菜[2]最为通口}

【注释】

1. 张雍九：江苏南通人，居上海。（作者自注）
2. 罗汉菜：江南食谱中的一道什锦素菜。

296. 寿季景范[1]七十晋四暨贤配陶夫人七十

书家今米芾，律学古皋陶。
耿介犹吾素，廉贞傲尔曹。
衰龄仍不倦，中馈若忘劳。
献颂歌偕老，双双未熟桃。

老结苔岑友，叨联福寿缘。
山河今可咏，鹿石亦同仙。
隆重西池曲，堂皇北海筵。
行将赓大耋，莱舞看回旋。

【注释】

1. 季景范：未详。

297. 书国殇张在森[1]上尉纪念册后

马革裹尸壮语耳,男儿应合沙场死。
一腔忠愤作作来,仍还天地斯可矣。
身为国有心非侈,身是国魂又焉企。
顾视同学一鼓歼,俘辱不堪毅然起。
举枪自决无游移,忠爱心胸夙如此。
匪惟苍苍鉴此诚,皓月一轮在尺咫。
国殇国殇莫兴悲,永永记载川沙史。
浩气原来在两间,日星河岳窃与比。
抚恤固是大宠光,祠祭胜于拖青紫[2]。
一家有此贤子孙,足振门风式乡里。
以视战地偷生伦,一为金玉一糠秕。
强敌终然树降幡,虽在九泉可洒耻。
独惜外患既湔除,内忧熬煎仍有杞。
欲期甲兵洗天河,先须学此虎贲士[3]。

【注释】

1. 张在森(1923—1942),著名抗战烈士,江苏川沙乡贤张志鹤(见本集第 321 首注)之幼子,曾就读于上海私立正始中学,15 岁参军,1942 年在金衢会战中,被数倍之敌围困,血战至最后一刻,举枪自戕,年仅二十岁。抗战胜利后,黄炎培为其撰《国殇张在森传》,张志鹤题诗于册前,其诗云:"小谪红尘二十年,白龙桥畔渺云烟。求仁既得应无憾,移孝为忠我曰然。"

2. 青紫:本为古代公卿绶带之色,比喻高官显爵。

3. 虎贲士:勇士。

298. 赠蔡北崙[1]

史公作传首伯夷，其人其事古今奇。
屈原贾生不世出，两奇合一心歔欷。
世间不少奇男子，后无史才谁赏之。
如余所知蔡顽铁，_{自称顽铁道人} 志行高迈品崚崎[2]。
髫年不甘为奴隶，祖国是余日夕思。
果然有志愿竟遂，返我汉族慰我私。
不幸遭逢世离乱，隐卜隐律隐于医。
生平崇拜古忠义，如岳如文我钦迟[3]。
自命管乐不相让，惜哉际遇非其时。
国无人兮莫我悉，敌方两致敦劝词。
毅然坚拒同顽铁，不屈还我旧胸期。
书史夙知致力果，传序翩翩好文辞。
世不见容同屈贾，虽至采薇亦甘饴。
真正奇汉又铁汉，名副其实非浪施。
古器粹美色璀璨，陈列乃是周鼎彝。
政治法律渊然备，才艺不减古皋夔[4]。
凤麟复出泰华见，浅识匪可蠡管窥。
论者谓入独行传，按之鄙意稍参差。

【注释】

1. 蔡北崙：蔡伯毅（1882—1964），字北崙，号顽铁道人，台湾台中人，毕业于日本早稻田大学，著有《嘤鸣集》。

2. 崚崎：山高峻之状，比喻品格卓异。

3. 钦迟：景仰。

4. 皋夔：指皋陶、夔，虞舜时期的贤臣。

299. 题邹志兼[1]泖滨濯足图[2]

君子履尘世，垢腻日以滋。
俯临大江流，两足散濯之。
所以保清洁，不使染污泥。
泖滨风景地，举目心冲夷。
鼓枻[3]发高咏，濯足在清漪。
骚人逸兴飞，坐傍水之湄。
回忆吾乡里，沧园日委蛇。
其地水中央，高蹈正相宜。
何处觅孤蹠，可与世长辞。
今则遭离乱，瓦砾看纷欹。
豺狼遍郊野，素履未克期。
不可与终日，遑问步虚词[4]。
九峰徒企仰，醒醉空有思。

【注释】

1. 邹志孟：字志兼，号峰泖山人，江苏松江人。
2. 邹志孟有自题泖滨濯足图诗四首，附后（录自《苏讯》，第七十期，民国三十五年八月二十日）。泖，泖湖，位于松江。
3. 鼓枻（yì）：划船。枻，短桨。
4. 步虚词：道教的一种诗歌形式。

自题泖滨濯足图（四首选一）

邹志孟

苦忆沧浪入梦长，何妨濯足泖湖旁。
踏来闲看靴纹晕，蹴处方知塔影凉。
酒后扣舷歌水调，风前结袜话斜阳。
即今脚下无尘垢，清上心头世虑忘。

300. 葩叟属题南汉广州长寿寺钟拓[1]

平生嗜金石，葩叟与之同。

即如此钟拓，古香古色充。

南汉刘鋹[2]造，千斤铸青铜。

其声镗镗然，穹窿复訇宏。千斤穹窿字样，皆钟拓中语

维时正大乱，民处暴政中。

长寿又南华，由长寿寺再迁至南华寺，在宋太祖开宝四年奉敕移赐 开宝得定踪。

五代迄今日，历劫已重重。

余偿至格簃，葩叟室名 墨拓何玲珑。

云为寒琼[3]赠，吁嗟友道崇。

好古本天性，珍重此留鸿。

吾辈皆衰叟，十载哀萍蓬。

钟拓仍无恙，伤哉世运穷。

【注释】

1. 这是应高吹万为其珍藏的南汉广州长寿寺钟拓题署，高吹万有自题诗附后（录自《苏讯》，第七十二、七十三期合刊，民国三十五年十一月二十五日）。

2. 刘鋹：原名刘继兴，五代十国南汉末代皇帝，死后被追封为南越王。

3. 寒琼：蔡哲夫（1879—1941），字成城，号寒琼，广东顺德人，早年加入南社，擅长绘画，收藏甚富，曾开古董铺于香港。著有《寒琼碑目》《寒琼金石跋序》《画玺录》等。

题南汉广州长寿寺钟拓

高燮

　　此钟拓四幅，为襄时吾友顺德蔡寒琼所赠，今已二十余年矣。自经丧乱，吾家藏金石早被劫一空，寒琼亦成宿草，而此拓偶得幸留，爰喜张斋壁，为题一诗于后，以志余感云。

大宝七年甲子春，长寿寺铸洪钟新。
一千二百六十斤，穹然而隆訇然声。大宝为南汉刘鋹年号，造洪钟一口，重铜一千二百六十斤，穹然而隆，訇然而宏，皆钟拓上字。
维时南汉大乱辰，刘鋹残酷无其伦。
转瞬国亡钟亦沦，法明南华迁移频。
太宗开宝世太平，丙子九月之下旬。
功资国祚传无垠，后千四百余年更。刘鋹凡十四年，以宋太祖开宝四年降，此钟于甲子铸后，四年戊辰四月移法明寺，至宋开宝九年丙子九月二十五日奉敕移赐广州南华禅院，功资国祚等语，亦皆钟拓上字
而今又见干戈纷，乱逾五代暴逾秦。
不知此钟能永存，寒琼蔡子古谊敦。
昔年赐我钟拓形，宝藏却此彝鼎珍。
我书册万嗟无痕，此拓幸未遭贼焚。
蔡子往矣难招魂，聊抚手拓平生亲。
拓之定有镗镗音，张诸座隅如可闻。

301. 逋叟自北平寄一律与葹叟及余，次韵奉答[1]

举世谁为辞赋宗，江都才调最高峰。
任教故宅成焦土，得乡讯老屋被毁十五六间 却有闲情咏剪淞。
惆怅诗人同去燕，低回彩笔若游龙。
作朋自古称三寿，心性吾侪是古松。

【注释】

1.这首诗曾登载于《苏讯》月刊,作者自注取自《苏讯》。

302.耐叟逋叟皆有诗来,仍次前韵答和[1]

二叟均推南北宗,而今都作远山峰。
何冤分处黄尘世,满贮离思绿水淞。
有价文章同泰岱,无心池壑起蛟龙。
老年不克相携手,徒企昂昂百尺松。

世事棼丝[2]问孰宗,纷纷尽是乱山峰。
瞩瞻无复承平日,居处徒依荡漾淞。
怀友屋梁及烟树,嗤他风虎与云龙[3]。
岁寒天遣吾曹殿,三友分明梅竹松。

【注释】

1.耐叟(田毓璠)和逋叟(董玉书)与作者酬和之诗附后(录自《苏讯》,第七十四期,民国三十五年十二月二十五日)。
2.棼丝:乱丝,比喻纷乱无绪的事物。
3.风虎与云龙:成语"风虎云龙",比喻圣主贤臣的遇合。

沧叟以和逋斋近作暨八十述怀寄示,即次韵感和并柬逋叟哦老(二首选一)

田毓璠

旧交会聚海潮宗,沧古君真独秀峰。
泛宅悔来寻蜀岭,挐舟苦忆剪吴淞。邗上蜀冈擅胜

同心尺素翩传雁，抱膝高吟况卧龙。
鼓缶后先歌大耋，残梅犹得伴贞松。

沧叟寄示和诗再叠韵二律奉酬（二首选一）
董玉书

不问南宗与北宗，一生顶礼拜琅峰。
云萍何意分千里，杯茗还思话半淞。
我已支离癯似鹤，君真矍铄老犹龙。
休兵消息传来后，荒径遥知有菊松。

303. 挽徐宣武[1]

五十年华号病梅，诗文存稿是琼瑰。
半生谶语今方验，两字心期认已灰。

天使朋侪成宿草，余于乡土惜清才。
闳通有弟传家学，风雨悬知花萼[2]哀。

【注释】

1. 徐宣武：徐修五（1892—1946），字宣武，号病梅、病梅居士，江苏通州人，善诗文，曾任国文教师二十余年，著有《病梅存稿》正、续编，《病床酬唱录》等（沈其光《瓶粟斋诗话四编》下卷）。其弟咏绯，亦善诗。

2. 花萼：花萼与花同生一枝，且对花有保护作用，常用来形容兄弟情谊，这里指徐宣武的弟弟徐咏绯。

304. 余藏名贤尺牍约近百册，经事变[1]皆散失，翰甥于通城书摊购还三通，余以一通贻甥，并题数字于后

瞥见经畲物，凄然到肺肝。
劫余留此影，仿佛梦中看。

多谢贤甥意，珠还购万金。
一通仍转赠，潭水碧波深。

【注释】
1. 事变：指1938年5月作者的经畲楼被抢劫焚毁事件。

305. 剪淞社复集[1]

兰亭禊事树风轨，西园雅集[2]竞高垒。
文会自古亦已然，剪淞剪淞欣继起。

剪淞两字因何名，纪人纪地社集成。
钩心斗角鼓声急，摘华捃藻[3]钟韵鸣。

一月一度新辞吐，德星文星翩然聚。
好景忽忽四三年，风雨潇潇春申浦。

潘徐张许中道伤[4]，瞿陈先后返故乡[5]。
吾社凄凉告中辍，晨星寥落漫飞翔。

一旦忽逢胜利日，采取淞波半江出。
词坛树帜焕然新，旧雨新雨才思溢。

重光虽曰今及辰，霜雪满地不回春。
子山[6]执笔作哀赋，唏嘘畴为太平民。

【注释】
1. 这首诗是为剪淞社活动中辍后的再次聚集而作。
2. 西园雅集：指《西园雅集图》，北宋画家李公麟创作的一幅水墨画，描绘了李公麟与众多文人雅士聚会的情景。
3. 摛华掞藻：展现文采和辞藻，出自《梁书·昭明太子传》。
4. 潘徐张许中道伤：指已经去世的潘恩元、徐修武、张策清和许息庵。
5. 瞿陈先后返故乡：指返回故乡的瞿竟成和陈姓诗人。
6. 子山：庚信，字子山，南北朝时期文学家，作《哀江南赋》。

306. 贺逎叟重游泮水

小秀才[1]称众口驰，竹林同捷喜扬眉。
纵横群羡词华美，倜傥应夸意识奇。
行礼门前思阮傅[2]，阮太傅重游泮水，集诸儒议礼，议定在灵星门外谒圣献诗座下溯汪师。叟师汪幼仪重游泮水，叟以诗贺之
时光忽忽一周转，多少宫墙叹黍离[3]。

世风重利儒生贱，薄俗畴医吾道穷。
盛典虽随驹迹逝，清词犹觉马群空。
皖南塞北循声里，泮水囦桥梦想中。
吾辈后先芹再撷，衰龄难得夕阳红。

【注释】

1. 小秀才：指少年入泮者。
2. 阮傅：指阮元，江苏仪征人，清乾隆年间进士、翰林院编修，晚年晋太傅，故名，扬州学派代表人物之一。
3. 黍离：指《诗经·国风·黍离》，哀叹国家兴亡。

307. 画苑自嘲　丁亥[1]

龙渊[2]空说剑光寒，清閟徒然具大观。
衔玉求沽知失策，藏珠待聘有余欢。
苍苔路古寻幽少，白雪词高索和难。
磨蝎命宫前注定，知音未遇且休弹。

【注释】

1. 丁亥：1947年。
2. 龙渊：指龙泉宝剑。

308. 葩叟以冬心自写像诗见示，次韵奉和[1]

藏有冬心像，犹如画放翁。
平生最崇拜，道貌极腴丰。
粥饭名奇怪，梅华气郁葱。
先生今已矣，浊世乃留侬。

【注释】

1.这幅《冬心自写像》临摹本为高吹万所藏,而孙儆收藏的是另外一幅金农的作品,高吹万在其诗中记录了当时二人相互题署的情况,高诗附后(录自高铦、高锌、谷文娟《高燮集》,中国人民大学出版社,1999年,第792页)。

金冬心自写像,临者甚多,余有一幅,曾戏为题句,沧叟见而善之,因亦出所藏冬心扶筇独往一帧,属余并录拙诗于上,尚有余纸,更题二绝

高燮

幻相奚分尔我他,无妨化作百东坡。
扶筇独往原非住,处处长留在画图。

出家心本在家身,水涘山巅可笑人。
不问谁摹与谁写,只须古貌得来真。

309. 题冬心巧遇图[1]

板桥相遇真真巧,为地为人两板桥。
一段机缘谁记取,全凭百二砚田描。

一喜秋声听夜雨,一图佛像与梅花。
是真介节传千古,不似寻常两画家。

多少冬心自写像,板桥未见旧丰神。
如今借得稽留笔,传出风流傀儡人。

画图得一堪矜异，遇合居然有两贤。

妙笔写真不容易，庆康²获此亦天缘。

【注释】

1.这幅《冬心巧遇图》是作者的藏品，曾请高吹万题署，高诗附后（录自高铦、高锌、谷文娟《高燮集》，中国人民大学出版社，1999年，第793页）。

2.庆康：作者在上海康定路庆余坊居住期间，曾自署"庆康老人"。

又郑板桥、金冬心合像，亦孙沧叟属题

高燮

相逢一笑两畸人，如此须眉各绝尘。

我不同时凭想象，即无写照亦传神。

310. 近仁¹祝我八一生辰，次韵奉和

沉寂枯禅卧海滨，而今春闰已兼旬²。

社中诗酒多贤达，眼底沧桑几劫尘。

六度钟声参险句，十年萍梗老吟身。

辱承高咏铭心版，又惜吾侪生不辰。

【注释】

1.近仁：未详。

2.兼旬：20天。

311. 上巳日聚星社在广才校舍修禊[1]

鸟语花香绮陌天，因何触眼尽风烟。
感时珍重三三节[2]，抚己惭惶九九年[3]。
黎赤[4]何辜遭浩劫，萍蓬能聚是良缘。
两回修禊皆逢雨，留有鸿泥非偶然。

【注释】

1. 此次聚星社修禊高燮有次和作者诗三首，附后（录自高铦、高锌、谷文娟《高燮集》，中国人民大学出版社，1999年，第793页）。
2. 三三节：即农历三月三日的上巳节。
3. 九九年：指作者这一年81岁。
4. 黎赤：黎民赤子，指百姓。

上巳节聚星社同人修禊于城南郁氏，沧叟有诗见示，慨然次和，先呈主人郁叟子甘、钱叟自严，乃及沧叟（三首选一）

高燮

雨余难得有情天，近市偏能起野烟。
四载分飘怀曩日，五人重聚又今年。忆癸未上巳修禊之举，集者十有二人，今则集者十人，而沧叟、敬庵、冷禅、亦庐及余五人皆昔时修禊中人也
家传宜稼留珍集，殿峙灵光总夙缘。此次浩劫，南市房屋所毁至多，而郁氏宅所藏宜稼堂丛书版片与旧印本一部皆完好，巍然无恙，即无所损坏
顾我书城嗟尽破，故乡回首意茫然。

312. 寄田耐叟

道义交深休戚关，临风企望广陵间。
诗歌上口方称快，著述埋头独守顽。
静坐时深千载想，幻尘那及一庐闲。
人生省识原如寄，吾辈何须眷故山。

漫言池水不相关，密迩[1]兵戈咫尺间。
天意若教饱闻见，人心无处不凶顽。
绿杨城郭幽栖好，白发髯翁乐道闲。
劫运来时皆意外，江山仍是旧江山。

【注释】

1. 密迩：接近。

313. 十一月七日午后风雪交加之时，宛叟忽然莅止，欢喜无似，赋诗两章呈教

从前相接相依友，一别旋成十二年。
默数朋侪多墓草，频看尘海几桑田。
玄黄劫运何曾脱，耄耋衰颜更互怜。
我已无家君渐迫，心游物外任天然。

髯翁八十尚崔嵬，健步层楼气壮哉。
可痛乾坤兵气厚，最难风雪故人来。
丰神不减云间鹤，骨格仍如岭上梅。
读画观碑有真乐，几时赏析仗鸿裁。

314. 丁亥除夕

淞滨十载须臾过，腊鼓声中又一年。
暮齿加增人老迈，冬心不改运颠连。
天将使我饱闻见，事到无何且醉眠。
除旧更新无可说，一江迷雾万重烟。

万家爆竹遍遥夜，似与升平景象同。
八秩年龄难鼓兴，四方党社果和衷。
惭言老叟诗歌富，暂享诸儿甘旨丰。
一念关山披甲士，孰为猿鹤孰沙虫。

今朝一事堪称道，旧雨相携慰老怀。
难得同心来伴侣，居然馈岁在天涯。
论年耄耋遐龄并，言友葭莩[1]至契偕。
良夜屠苏权小醉，好诗应筑碧纱斋。谓宛叟

劣怀今夕删除尽，喜况来朝继续留。
尽有闲情聊自遣，了无别念足忘忧。
行看他日德星聚，预定明春禊事修。
愿把壶觞抛世事，为询老友意同否。

【注释】

1. 葭莩：亲戚的代称。

315. 答和陈文无[1] 戊子[2]

同是羁人别故山,却从合浦认珠还[3]。
临时未入春风座,怀旧空思大厦间。
君有适园留隙地,我亡村舍毁柴关。
如今只有亲陶社,百事排除一快颜。

十年飘梗与飞蓬,长共高吟海市东。
字仿秦文碑刻变,册藏祖泽宝泥鸿。
绿杨春驻熙和里,君驻绿杨村 白雪词成啸傲中。
我辈斜阳无限好,霞光璀璨一天红。

【注释】
1. 陈文无:陈名珂(1892—1972),字季鸣,号文无,江苏江阴人。祖父陈式金,世称寄舫先生,建有适园。父亲陈燮卿,光绪十二年(1886)进士。陈名珂家学渊源,擅长诗歌,1944年与谢鼎镕共同复兴陶社,主持社集活动,编有《陶社丛编》三集。其书法以铁线篆闻名。著有《文无馆诗词钞》《正反同形篆文汇录》等。
2. 戊子:1948年。
3. 合浦认珠还:成语"合浦还珠",比喻东西失而复得或人去而复回。

316. 次韵和宛叟并寄冶庵

松间鹤寿认双双,画意诗情满沪江。
掷地声闳君曲远,临池味古我心降。
关西风骨[1]四知续,皋羽文章百斛扛。
云树怀人在今夕,春回犹傍勘书窗。

南菁本是发源地，旧雨新知属一家。
经说问谁如林重，琴心早已识瓠巴²。
苔岑重合关缘分，耄耋相依漫怨嗟。
何日贤人聚江上，应歌散绮焕余霞。

【注释】

1. 关西风骨：指杨震，字伯起，东汉大臣，明经博览，时人称为"关西孔子"。其为官清廉，"四知拒金"传为佳话。

2. 瓠巴：亦作瓠芭，春秋时楚国的著名琴师。

317. 怀超社¹第一集公宴，兑之²世兄拈得来字

花朝先日寿宴开，为祝南丰载酒来。
骥骨长埋常抱恨，凤毛相对乐衔杯。
师生谊结纷桃李，堂属情联剩竹梅。瞿宗师³按临太仓，余时任宝山训导，堂属情深，回首如目前事，然已忽忽五十年矣
沅芷澧兰⁴时在抱，江天伫望几徘徊。

湘多豪俊名天下，文斗高高出类才。
手泽堂皇铸台鼎，书香芬馥荫琼瑰。
樽前耆宿咸魁杰，座上孤芳无点埃。
乱世诗坛非易事，怀超一集好词来。

【注释】

1. 怀超社：1948年为纪念江苏学政瞿鸿禨而成立于上海的一间诗社，至1950年春天解散。（张军《瞿宣颖诗稿及怀超社考》，另见本集第429首《次戴敬庵八十述怀韵》中作者自注）。

2. 兑之：瞿宣颖（1893—1973），字兑之，号蜕园，湖南善化人，瞿鸿禨之孙，

早年就读于上海圣约翰大学，曾任北洋政府国务院秘书、国史编纂处处长等职。瞿宣颖少年成名，秉承家学，著述丰富，尤善诗歌，著有《补书堂诗录》等。沈其光称其为"骚国雄才"，形容他的诗"风流淹雅，倾倒一时，余每以不得尽读其诗为慊"（沈其光《瓶粟斋诗话三编》卷四）。瞿宣颖曾为剪淞社、陶社社友。

3.瞿宗师：指瞿鸿禨，字子玖，号止庵，湖南善化人，晚清军机大臣，曾任江苏学政。宗师，清代称学政为宗师（《辞海》（丁种），上册，寅集，三九页，中华书局，民国二十六年）。

4.沅芷澧兰：原指生于沅澧两岸的芳草，后用于比喻高洁的人或事物。

318.题遐翁¹双钩绿竹

淇澳清风最足珍，猗猗绿竹写来真²。
欹崎品格高人节，潇洒丰裁君子身。
精意能通文与可³，工夫不减管夫人。
幽栖莫谓吾衰老，一帧过于百宝陈。

【注释】

1.遐翁：叶恭绰（1881—1968），字裕甫，号遐庵，广东番禺人，廪贡生，肄业于京师大学堂仕学馆，曾任湖北农业学堂、两湖师范学堂教习等。入民国任交通部总长、交通大学校长等职。1951年被聘任为中央文史研究院副院长。精通诗词书画，尤擅画竹。著有《遐庵诗稿》《遐庵清秘录》《遐庵词》《遐庵谈艺录》等。

2.淇澳清风最足珍，猗猗绿竹写来真：出自《诗经·卫风·淇澳》"瞻彼淇奥，绿竹猗猗"句。

3.文与可：文同，字与可，北宋画家，善画竹。

319. 题郑逸梅[1] 近代野乘

张蔡[2]一支笔，袁荀[3]百世规。
搜遗今可鉴，纪事古为师。
白虎[4]经垂论，公羊[5]见异辞。
此书留座右，永永作蓍龟[6]。

【注释】

1. 郑逸梅：郑际云（1895—1992），笔名逸梅，安徽歙县人，本姓鞠，父早殁，依苏州外祖改姓郑，现代作家，与海上文人交游甚广，著有《近代野乘》《艺林散叶》《艺坛百影》《纸帐铜瓶》等。

2. 张蔡：指张衡、蔡邕。张衡，字平子，东汉文学家，自小会作文，代表作《二京赋》为汉赋中的精品，曾任太史令。蔡邕，字伯喈，东汉文学家，蔡文姬之父，散文善于碑记，二十岁时作《琅琊王傅蔡君碑》，曾参与编写《东观汉记》及刻印《熹平石经》。

3. 袁荀：指袁宏、荀悦。袁宏，字彦伯，东晋文学家，继荀悦作《后汉纪》。荀悦，东汉史学家，著有《汉纪》，为中国古代第一部编年体史书。

4. 白虎：指《白虎通义》。

5. 公羊：指《春秋公羊传》。

6. 蓍龟：占卜，这里引申为借鉴。

320. 访黄宾老[1]，以所释周末古文字示余，赋此呈教

鉌印[2]陶文[3]一网收，逢源左右乐忘忧。
试思同辈几人在，不少生徒载酒[4]否。
叔重搜奇珠满匣，子云好古玉成邱。
契辞颇有相通处，来叩先生万斛舟。

【注释】

1. 黄宾老：黄质（1865—1955），原名懋质，字朴存，号宾虹，安徽歙县人，画家，曾任北京艺专、杭州艺专教师，后任中央美术学院华东分院教授。著有《陶玺文字合证》《古印概论》《宾虹诗草》等。作者晚年与其交往频繁，有黄宾虹作画作者甲骨文题句等合作作品（见本书"拾遗"第75首）。
2. 鉨印：印章，这里指古印章。
3. 陶文：古代陶器上的文字，这里指古代陶印玺。
4. 载酒：成语"载酒问字"，比喻勤学好问。

321. 戊子中秋日集金氏亦庐[1]，公祝杨宛叟八十，戴禹修、廖味容[2]、张伯初[3]、罗鲁斋[4]七十，为主人者十四人。是晚戴敬庵、闵瑞之、瞿蜕园作画，高吹老题识，宛叟赋诗，极一时之盛。

余亦次宛叟韵成诗三首

百年几次会文酒，盛事佳辰集此筵。
蟾兔晶莹一轮月，冠裳荟萃十洲[5]仙。
霜余雪后贞松茂，天上人间好景圆。
五老精神都矍铄，英姿拂拂晚风前。

饱历沧桑百念残，良宵乘兴一凭阑。
有书有帖醰醰究，_{吹老以旧拓黄庭经并竹垞遗墨见示}为画为诗细细看。
寿意姑谋今夕醉，雄谈哪怕夜光寒。
亦庐仿佛瀛洲岛，胜地仙班会合难。

余齿深惭过八旬，年来叨窃[6]庆康身。
东方珍果三千岁，南国耆英十九人。

冰镜清秋凉似水，霜髭莫景气如春。

清流胜概一时聚，吾辈休言生不辰。

【注释】

1. 亦庐：金其源书斋号，这里指其住所。

2. 廖味容：廖麟年（1879—1955），字味容、容斋，江苏奉贤人，清末赴日本宏文师范学校学习，曾任县议员，加入过南社，善诗词书法，后从事实业。廖味容与作者交好，作者去世前三日，廖前往探视，呼唤时作者睁目但不能言，廖记于诗："交兼师友心相印，病迫弥留目为瞠。"（廖味容《沧老逝世，即挽之以联，忽忽已六十日矣。感文字之商量，惘若有所失，爱再以二律挽之，聊申微意，工拙不计也》，《南通孙沧叟先生哀思录汇稿》，第十四页）

3. 张伯初：张志鹤（1879—1963），字伯初，晚号寒叟，江苏川沙人，生员，清末民初参与创办了川沙小学堂和浦东中学，担任过川沙县教育局长，推行新式教育，为地方事业奉献甚多。曾参与编纂《川沙县志》，著有《晚嚶集》。

4. 罗鲁斋：罗会庄（1879—？），字鲁斋，江苏宿迁人，贡生，传承家族酒业，曾任江苏省第二届省议会议员。

5. 十洲：道教神仙居住的十处名山胜境，泛指仙境。

6. 叨窃：自谦无才而据有其位。

322. 志甘[1]同社邀饮于田耕堂，赏荷聆曲致足乐也，赋此纪事 己丑[2]

尘中兵劫何时了，座上耆英无处寻。

南北精华一堂聚，村庐文物百年心。

那知大剑长枪世，有是高山流水音。

如此人间如此会，景光岂可听浮沉。

赏荷聆曲娱心事，好客陈遵记主人。
宇宙于今成变局，江湖无地著闲身。
狂澜倒日问何世，美酒当筵且饮宾。
嘉会须臾容易过，吾侪珍视此芳辰。

【注释】

1. 志甘：郁钟棠，字子甘、志甘，上海县人，聚星社社友，其住所上海南市田耕堂曾为聚星社、陶社等聚会地点。

2. 己丑：1949年。

323. 贺兑之新居次果园韵

海天胜处物华楼，中有伊人饱索邱。
旧德清门遗稿在，明窗净几一江秋。
抚时不少沧桑迹，结友平添颜闵[1]流。
屋小于舟何足计，只求心志乐休休。

酒缸寂寂酒肠鸣，书簏[2]空空境转清。
三叠琴心添画意，一天秋思触诗情。
通家联系关缘分，傲骨崚嶒若性成。
乱世文章无价值，徒教掷地作金声。

【注释】

1. 颜闵：指孔子的学生颜回、闵损。
2. 书簏：书箱。

324. 寄黄宾叟[1]

欲求通古学，第一先识字。
奇字不易知，谁能明奥义。
宾叟今子云，著书训纂次。
我思载酒来，路远莫能致。
微资供买酒，聊以寄吾意。
霞光万丈长，天际寸心企。

【注释】

1.黄宾叟：指黄宾虹，时居杭州。

325. 蜕园花朝生日，为作花朝诗以博一灿 庚寅[1]

花神花神在何所，武康二百八十户[2]。
其人乃逢花朝生，目为花神殆足语。
问神平日何所好，诗词散作杏花雨。
诗外何者是用心，挥洒忽成云霞谱。
诗画满胸酒来浇，花雾缤纷看处处。
天地翻覆吾弗论，花开花落片时许。
一霎化为千万花，花神言有玉缸贮。

【注释】

1.庚寅：1950年。
2.武康二百八十户：指瞿宣颖的住所为上海市武康路二百八十号。

326. 逋叟谓客腊仲贞子[1]寄示范伯子赠孙童子诗[2]一首，云距今已七十年矣，作一诗博笑，次韵奉答

童时故事近知否，曾记题诗在上头。
空有酒樽思北海，已无华屋问西州。
万千劫后云踪在，七十年前雪印留。
造父[3]于今称绝迹，衰颓徒叹大宛骝[4]。

【注释】

1. 仲贞子：仲谅（1918—2008），字贞子，江苏如皋人，书画家，早年就读于上海美术专科学校，中华人民共和国成立后长期从事教育工作，曾任江苏省书法协会理事、南通市甲骨文学会顾问等。

2. 范伯子赠孙童子诗：早年范当世写给童生孙儆的一首诗："倦眼风尘下，英英见此人。清思得初理，文雅故天真。白日辉如此，黄花迹易陈。高轩才过汝，珍重短衣身。"（张振声、吕建国、李锦南、薛长春《孙儆生平事略》，《甲骨天地》，2009年第2期）

3. 造父：西周著名驾驭良马者。

4. 大宛骝：古代大宛国的良马。

327. 暮春游西湖

南北高峰倚作屏，波纹绮縠[1]映天青。
六桥烟景三潭月，五色虹霓万点星。
胜景几区仙掌辟，禅林到处佛光灵。
心闲身远来收拾，更觅孤山放鹤亭。

衰年自分万般轻，尚作云山幽处行。

鱼乐名园机活泼，虎跑胜地概志澄。
清忧危世冈峦伏，崎险人心波浪平。
八十遐龄无别计，西湖能老不虚生。

【注释】

1.绮縠：丝绸。

328.耐叟劝葩叟善珍摄¹，不宜多作诗。葩叟十六叠葩涯韵，谓曰事游戏借此消遣。余谓两说皆是，九叠原韵寄耐叟葩叟

去去春光有异葩，孝先腹笥实无涯。
咏多咏少见名句，诗往诗来尽作家。
词友箴言宜节力，画家皴法喜披麻²。
元机³触发当前是，不是知音不易加。

【注释】

1.珍摄：保重身体。
2.披麻：指披麻皴，中国画的一种画技。
3.元机：玄机。

329.题虞美人双白头鸟¹图

吾读楚项伤心史，千古子长²是知己。
当时尚有虞美人，起舞流连垓下死。
后人对花锡嘉名，虞兮之魂果在此。
但见香艳含婀娜，灿灿容光侔霞绮。

风前如醉复如痴,柔情一片流年水。
虞为项死足千秋,项之有虞亦双美。
是真儿女真英雄,事虽不终亦可喜。
画家画花加白头,意似祝花多蕃祉[3]。
余谓非虞犹可言,是虞惟有一死耳。
君不见此花脉脉尚含愁,虞亦古今屈一指。
虞兮虞兮女中英,生死一任重瞳子[4]。

【注释】

1. 白头鸟:即白头鹎,俗称白头翁,在画中一般寓意白头偕老。
2. 子长:司马迁,字子长,西汉史学家,著有《史记·项羽本纪》。
3. 蕃祉:多福。
4. 重瞳子:长有双瞳子的人,这里指项羽。

330. 逋叟一次叠韵至十二首,卷叟以止战之身复又出马,亦至三十七八叠,爰叠韵寄逋叟卷叟

此是名葩彼艳葩,驰声南北与天涯。
环肥燕瘦皆千古,苏海韩潮[1]只两家。
观想皆空骚又雅,庄谐并作俏兼麻。
若教今日付评论,为亮为瑜请自加。

【注释】

1. 苏海韩潮:形容苏轼和韩愈的文章气势磅礴。

331. 卷叟以三十五六七叠韵示余，答诗一律

卷室原为无上葩，发皇充沛至无涯。
展来李杜诗歌手，掩尽孙吴战术家。
一乐能增至三乐，万麻足理况千麻。
日新都合汤铭语¹，邺架²曹仓³不怕加。

【注释】

1. 汤铭语：指《大学》中"汤之《盘铭》曰：'苟日新，又日新，日日新'"句。
2. 邺架：指藏书处。出自韩愈《送诸葛觉往随州读书》："邺侯家多书，插架三万轴。"
3. 曹仓：东汉曹曾的书仓，后泛指藏书的仓库。

332. 翰甥有诸老新篇日日加句，报以一律

倦眼飞来名贵葩，奇香异彩漫无涯。
只知郑学¹非王学²，不是韩家即柳家。
好古时端刘向焰，搜遗肯漏李阳麻³。石勒微时与李阳互争沤麻池，及贵乃曰，此壮士也，爰亟召阳
少时偶见一篇出，自有精金美玉加。

【注释】

1. 郑学：东汉郑玄开创的经学学派，以古文经学为主，兼采今文经学之长，融会贯通。
2. 王学：魏晋时期王肃开创的古文经学学派，与郑学对立，东晋以后逐渐衰落。
3. 李阳麻：指后赵石勒未发迹时与邻居李阳争沤麻池的典故。（作者自注）

333. 炎暑中宵忽逢皓月，圆圆皎皎，不尽流连，叟以诗来，确有同嗜，爰叠韵报卷叟

琼楼玉宇一圆葩，那择斜方小角涯。
凉意不同秋夜月，温颜足慰老人家。
窗前冉冉如知友，枕上盈盈似报麻[1]。
若个清光不常有，一年几度问相加。玉堂杂记，凡除拜加恩官在都下者，既宣麻。[2] 院吏私录本走报被受之官，辞免者多云准学士院报麻。

【注释】

1. 报麻：见作者自注。
2. 出自周必大《淳熙玉堂杂记》。宣麻：古代任免官员以麻纸书写诏令，朝廷宣布称宣麻。

334. 怀宾虹叠韵

虽老犹为极丽葩，丽葩不弃冷生涯。
鉥文[1]能识最奇字，画艺毋惭绝技家。
人是山中真古衲[2]，心为海内一灵麻[3]。
此翁不待千秋定，扬子复生蔑以加。

【注释】

1. 鉥文：印文。
2. 古衲：老僧。
3. 灵麻：芝麻，这里是点亮他人的意思。王嘉《拾遗记·前汉上》："列灵麻之烛，以紫玉为盘。"

335. 题张啬师¹遗札

才大须知意更充，行间字里气如虹。
红尘已历百千劫，素简犹存十二通。
随垦随耕成实业，一麟一爪策全功²。
鱼书³虽属无多语，垦史攸关重雪鸿。

【注释】

1. 张啬师：指张謇，号啬庵，旧时代读书人之规矩，凡为自己审看过文章者皆称师。

2. 随垦随耕成实业，一麟一爪策全功：指张謇在光绪二十七年开办"通海垦牧公司"改变荒滩面貌的事迹。（张孝若《南通张季直先生传记》第一章第三节，民国十八年）

3. 鱼书：指书信。

336. 题柳如是¹芦萍草虫画幅

柳如是，柳如是。
能诗多集梅花诗，有如天女散霞绮。合众图书馆²存有钞本，集梅花诗约百首
可惜酬唱诗不传。与钱酬唱无虚日 绛云一炬无宫徵³。
能画用笔不犹人，鸿雪霏霏留迹耳。
即如此画真多姿，草虫点缀堪审视。
丹青一幅不论钱，其人其画良足纪。
至其大节尤足言，劝夫殉国夫不死。
夫不殉国己殉夫，节义从容有如此。
横波⁴小宛⁵皆名姬，三株并立露瑶蕊。

风流倜傥不寻常，慷慨只有娟娟豸[6]。

余观此画益低徊，余读此画更遥企。

柳如是，柳如是。

【注释】

1. 柳如是：明末清初歌妓，"秦淮八艳"之一，后嫁为钱谦益侧室，清人入关，曾携夫投水殉国，因夫怯懦而未成。

2. 合众图书馆：上海私立合众图书馆，1939年由叶景葵、张元济、陈陶遗创办，聘顾廷龙为总干事，1953年合众董事会将全部馆藏文献及馆舍捐赠给上海市人民政府，1955年更名为上海市历史文献图书馆，1958年合并为上海图书馆。

3. 宫徵：古代五音中的两个音，泛指乐曲。

4. 横波：顾横波，明末清初歌妓，"秦淮八艳之一"工诗善画，明亡后不愿降清，劝夫殉国未果。

5. 小宛：董小宛，明末清初歌妓，"秦淮八艳之一"后为冒辟疆妾。

6. 娟娟豸：比喻姿态美丽的女子，这里指柳如是。

337. 读李佩秋[1] 室邬䌽之[2] 状[3]，书后

本是谢女才，又为梁家妇。

万里皆相从，甘苦记同守。

藁砧博雅儒，经史都上口。

有时商文献，相期偕白首。

欧胥 原状谓欧阳修胥夫人[4] 与黄谢，黄山谷谢夫人[5] 歔言谓或否。

瞬息起风雷，一霎变云狗。

海市险象多，恰值车驰走。

衰弱无气力，何堪此击掊。

天道不佑善，坤舆丧厥纽。

嗟叹潘悼亡，哀怨荀伤偶[6]。

庄生缶行歌[7]，微之[8]尝自咎。

我亦过来人，伤逝八年久。

岁岁冬月杪[9]，只酹一樽酒。

鳏独无与言，何者为我有。

虽自称老健，默识天心厚。

尔年略长邬，胡同厄阳九[10]。山妻卒年六十，邬卒年五十五

【注释】

1.李佩秋：李洣（1884—1953），原名萃兰，字佩秋，号小山，湖南衡阳人，长期在浙东任事。

2.邬絅之：邬梦兰，字絅之，浙江奉化人，能诗文，李佩秋亡妻。

3.状：指行状，死者亲属撰写，记述死者生平的文书。

4.胥夫人：北宋进士胥偃之女，16岁时因难产去世。

5.谢夫人：北宋诗人谢景初之女。

6.荀伤偶：成语"荀令伤神"，指悼念爱妻。

7.庄生缶行歌：指庄子妻故时鼓盆而歌的典故。

8.微之：元稹，字微之，唐代诗人，曾作《遣悲怀三首》悼念亡妻。

9.杪：末尾。

10.阳九：指灾难之年。

338. 赠友

一任世翻覆，吾儒道义敦。

志坚苏武节，品峻李膺[1]门。

宇内烟尘影，空中露电痕。

我惟行我素，方寸太平存。

【注释】

1.李膺:字元礼,东汉名臣,为人刚正不阿,严于摄下,士人有被其接纳者,称登龙门,因不避迫害而死。

339. 贺黄蔼农[1]得孙

先生五十方得子,年逾古稀便抱孙。
此事可喜良可贺,余谓中有天意存。
天之成全几相度,艰难迟钝福之根。
报施彰彰固不爽,又况祖德风义敦。
余之得子年四十,眼将望穿口勿言[2]。
连举三子虽缺一,诸孙绕膝昌而蕃。男孙七人,女孙十三人
先生若至余年岁,孙行列队阶前喧。
他日事理有必至,开先已见横海鲲。

【注释】

1.黄蔼农:黄葆戊(1880—1969),字蔼农,号青山农,福建长乐人,早年肄业于全闽师范学堂,后入上海法政学堂,曾任福建省立图书馆馆长、上海商务印书馆编辑等。擅长书法篆刻,兼通绘画、诗歌,著有《黄蔼农篆书百家姓》《黄葆戊隶书千字文》《蔗香馆集》《复苏酬唱集》等。另据郑逸梅回忆,黄蔼农曾经皈依印光法师,得法名智本。(郑逸梅《艺林散叶》,中华书局,1982年,第210页)

2.余之得子年四十,眼将望穿口勿言:作者43岁方得子,故有同感。

340. 答夔厂[1]次韵

阴柔否塞日韬光,有酒惟知醉百场。
得友不时通謦欬[2],咏诗空自接苍茫。

莫嫌梦得同衰病，白香山与刘梦得同七十有诗呈梦得云，莫嫌衰病莫嫌贫[3]应说昌黎非楚狂。

回首烟云无觅处，但留清夜月如霜。

【注释】

1. 夔厂：潘光旦（1899—1967），字仲昂，号夔厂（庵），江苏宝山人，1922年留美，获理学硕士学位，曾任清华大学及西南联大教务长、社会系主任以及清华大学图书馆馆长等职。著有《优生学》《人文生物学论丛》《中国之家庭问题》等。

2. 謦欬：言笑。

3. 出自白居易《偶吟自慰兼呈梦得》。

341. 次谢冶庵韵

不见两年久，来为十日游。
胸中无限语，江上已深秋。
诗笔真灵运，云情一贯休。
重阳今又过，未减畔牢愁[1]。

【注释】

1. 畔牢愁：扬雄所作辞赋，后人借指离愁之作。

342. 虞琴[1]和我重九诗，次韵奉答

屡陪高士宴，寿客祝长春。
诗画平生癖，衣冠古处新。
芳兰摘骚雅，敝帚重儒珍。
任是艰危世，翛然物外身。

天际双峰峙，人疑海上仙。
齿尊苍岭并，气合碧云连[2]。成句
把酒惟行乐，扬尘不记年。
今秋称大熟，四野富新绵。

【注释】

1. 虞琴：姚瀛（1867—1961），字景瀛，号虞琴，浙江杭县人，通诗词书画，尤其擅画兰花，作品多次参展。曾任上海画院画师、上海文史馆馆员，著有《珍帚斋诗稿》等。作者晚年与姚虞琴交往颇多，二人曾有合作书画扇面。
2. 气合碧云连：出自元稹《酬乐天江楼夜吟稹诗，因成三十韵》。

343. 叠韵和冶庵

日事朋交乐，心惟造物游。
和诗如雨集，清节凛霜秋。
逸致白居易，闲情韩伯休。
外缘都莫问，老健在无愁。

344. 题己未[1]夏宾虹画幅

随时随地能图画，因境因人复咏歌。
似此江山增美丽，可无俊杰共婆娑。
周金晋碣平生癖，梅雨荷风天地和。
回首前尘不堪说，雪泥尚是有情波。

载明己未方当夏,一瞬于今三十年。
经术胡瑗[2]嗟水逝,诗豪高适亦霜颠。题语有与朴安、屯艮[3]、吹万同游京口云云
珍兹图绘同金石,作者山翁是佛仙。
近日已臻神化境,虽为片幅亦瑚琏[4]。

【注释】

1. 己未:1919 年。
2. 胡瑗:字翼之,北宋理学家。
3. 屯艮:付尃(1883—1930),字屯艮,号君剑,湖南醴陵人,南社社友,曾任长沙日报总编辑。
4. 瑚琏:宗庙礼器,这里用来形容黄宾虹的画才。

345. 题戚南塘[1]山水尺幅

自娱非媚世,默契不求名。
问是何人画,能通造物情。
品分元亮淡,韵占伯夷清。
倘唤倪迂起,宜称善美明。

【注释】

1. 戚南塘:戚继光,字元敬,号南塘,明代抗倭名将。

346. 题赵晋卿[1]乔松慈竹图

堂上双全由天助,怙恃[2]一失向谁语。
余于冠后作皋鱼,意有万牛难挽住。

吾友晋卿事略同，眷眷心怀不能去。
成立乔松慈竹图，松兮竹兮聊依据。
名儒硕彦共咏歌，显扬先德蜚芳誉。
子心得此意稍舒，佳节芳辰感霜露。
仰望白云思悠悠，禄食时光亲不驻。
岁月荏苒将古稀，一念吾亲心倾注。
子之孝思何其深，图存仍是无寻处。
呜呼！
亲亡儿念无已时，儿心空作终年慕。
世人毋以亲在堂，只知喜乐不知惧。
有酒献亲博亲欢，毋如我辈但凭香一炷。

【注释】

1.赵晋卿：赵锡恩（1882—1965），字晋卿，上海人，早年毕业于南洋公学，信仰基督教，曾担任多项慈善和教育机构职务。

2.怙恃：父母的代称。

347. 题凌瑚[1]花鸟画帧[2]

通志不载凌瑚名，如志却有凌瑚语。
如志明记崇川人，作为如皋殊大误。瓯钵罗室名人词典皆称如皋人
今者裔孙持画来，家乘详记钓游处[3]。
其孙书画夙所耽，购有瑚画当韶護。
此帧秋葵老少年，点染家禽辄成趣。
我读数过颇心仪，静观此画何修嫭。
胸中包孕景万千，对此机缄聊一吐。
人物仕女夙专家，花鸟天然尤倾注。

平生好作名山游，当年更喜西湖住。

作品吾乡反见稀，交游四海蜚芳誉。

纫庵[4]山水元颖[5]书，连瑚写生三绝具。

杭人有此月旦评，鼎足堂堂非依附。

登峰造极不婀娜，青年后进受陶铸。

余今有言语裔孙，倘得仕女宜善护。

兼有千里龙眠长，见如皋志瓯钵罗室[6]尤钦慕。

【注释】

1. 凌瑚：字仲华，号香泉，清乾隆时期画家。时人以凌瑚之写生、梁同书之行楷、钱维城之山水，并称"三绝"。
2. 这首诗题写于1950年，同时题咏的有冯雄等人，冯诗附后（录自原画照片）。
3. 钓游处：指童年生活的地方。
4. 纫庵：钱维城，字宗磐，号纫庵，清乾隆时期画家。
5. 元颖：梁同书，字元颖，清乾隆时期书法家。
6. 瓯钵罗室：指《瓯钵罗室书画过目考》，清李玉棻编。

题凌瑚花鸟图（二首）

冯雄

不随凡卉老秋风，更得峥嵘石势同。

画出高标知有意，故添锦翼映颜红。

妙笔香泉擅写生，梁钱三绝共时名。

天留一幅经尘劫，归璧凌家重百城。

348. 次韵寄宛叟并示蜕园

老年恋家不肯出，我辈无家焉得归。
尘世汹汹兵火劫，儿童纷纷青白衣[1]。
别有天地诗酒乐，同至耄耋古今稀。
车公不来是何意，但见阵雁横空飞。

【注释】

1. 青白衣：指戏剧中的人物装扮。

349. 心禅[1]同年录一诗见示，次韵率和

多少名贤住海滨，高吟不顾几扬尘。
老犹振奋仓黄世，迹泯饥寒志气人。
尘世游踪常托咏，诗书撑腹未为贫。
只今相视忧无已，满目疮痍尚百辛。

【注释】

1. 心禅：辛际周（1886—1957），字祥云，号心禅、灰木散人，江西万载人，光绪二十九年（1903）举人，后就读于京师大学堂经济系，毕业后执教于多所学校，曾参与筹建江西省通志馆，协纂江西通志。晚年流寓上海，与作者比邻而居。沈其光评其诗境似贾岛（沈其光《瓶粟斋诗话三编》卷四），著有《灰木诗存》。作者去世后，辛际周曾作七律四首悼之。（《南通孙沧叟先生哀思录汇稿》，第五页）

350. 寿陈湛如[1]七十

十年磨剑剑生芒，老去悲秋只感伤。
淡泊心怀先哲重，儒酸风味世情妨。
闲来把卷余年乐，兴到哦诗一笑忙。
乱世文章无价值，谁知仁义胜膏粱。

世味无如书味醲，每逢知己共玄谈。
江天莽莽风云幻，名教渊渊藜藿[2]甘。
句好常从天外得，春融不是镜中酣。
儿孙今日谙庭训，礼让他年必力担。

【注释】

1.陈湛如：陈作霖（1881—1956），字湛如，号济民，江苏无锡人，光绪二十七年（1901）入泮，肄业于江阴南菁书院，曾任扬州两淮师范学校英文教员，辛亥后任无锡县议事会副议长，后从事实业。（赵统《南菁书院志》，上海书店出版社，2015年，第628页）

2.藜藿：指粗劣的饭菜。

351. 心禅有寄南昌友人和诗，甚可讽诵，次韵两律

难得相逢及此时，十洲仙侣赋来思[1]。
卅年同谱成春梦，一见倾心胜故知。
落落诗才如白傅，翩翩文藻一丘迟[2]。
自嗟衰老无他好，书味余闲醉墨池。

奇寒酷冷此何时，急盼春回慰所思。
蒙难艰贞姬伯[3]泪，随时容与屈原知。
吁嗟沧海横流急，惆怅秋江落叶迟。
未信阴崖终古闭，行当与子沐咸池[4]。

【注释】

1.十洲仙侣赋来思：出自明代谢榛《秋夜云峰书斋饯别赋得秋字》："仙侣相将踏紫雾，才穷三岛仍十洲。"

2.丘迟：字希范，南朝文学家，以赋见长。

3.姬伯：指周文王姬昌，商时封西伯，故名。

4.咸池：神话中日浴之处。

352. 九老　剪淞社题

兰亭诸公无少长，耆英盛会皆老苍。
香山九人亦黄耇，取九数者迹相望。
甚或加之以图画，抑或托之于文章。
实则传后者极罕，兰亭只有右军王。
耆英首指文与富[1]，次之惟有司马光。
香山白傅名最盛，兰荃可谓冠众芳。
其余但云充数耳，谈者若有亦若忘。
余等淞社久岑寂，随时九老坐一堂。
即以九老付题咏，非关袭旧之主张。
良以吾侪聚不易，云踪萍迹合他邦。
放意共歌紫芝曲[2]，长吟不顾世仓黄。
又况在坐多耆宿，古意直欲接羲皇。
人生行乐真快事，余生得此亦堂堂。

今日赋诗又饮酒,不辞一觥复一觥。

文星酒星于兹集,光彩腾跃东华坊。学老³住东华坊

【注释】

1.文与富:指文彦博、富弼。

2.紫芝曲:传说为商山四皓所作歌曲,后泛指隐逸避世之歌。

3.学老:据内容为剪淞社社友,余未详。

353. 和戴敬庵

霁色霜天里,风光近岁阑。
老犹摹字古,性复抱书残。
但识夕阳好,毋忧来日难。
人生行乐耳,欢处且随欢。

大半文章伯,何殊骨肉亲。
藻词真可贵,芝曲岂无因。
乱世痴聋叟,荒江怀葛¹民。
余生还自笑,吾亦率吾真。

【注释】

1.怀葛:指无怀氏和葛天氏,上古时代的两位帝王,古代传说中认为其世为理想社会。

354. 新元旦淞滨雅集即事三十韵 有序

钱凤高[1]于新元旦设宴于丰泽楼，为十老会拈阄分韵赋诗纪事，得篇字

耆老能同聚，天涯信有缘。
小寒逢吉日，公历已新年。
厅署纷堆锦，街衢罩淡烟。
初朝腾旭日，喜意写云笺。
凤老筹佳节，鸿宾与绮筵。
楼高供远瞩，室夐几回旋。
芼碧清腴显，蒲琼素味妍。
炁兔加炙黏[2]，脍鲤造芳鲜。
品似天庖馔，功同妙德饘。见李德裕蜉蝣赋
翠珍劳穀叠，牢礼[3]富牲牵。见周官宰夫注
招得易牙配，呼来伊尹煎[4]。
主人为北海，众客曜南躔。
寿相瞻星象，清班纪木天[5]。钱自严[6]
闲闲卷窝叟[7]，高卷叟 落落果园仙[8]。戴果园
绝艺山农笔[9]，黄蔼农 空观云石毡[10]。徐云石[11]
书家冰篆接[12]，陈季鸣 名宿竹林联[13]。陈觉先[14]、湛如叔侄
满座皆儒硕，芜才合弃捐。
一心常奋发，百劫任推迁。
珍爱文苏画，临摹甲骨编。
古书长供目，旧学愧先鞭。
新契添今雨，论交多上贤。
但知行乐耳，于此暂安焉。
高宴今朝会，分阄一席传。

摘词多霸手，得句有弘篇。
发兴芦筶里，联吟椒酒前。
紫芝还粲粲，白雪自娟娟。
难得心情合，兼之德寿全。
十人曾有此，明季娄邑有陆尊道陈安道十老会 九老想同然。
丰泽诚荣幸，春江共祝延。
泥痕合珍重，同谢惠山钱。

【注释】

1. 钱凤高：钱翼振（1888—1951），字凤高，江苏无锡人，实业家。

2. 烝凫加炙鸹：出自屈原《大招》："炙鸹烝凫，煔鹑敶只。"烝，蒸；凫，野鸭。炙煔：烤、煮。

3. 牢礼：古代以牛、羊、猪三牲宴饮宾客之礼。

4. 招得易牙配，呼来伊尹煎：出自枚乘《七发》："楚苗之食，安胡之饭抟之不解，一噱而散。于是使伊尹煎熬，易牙调和。"易牙，春秋时著名庖厨。伊尹，夏末商初人，人称厨祖。

5. 清班纪木天：清班，清贵的官班；木天，指翰林院。这里比喻曾任翰林院庶吉士的钱自严。（作者自注）

6. 钱自严：钱崇威（1871—1969），字重修，号自严，江苏震泽县人，肄业于江阴南菁书院，日本法政大学毕业，光绪三十年（1904）恩科进士，翰林院庶吉士。曾任江苏高等检查厅检察长，后辞官居沪上。作者晚年与钱崇威常有聚会，二人曾合作书法扇面。

7. 闲闲卷窝叟：高吹万别号卷叟，其家乡故宅名为"闲闲山庄"。这里比喻高吹万。（作者自注）

8. 落落果园仙：指戴克宽，号果园。（作者自注）

9. 绝艺山农笔：黄葆戉，字蔼农，别号青山农，擅长书法篆刻。这里指黄葆戉。（作者自注）

10. 空观云石毡：空观，佛教语，对空谛的观想，这里比喻信仰佛教的徐云石。（作者自注）

11. 徐云石：徐梦（1881—?），原名儴，字云石，号冻佛、半梦，江苏宜兴人，曾加入南社。

12. 书家冰篆接：这里比喻以铁线篆书法闻名的陈季鸣。（作者自注）

13. 名宿竹林联：指竹林七贤中的叔侄阮籍和阮咸，这里比喻陈觉先、陈湛如叔侄。

14. 陈觉先：（1876—?）无锡人，陈湛如之叔。（作者自注）

355. 和果园辛卯[1]元旦韵

新年春到正娱嬉，何苦沉沉有所思。
击壤行歌人往矣，脱身无累我安之。
但期老去能餐饭，偶值闲来一赋诗。
任是兴亡都不问，依然长啸一须眉。

【注释】

1. 辛卯：1951年。

356. 和心禅岁除前一日雪后韵[1]

一夜春光遍浦涯，天教琼蕊散成花。
惊心海国兵烽厉，迎眼江天景物华。
到处堪怜人忍饿，随缘莫谓我无家。君有穷有因亲抵在家句
君心早作空观念，兴到诗成漫叹嗟。

【注释】

1. 诗稿抄本诗题为"和心禅除前一日雪后韵"，"岁"字脱。

357. 题漳州王宗敬¹先生蛇崙²展墓³图

尼山志孝经，诗云思不匮。
树静叹风生，凄切皋鱼泪。

椿萱⁴既不存，无从进甘旨。
展墓非本心，出于不得已。

谒墓虽空文，回天实无术。
事亡若事存，卅年如一日。

世不论变常，心只感霜露。
漳州王先生，是亦终身慕。

【注释】

1. 王宗敬：福建漳州人，余未详。（作者自注）
2. 蛇崙：位于漳州附近。
3. 展墓：省视墓地。
4. 椿萱：父母的代称。

358. 宾叟锡我古钵印章，有虫篆"寿命昌重"文，谨拜嘉惠，赋诗答谢¹

栖霞离去住何乡，出谷知今有凤冈。
传世画图真国粹，等身印释破天荒。
怀人时觉云山远，鉴古分来寿命昌。
何幸一朝拜嘉惠，有情岁月水流长。

【注释】

1.诗稿抄本诗题"赋"字后面的文字因书页破损未能录出,辑释者根据作者类似标题补入。

359.题逋叟半园肆雅堂图,次原韵

寿椿早作北堂铭,一室长留编简青。
莫谓旁人多错比,半园的是草玄亭。寿椿为半园记中堂名,先生原诗,小住芳园分半席,旁人错比子云亭

依然乔木道邻庐,怀古今朝抵广居。
宵雅肄三[1]多乐趣,秋风无用忆鲈鱼。半园记云,道邻曾居此巷,名小阁一层为怀道阁

寒松苍翠问何如,骋笔诗坛只贾余。
行馆开明人纵老,建章莺啭曙光初[2]。逋叟曾号寒松

园半年新满院春,图中记载意频频。
千秋繁露谁相继,叟是江都第二人。

【注释】

1.宵雅肄三:出自《礼记·学记》,宵雅即小雅,肄三是指学习《诗经·小雅》中的《鹿鸣》等三篇诗歌。

2.此为元张翥《春日怀柯敬仲博士》中"建章莺啭曙光初"之成句。

360. 答贯微[1]和果园元旦韵

参透人间百幻嬉，一心入定漫萦思。
风风雨雨经过惯，是是非非悉听之。
难得肺肝多古道，善舒胸臆一吟诗。
由来剥极终当复[2]，那许闲愁上两眉。

【注释】

1. 贯微：朱诵韩（1874—1961），字贯微，江苏崇明人，光绪二十九年（1903）副贡，入同文馆学习法文并留学法国，曾任任驻外使节，1919年巴黎和会时担任中国代表团秘书。晚年居沪上，与昔日老友聚会酬唱，沈其光称其诗"豪怀不减"（沈其光《瓶粟斋诗话三编》卷四），著有《五十年追思录》一部。

2. 剥极终当复：成语"剥极必复"，指坏运之极也会出现转机。

361. 张仲如[1]八十生日示我一诗嘱和，次韵奉答

天心独畀八旬寿，笔力能开三石弧。
厚福难寻尘世境，高踪认是地仙居。
百孙绕膝门多祚，二老齐眉德不孤。
成有新诗一循诵，合编歌曲付虞初[2]。

【注释】

1. 张仲如：张纯一（1871—1955），字仲如，湖北汉阳人，生员，曾在燕京大学、南开大学等学校任教，著有《晏子春秋校注》《墨子集解》《老子通释》等。信仰佛教，与印光法师有交往。

2. 虞初：西汉小说家，被认为是中国小说家之祖。

362. 二月十四日八十五岁生日，是夕约虞老[1]同酌，以诗代束 辛卯[2]

叟生花朝[3]前，我生花朝后。
相距仅三日，如足复如手。
花朝不见花，叟居花朝首。
春气笼大千，春意储郊薮。
一发千万花，应不忘枢纽。
我属春分节，恰恰春光剖。
春半春犹长，足慰八五叟。
儿女陈数肴，为我祝眉寿。
月夕满堂春，与叟同饮酒。

【注释】

1. 虞老：指姚虞琴，作者与姚同年同月出生，仅隔三日，故邀姚一起饮酒庆祝。
2. 辛卯：1951 年。
3. 花朝：指花朝节，也称花神节，各地时间略有不同，南方为农历二月十二日。

363. 辛卯二月十四日八十五岁生日，逮叟有诗来祝，卷叟亦次韵一首，谨次奉答

百岁及今增耄齿，一生最喜是花朝。
稍迟锦绣铺成海，不断云霞起似潮。
月色江声常伫望，诗俦酒侣共逍遥。
莺飞草长尤堪爱，怕读离骚艾蒴[1]要。

思白天才称俊逸,存之素节凛清秋。
羡公笔阵能翻水,恨我经畲不见楼。遭日寇之乱经畲楼被焚已历十四年矣
存问只求传有雁,安居不使叹无鸠。
春光刚半春还驻,欣看祥云绕数周。

【注释】
1.艾觥:挂艾飞觥,端午节纪念屈原的方式。

364.心禅同年以独旅写感一诗见示,次韵奉答

渊渊怀抱古人襟,宇宙而今不易寻。
下有儿孙乐幽独,自伤身世付孤吟。
西台痛哭三生梦,东海居留一片心。
君是山中一古衲,宾王忧思太深沉。君有汐社人陪皋羽哭句,余用西台句即为此言而发,东海见庾子山哀江南赋

365.题唐嵩山¹梦砚得砚记后

梦兆征异古有之,力牧风后² 开其基。
下此不少记载垂,嵩山梦砚事最奇。
遨游汉上方逶迤,忽梦有人遗砚池。
不久郑友³ 报我知,歙产佳砚非溢辞。
此砚子方⁴ 曾自随,至和年号⁵ 不迷离。
同是唐姓无分歧,谛观乃为远祖遗。
金星璀璨重鼎彝,静细温润不世姿。
老祖宝视问谁尸⁶,示非其人不留贻。

莫谓冥冥无主持，灵爽式凭择人施。

嵩山嵩山富文词，渊雅当能副所期。

一如范馨抱远思祖砚，祖砚付诸骐骥儿[7]。

【注释】

1.唐嵩山：未详。

2.力牧风后：上古传说中黄帝因梦兆灵验而先后得到风后、力牧二人，封为相将。见于皇甫谧《帝王世纪》。

3.郑友：未详。

4.子方：林枅，字子方，南宋诗人。

5.至和年号：北宋仁宗年号。

6.尸：执掌，主持。

7.一如范馨抱远思祖砚，祖砚付诸骐骥儿：指西晋范馨临终时将自己所用砚台留给孙儿范乔，希望其继承祖志，出自《晋书·隐逸传》。

366. 勤士书来报以两律

与君海上一言别，转瞬于今已十年。
历世三千空滞迹，同庚八五莫非天。
两翁但乞身心泰，万古无如道义坚。
多谢故人高厚意，云笺数纸胜春妍。

满腔言语无由说，尽在相思两字中。
契好深深难免隔，精诚息息自相通。
苦遭白发田成海，不坏金刚老返童。
倘节余闲能庋止[1]，春风坐对醉颜红。

【注释】

1. 戾止：到来。

367. 唐侣笙[1]从无锡来，备润资索书契文楹帖，感赋一首

风尘谁暖眼，衰老独倾心。
道义真高士，乾坤一素襟[2]。
殷虚惭搦管[3]，昆竹待知音。
莫谓无人赏，来听海上琴。

【注释】

1. 唐侣笙：唐鸣凤（1876—1962），字侣笙，江苏江阴人，民国初年曾在江西任推事，陶社社友。
2. 素襟：本来之心。
3. 搦（nuò）管：执笔。

368. 春归

杜陵亦有春归咏，我赋春归意不同。
衰岁应逃千劫运，离筵为问几番风。
明知时序推迁里，不尽情怀珍惜中。
饯送虽云今暂别，咏歌嗟叹雪髯翁。

369. 怀沈瘦东[1]

埋头写稿年迟暮，著手成春意渺绵。
吾道艰难薇蕨食，人生快乐啸歌天。
盛名早定千秋业，夙愿还偿三续编。
储粟[2]轻轻香万斛，山中瓶钵况莹然。

【注释】

1. 沈瘦东：沈其光（1888—1970），字乐宾，号瘦东、瓶翁，江苏青浦人，光绪三十一年（1905）末科秀才，肄业于上海震旦大学，曾任教青浦县立中学，著有《瓶粟斋诗话》《诗话余渖》《瘦东诗钞》《瘦东文拾》等。沈瘦东颇负诗名，冒鹤亭评价其："沈瘦东真诗人，不可得。"（冒怀苏《冒鹤亭先生年谱》，学林出版社，1998年，第505页）另据郑逸梅回忆："沈瘦东晚境艰困，孙沧叟以鬻书所得润之。"（郑逸梅《艺林散叶》，中华书局，1982年，第77页）作者去世后，沈其光曾作七绝四首怀念之（《南通孙沧叟先生哀思录汇稿》第11页）。

2. 储粟：引用陶渊明"瓶之储粟，可见穷士"之句，扣沈瘦东之号"瓶翁"。

370. 次黄蔼农五月五日韵

岁月不相饶，蒲艾更番起。
仰望浮云空，有识齐生死。
天独矜老年，优渥情无已。
在此短波间，吾行吾素耳。
如叟逾古稀，全身率幽履。
作隶未谷[1]同，亦与梅溪[2]比。
有时大字成，凤舞龙飞里。

允作万年模，虽贫亦何耻。
外约竹林游，内顾兰玉喜。
安闲常弄孙，一门敦伦纪。
回首鼓山青，天涯滞游子。
巢居虽无多，蜚声慈孝里。
走也十年长，惭愧象退齿。
世事好淡忘，不烦来操几。
寝馈学殷虚，肯使流光驶。
有问孙黄书，灏灏噩噩[3]尔。

【注释】

1. 未谷: 桂馥，字冬卉，号未谷，清代学者，创立未谷学派，著有《说文解字义证》五十卷。
2. 梅溪：王十朋，字龟龄，号梅溪，南宋诗人。
3. 灏灏噩噩：博大精深。

371. 农山[1]同年招饮淡井庙[2]，心禅有诗，次韵呈两君

酒是刘伶[3]癖，诗还谢朓[4]清。
相偕淡井庙，大半老人星。
天上甘霖降，江头君子行。
主宾欢洽日，宁取独醒名。

东海来团聚，西江一古狂。
纵谈见深味，逢酒辄倾觞。
圣手无难句，神医善疗疮。
山中蔬素饮，不啻到仙乡。

【注释】

1. 农山：秉志（1886—1965），字农山，满族，原名翟秉志，河南开封人，光绪二十九年（1903）十八岁时中举，1908年毕业于京师大学堂，后留学美国获得康奈尔大学博士，1948年任中央研究院院士，曾在商务印书馆任事，1955年任中国科学院学部委员。作者去世后秉志作七绝二首悼念（《南通孙沧叟先生哀思录汇稿》第四页）。

2. 淡井庙：位于上海的一座道观，始建于南宋。

3. 刘伶：字伯伦，魏晋名士，竹林七贤之一，好酒。

4. 谢朓：字玄晖，南齐文学家。这里比喻秉农山。

372. 为冲甫[1]题嘉兴钱氏先德遗简

作书称贷寻常事，儒雅温醇短简中。
釜庾[2]纵教空乏甚，吾庐处处是春风。

金貂奕叶[3]知多少，儒素[4]相乘却是难。
应识后贤藏帖意，不同王氏宝章[5]看。

【注释】

1. 冲甫：钱熊祥（1875—1966），字听松，号冲甫，浙江嘉兴人，清末曾任陆军部郎中，晚年入上海文史馆。
2. 釜庾：釜和庾，古代量器名，引申指数量不多。
3. 金貂奕叶：指贵族世家。
4. 儒素：谓符合儒家思想的品格德行。
5. 王氏宝章：王羲之一族的书信墨迹在唐代流传的摹本被称为《王氏宝章集》。

373. 寿荷妹¹六十

凄凉吾妹初生节，酸楚家居弃养天。妹生九日而父逝世
一度思量有余痛，而今伉俪尽高年。妹夫立忱²同年六秩

艰难多少无须说，妹已安然周甲看。
儿女盈前孙可抱，有兄来祝亦奇观。八十五岁之阿兄来祝六十岁之阿妹，非奇观而何

【注释】

1. 荷妹：指孙荷贞（1892—1983），南通金沙人，作者的妹妹。
2. 立忱：高国干（1892—？），字立忱，南通金沙人，作者的妹婿。

374. 王孟绿¹八十一岁，室人苏本岩²八十二岁，夫妇六十年赋诗志庆

伉俪都成大耋仙，宛然金石与同坚。
蟠桃未满三千岁，葛藟相依六十年³。
百盏劳宾思北海，双星炤采在南天。
儿孙环侍人间有，那及王苏福寿绵。

【注释】

1. 王孟绿：未详。
2. 苏本岩：王孟绿妻，教育家，清末上海民立女子中学创办人。
3. 葛藟相依六十年：引用《诗经》中《国风·周南·樛木》"南有樛木，葛藟萦之。乐只君子，福履成之"，比喻夫妻相依。

375. 冶庵以一诗寄我，次韵奉答

同是无归客，江南乐土潜。
方欣千劫脱，聊作十年淹。
学识昌黎富，贫知元亮廉。
养心兼养□¹，薇蕨复何嫌。

淞波非僻地，无如客星潜。
识得风云幻，聊为江海淹。
赋诗闲释闷，鬻字取尤廉。
安石桃潭水，情长我岂嫌。

【注释】

1. 诗稿抄本此处空缺一字。

376. 次遄叟画苦热韵

郁蒸老眼更昏昏，四望兴嗟烈与燔。
哄市混茫炎海合，奇峰硉兀火云翻。杜诗，奇峰硉兀火云升¹，升易翻
骄阳欲沸百泓水，杜诗，罗落沸百泓²白汗交流一石尊。淮南子，挈一石之尊，则白汗交流³
安得奔雷来夜半，滂沱大雨洗郊园。

【注释】

1. 出自杜甫《多病执热奉怀李尚书之芳》。
2. 出自杜甫《火》。
3. 出自《淮南子·修务训》。

377. 次逋叟不寐志感韵

百忧丛集未渠央¹,宁静空言学老庄。

炎瘴弥漫夔子国²,杜诗,瘴余夔子国³秋宵寥落越人方⁴。

饥贫无复团团面,郁塞难湔寸寸肠。

展转彷徨不成寐,终无好句入诗囊。

【注释】

1. 渠央:匆遽结束。
2. 夔子国:夔国,春秋时楚国的同姓国,在今湖北秭归一带。
3. 出自杜甫《大历二年九月三十日》。
4. 越人方:扁鹊的药方,扁鹊,姓秦氏,名越人。

378. 读心禅诗集又得两绝

楼头惨淡秦公子,泽畔悲凉楚大夫。

哀怨满腔无可语,但求姱节¹不荒芜。

太息斯文将丧日,最欢佳句得来时。

观君此外空无有,袖里衰年一卷诗。

【注释】

1. 姱节:高尚美好的节操。

379. 金雪叟¹以诗四律见贻,次韵奉答

枯坐楼头息万缘,乃逢青鸟为传笺。
喜联江上耆英侣,不堕人间桑海年。
淞水情长成逆旅²,琼瑶迹满一诗仙³。琼瑶诗仙采用韩诗句
相知恨晚心倾倒,漫数泱泱稷下⁴田。

【注释】

1. 金雪叟:金贤寀(1884—1961),字雪塍,一字傲髡(kūn),号雪叟,金士衍之子,著有《玄芽室稿》。沈其光评价其诗为:"诗宗北宋,妙悟如东坡,高朗似简斋(陈与义),而无圣俞(梅尧臣)、后山(陈师道)之謇吃。""读雪叟诗,无异竹风兰雪,洒然而来也。"(沈其光《瓶粟斋诗话四编》上卷)
2. 逆旅:客舍,旅店。
3. 琼瑶迹满一诗仙:出自韩愈《酬王二十舍人雪中见寄》"今朝踏作琼瑶迹,为有诗从凤沼来"句,作者自注,也有人认为此诗为柳宗元作。
4. 稷下:古地名,在今山东临淄城北古齐城门之西,春秋时齐国在此设有学官"稷下馆",诸子学派云集,后以"稷下"指开明的学风。

380. 刘啸篁¹将去巴东有诗留别,答和

今来古往几经过,无恙江头淡淡波。
社燕²不嫌秋作客,山云又况薄如罗。
人归子舍将安老,路近乡关匪阻河。
此去巴东好风景,冷枝应见挂猿多。陆游过巴东,啼猿挂冷枝³

【注释】

1. 刘啸篁：未详。
2. 社燕：燕子春社时来，秋社时去，故称社燕。
3. 出自陆游《泛溪船至巴东》。

381. 逋叟秋夜对月，有怀江南诸诗老两律见示，次韵奉答

月是凉秋好，诗如翻水成。
偏逢阴雨积，漫说满床明。
白发时随见，七十岁时尚系黑发，今则白发参差矣 黄河待未清。
故人共遥夜，相望不胜情。

年齿行将耄，家山勿复回。
不嫌生事拙，为觅好怀开。
尘世成千劫，乾坤付一杯。
中秋迟两日，云雾合徘徊。

382. 怀耐叟

疝气一春厉，焦心百念灰。
鸡鸣知未曙，蚊聚已成雷。
莽莽天胡醉，萧萧病乍回。
知交同骨肉，慰问有书来。

383. 前题

牵作神经痛，深知脑力过。
平生困书史，旦夕诵弥陀。
老友同衰境，孤光障逝波。
香花看粲粲，还祝病维摩[1]。

【注释】

1.病维摩：原指维摩诘居士以疾讲法的典故，后泛指生病的佛教徒。

384. 卷叟惠我殷虚书契考释，次而字韵赋诗答谢

壁经[1]冢史[2]出稍迟，与契成三光陆离。
叔蕴为山吾往也，观堂[3]作跋更魁而。
疏笺秩秩知龙化，书写闲闲从凤嬉。论语纬[4]，子欲居九夷，从凤嬉[5]
精版名刊不多得，无他酬报只吟诗。

【注释】

1.壁经：西汉时发现于孔子宅壁中的古文经籍。

2.冢史：指西晋时在汲郡的一座古墓中发现的多部古籍，其中一部为《竹书纪年》。

3.观堂：王国维（1877—1927），字静安，号礼堂、观堂，浙江海宁人，光绪十八年（1892）入泮，二十年（1894）入杭州崇文书院，后留学日本。1923年任逊帝溥仪南书房行走，窥得大内藏书。1925年受聘为清华研究院导师。1927年自沉于昆明湖。著有《人间词话》《古史新证》《观堂集林》《殷卜辞中所见先公先王考》等。

4. 论语纬：汉代谶纬之书，也称《论语谶》。
5. 出自《论语谶》："故子欲居九夷，从凤嬉。"

385. 卷叟惠我河南图书馆各石拓片全套，仍次前韵答谢

墓志无妨出土迟，曾游汴馆石离离。
中州墨拓何多也，前代铭辞信祎而[1]。
摊几纵观资考订，焚香展览足娱嬉。
幽光精气自腾上，古意今情尽入诗。

【注释】

1. 祎而：美好，出自张衡《东京赋》"侯其祎而"。

386. 寒香馆遗编[1] 书后

遗编芬馥寒香馆，上企端文[2]衣钵存。
阐发幽光三百载，人间端赖好儿孙。

斯文一脉世希有，主讲东林[3]复有声。
孝子慈孙不多得，柏森而外顾彬生[4]。

【注释】

1. 寒香馆遗编：指《寒香馆遗稿》，明辛升撰，民国五年其裔孙辛柏森编。辛升，字克羽，江苏无锡梁溪人，顾宪成弟子。
2. 端文：顾宪成谥号。
3. 东林：指明代无锡东林书院，由顾宪成创办。
4. 顾彬生：顾宝琛（1880—1960），字彬生，号怀冰，顾宪成十世孙。

387. 书辛太夫人[1]传略后

守节抚孤非易事，只言苦尽有甘来。
十年痛苦无人诉，为问天心回未回。

奉养赴城情汩汩，旨甘进母意深深。
纵教表襮[2]多题咏，难餍孤儿一片心。

贤嗣东林绵一脉，声誉隆隆继芳躅[3]。
圣善苦节天必酬，孙枝粲然树双玉[4]。

【注释】

1. 辛太夫人：诗中内容显示为无锡梁溪顾家先妣。
2. 表襮（bó）：自炫，这里指书写传略的卷轴。
3. 芳躅：指前贤的足迹。
4. 双玉：指一双优秀的孙儿。

388. 题朱积诚听竹居治印图[1]

万绿丛中一高士，寸铁手握无余子。
古钵缪篆胸腹侈，聚精会神接天呎。
奏刀砉然[2]神鬼使，瞬息散成云霞绮。
丁邓[3]而降惊后起，秦欤汉欤叹观止。
印人传中罕似此。

【注释】

1. 朱积诚（1890—1980），字诚斋，号听竹居士，江苏青浦人，毕业于两江优级师范学校,担任教员多年,善书法篆刻。同时为"听竹居治印图"题咏的有高吹万,详见《题听竹居治印图,为朱积诚作》(高铦、高锌、谷文娟《高燮集》,中国人民大学出版社,1999年,第776页)。

2. 奏刀砉(huā)然:出自《庄子·养生主》,形容庖丁解牛技术的高超。

3. 丁邓:清代篆刻名家丁敬、邓石如。

389. 送别吴黻廷[1]灿 之北平

偃蹇[2]知君年未艾,耄荒似我雪盈颠。
从前负笈霞东市,今日论诗淞水边。
历数沧桑增感叹,闲谈身世更焦煎。
枯鱼一岁常相悯,忽报云骞为跃然。

得知新近风云会,稍慰平生师弟情。
莫谓一朝曾蠖屈,应思万里即鹏程。
谦光处世诸能合,和气迎人百可成。
守我片言莫傲慢,工商两界必蜚声。

【注释】

1. 吴黻廷:吴灿,字黻廷,江苏通州人,作者的学生,实业界人士。
2. 偃蹇:窘迫,困顿。

390. 题袁孟醇[1]雪野草堂读书图

荒野萧萧无尘迹,朔风吹作一片白。
此雪仿佛太古前,中有伊人抱万册。

古者为文溯子长,其气磅礴辞汪洋。
夭矫如龙行天界,得其崖略世莫当。
第一步趋为班固,唐宋诸儒多挹注。
津逮后学支流长,言古文者香一炷。
卧雪先生²用力专,龙门真脉开必先。
融会古今具心得,泛览各家绵其传。
不分桐城与阳湖,望溪³子居⁴冶一炉。
只以道义为准的,那问尘世事万殊。
莽莽乾坤罗胸次,历历圣贤更拜赐。
评者测其笔所云,永叔⁵震川⁶谓无异。
呜呼!当此人弃我取时,贸然犹诮古文辞。
且将作图以见意,不指为愚即言痴。
君不见同光时代崖岸屺,谁继湘贤⁷崇正轨。
濂亭⁸挚父⁹各千秋,吾乡尚有范伯子。

【注释】

1.袁孟醇:袁惠常(1899—1984),字孟纯(醇),号雪野,浙江奉化人,曾师从冯君木,著有《雪野堂文稿》。

2.卧雪先生:指袁安,因其卧雪不出,安贫清高,故称,见于《后汉书·袁安传》。

3.望溪:方苞,晚号望溪,清代桐城学派创始人。

4.子居:恽敬,字子居,清代阳湖文派创始人。

5.永叔:欧阳修,字永叔,北宋文学家。

6.震川:归有光,号震川,明代文学家,其散文风格类似欧阳修。

7.湘贤:指曾国藩,因其为湖南湘乡人,故称湘贤。

8.濂亭:张裕钊,号濂亭,晚清散文家、书法家,早年师从曾国藩,曾在多所书院讲学,范当世等人出其门下。

9.挚父:吴汝伦,字挚父,晚清文学家、教育家,曾师从曾国藩,桐城文派末期代表人物之一。

391. 次韵复聂约庵[1]

有千万语转无言，春梦痕消弗再论。
浊世曷尝千劫脱，晨星细数几人存。
只求短景身心泰，遑说空山道义尊。
我辈能逢是缘法，何时相对一炉温。

佩君倚马赋千言，樗散[2]空空敢共论。
百变纵称陵谷换，六经终久日星存。
蓬门甕牖儒生贱，洛社香山[3]老辈尊。
赠我新诗无限意，顿教寒室改春温。

【注释】

1. 聂约庵：聂其昌（1879—1954），字隽威，号约庵，祖籍湖南衡阳，居上海。聂其昌为曾国藩外孙，妻左元宜为左宗棠长孙女。光绪二十九年（1903）聂曾与作者一同应考癸卯经济特科。
2. 樗（chū）散：比喻不为世用。
3. 洛社香山：指诗坛。洛社，指欧阳修等人在洛阳组织的诗社；香山，位于洛阳龙门之东，白居易等九人曾在此结会。

392. 鼎三表弟来沪喜赋一诗[1]

兀立双双八五身，海滨携手此芳辰。
莫言来岁知谁健，但觉高天待我仁。
一世乃兄呼乃弟，几回相见益相亲。
蓬莱不识水清浅，指顾安然度九旬。

【注释】

1. 曹鼎三,1951年冬由南通来沪与作者会面并留有合影。

393. 口占两绝贻孙正刚[1] 铮

忽地正刚来入眼,几疑小阮[2] 递邮笺。吾侄振冈年四十九岁,任南通唐闸[3] 教员
发书真觉琳琅遍,窃喜门风未弃捐。

正振音谐字不同,刚冈诂异见高风。
词坛一席能分得,妙笔当为北地雄。

【注释】

1. 孙正刚:孙铮(1904—1955),原名翔,字振冈、正刚,作者二弟孙倬的独子,毕业于上海圣约翰大学,曾任南通学院教员。
2. 小阮:原指阮咸,因其与叔父阮籍同为竹林七贤之一,故称,后借指侄儿。
3. 唐闸:位于南通,当年南通学院设在唐闸。

394. 次和福湖大楼卷叟遣兴诗

是福为真福,名湖未见湖。
晨昏容我住,咫尺去天无。叟居四楼高层
志与云霄伍,闲来歌咏娱。
所遭虽浊世,仰啸有穹庐。

斗室吟哦积,珂坊仁义存。
芸编[1] 时可挹,桂烬不须温[2]。
江海栖耆宿,乾坤一德门。
他年经过者,群仰卷窝[3] 尊。

【注释】

1. 芸编：指书籍。
2. 桂烬不须温：引用李商隐《杏花》"炉藏桂烬温"。
3. 卷窝：高吹万晚号卷叟，且自称住所为卷窝。

395. 学契文四十载，近三四年中似觉挥洒自如，左宜右有，乃知之少，赏识无人。果叟¹热心老友向人说项，为点缀卒岁之资，感赋一律

举世谁青眼，名贤抱赤心。
仁风寒室暖，高谊白云深。
卞刖²无人识，韩亡³有客寻。
海天知己重，鲍叔古今钦。

【注释】

1. 果叟：戴克宽，号果园，故称。
2. 卞刖：指卞和献和氏璧的典故。
3. 韩亡有客寻：引用谢灵运《临川被收》"韩亡子房奋"的典故，以张良的事迹自勉。

396. 次卷叟答补叟¹福湖大楼诗韵

百福曾从天降无，湖非望福福盈湖。
一家安乐洵无异，满抱渊涵总不虚。

舍馆定时踪可寄，名贤住过地能呼。
只看今日留鸿雪，他日相寻一角隅。

浊世莫言无乐大，仙人却自好居楼。
山林梅鹤今差似，锦绣云天卧可游。叟窗南为绣云天游戏场
二老有如古梁孟[2]，一窝不识几春秋。
是湖是福谁分别，月自空明水自流。

【注释】
1. 补叟：即逋叟。董玉书，字逸沧，号逋叟。
2. 梁孟：指东汉梁鸿、孟光夫妇，守贫高义，相敬如宾。

397. 逋叟以徐石雪[1]画松竹庐寿苏图成诗两律，兼寿耐叟、卷叟，见示次韵奉和　壬辰[2]

松竹图成笔放光，今朝展拜寿苏堂[3]。
是忧是乐人千古，为日为星天一方。
高咏积多文字泪，遗编争得姓名香。
莫言磨蝎憎前命，请看人间共进觞。

朝暮毋忘只赋诗，闲来欣赏有枪旗[4]。
期间挥洒惟风竹，此外平生一酒卮。
濯锦[5]峨眉时在念，鬓丝禅榻[6]更相宜。
寿苏互寿多贤哲，我读歌词为颔颐。

【注释】

1. 徐石雪：徐宗浩（1880—1957），字养吾，号石雪，祖籍江苏武进，生于北京，画家。
2. 壬辰：1952 年。
3. 寿苏堂：举办寿苏会的固定场所，寿苏会是纪念苏东坡诞辰的一种文人雅集活动，已延续千年。
4. 枪旗：也称旗枪，上等绿茶，以其形状得名。
5. 濯锦：成都出产的锦，以华美著称。
6. 鬓丝禅榻：指老年人近似僧徒的清静生活。

398. 前成寿苏诗两首，意犹未尽，仍次逼叟韵赋两律

磊磊髯苏百世光，名贤南北恍同堂。
合诸耆旧成三老，谓耐叟、逼叟、卷叟　分百坡翁现十方。
尚友喜寻黄卷味，苏诗，千载论尚友，相逢黄卷中[1]　怀人遥忆紫芝香。
及时俯仰传高咏，我向遥天一举觞。

寿苏每岁各留诗，陈义皆为正正旗。
著易田何[2]今养疾，观图董相[3]足浮厄[4]。徐雪石成寿苏图
卷翁最近薪仍采，髦士[5]休言荃独宜。
一到衰龄无可悦，惟来新什为张颐。

【注释】

1. 出自苏轼《陶骥子骏佚老堂二首》"我歌归来引，千载信尚友。相逢黄卷中，何似一杯酒。"
2. 田何：字子庄，淄川人，西汉经学家，田氏易学创始人，这里比喻田耐叟。
3. 董相：字应其，河南嵩县人，明正德六年进士，为官清廉，这里比喻观看《寿苏图》的董逼叟。

4. 浮卮：指满饮一大杯酒。

5. 髦士：英俊之士。

399. 廖味容约午酌，宋静庵[1]以一律见示，次韵奉和，兼呈味翁、心翁、景翁

宾从堂堂一席留，樽开北海足浇愁。
纵怀歌咏瞻襟抱，放眼江湖一献酬。
酒胆诗肠都浩浩，春情白发两悠悠。
座中不乏贤豪彦，辛　心禅　顾尤当别属眸。

【注释】

1. 宋静庵：宋家钵，字静庵，江苏奉贤人，曾经加入南社，后为实业家，抗战胜利后曾参与发起成立浦东地方建设股份公司并担任董事，著有《井蛙录》四卷。

400. 寿钱士青八十[1]

记从癸未贤人聚，海上聚星社初启即有君　盛事于今已十秋。
老健如君湖上住，耄荒似我海滨留。
阻违虽说云山远，赏析常为文字投。
百鸟朝凤佳话永，长生日见绿阴稠。

诗成十别漫堤防，星相家言最渺茫。
有命在天辞凿凿，存心为善理彰彰。
闭门早已成高节，结友尤能具热肠。
诚意交乎无隔阂，愿凭淞水一飞觞。

【注释】

1. 钱士青：钱文选（1874—1957），字士青，号诵芬堂主人，安徽广德人，早年肄业于安徽求是书院，后入京师大学堂译学馆，曾任驻英国留学生监督和驻美国旧金山领事，抗战期间退居上海。编著有《诵芬堂文稿》《广德县志稿》《美国制盐新法》等多部著作。在《孙氏宗谱图咏（续编）》中有一首题为"士青老友大耋志庆"，内容与此大致相同，见本集"拾遗"。

401. 虞琴与余同八十六岁，虞生日在花朝前一日，余则在花朝后二日，其处境亦略同。诗以寿之，亦不悉其为寿人、抑自寿也

君生花朝前，我生花朝后。
同是八六年，寸眸[1]富万有。
君或画兰花，青绿无出右。
窈窕美人姿，赏者不绝口。
余则好龟甲，此真文字母。
学习四十年，肖形洵非偶。
书画足擅长，曷为用穷守。
思之复思之，余等苍髯叟。
生虽傍花朝，蓓蕾未擘剖[2]。
春寒方中人，严冷难禁受。
和暖花始开，迟之亦已久。
吾侪既遐龄，上苍相待厚。
内美重修能，不在运亨否　如字。
此事信千秋，将期永永寿。
须臾九十翁，天不使速朽。

将见吐锦葩，胜于腰金绶。
又值世承平，人人颂黄耇。
彩笔万花生，必可不胫走。
两翁虽不饮，亦必强加酒。
更愿语花神，吾曹左右手。
烂漫不嫌迟，东皇为枢纽。

【注释】

1. 寸眸：眼睛的代称。
2. 擘剖：裂开，指绽放。

402. 兑之花朝日生，今年五十晋九，诗以寿之

百花生日为今朝，有人与花同生日。
若花若人途各殊，花耶人耶二而一。
虽曰花朝不见花，人亦闇然退藏密[1]。
待得春和花展苞，人合届时腾芳实。
年年花朝人弄春，人亦垂老时光疾。
花则年年待发花，人老未见头地出。
坐对名花空歆歉，糇粮不继守蓬荜。
人与花比花应嗤，岂若芳时开秩秩。
余于此事辄三思，毫厘相差千里失。
其人邱索[2]皆纵观，所向性情复豪逸。
有时高咏发为文，三都两京[3]艳无匹。
上溯卿云下曹刘，著述森然富篇帙。
又若余闲常作画，取法已入倪黄[4]室。
兴有所触偶为之，布景清新意静谧。
文人雅事或成图，就中略致王摩诘。

果然诗画号专家，此心罔知有蚌鹬。
关于身世都淡忘，手把一杯春洋溢。
问年甲子将一周，胸有万花吐未毕。
斯人羲皇以上人，其诗却为麟鸾质。
画若随意适其天，酒为消愁醉使笔。
诗情画意无穷年，一似枝叶方萌苪。
花朝一年一度花，高人百世播芬苾。
以人比花似不如，以花比人无兹术。
人之视花何鲜明，人胜于花性真率。
同一花朝趣不同，有迟有速君子吉。
余谓不必较短长，免使天女笑肸肸[5]。
今日花朝但寿人，并借东风吹筚篥。

【注释】

1. 退藏密：成语"退藏于密"，意思是后退隐藏于秘密之处，不露形迹。
2. 邱索：指八索九邱，泛指上古典籍，出自《尚书序》。
3. 三都两京：指左思的《三都赋》和张衡的《两京赋》。
4. 倪黄：指倪瓒、黄公望。
5. 肸肸：象声词，笑声。

403. 张蜇公[1] 荣培　重游泮水次韵答和

逢辰恰喜是辰年，盛典重赓泮水篇。
佳什有同天上曲，闲身况是地行仙。
云踪落落磻溪叟[2]，风雅翩翩吴会贤[3]。
近览杏坛芜一片，愿从陶令赋无弦。

不问人间几变迁，最钦颜闵早无田。

及时犹得歌芹藻，垂老毋忘在简编。

一念宫墙付荒劫，何心诗酒设初筵。

如余酉岁曾经过，乙酉年余重游泮水　羁旅仍嗟归旐[4]翩。宋史乐志云，胡不留？归旐有翩。[5]余羁沪盖十六年矣

【注释】

1.张蛰公：张荣培（1872—？），字蛰公，号铁瘦，江苏长洲人，附贡生，晚年居上海，善诗词联语。

2.磻溪叟：指姜子牙。磻溪，水名，在今陕西省宝鸡市东南，相传姜子牙曾垂钓于此，遇周文王，故称。

3.吴会贤：这里指张荣培。吴会，平江府（苏州）俗称吴会，长洲县属之。

4.归旐：招魂幡。

5.出自《宋史·乐志》第九十《祀先蚕六首·之六》："神之来矣，灵风肃然。云胡不留？归旐有翩。"

404.强化诚[1]以小竞斋家食酬唱编相赠，用答一诗

两年返里知嫌晚，十老联吟不厌多。两年十老皆集中事实

佳酿丰盈同北海，新词璀璨满西河。西河为强君住处

一生结友惟耆旧，平日摅怀在啸歌。

酬唱碧山今已毕，又推诗事入江波。

【注释】

1.强化诚：强光治，字化诚，号小竞，江苏无锡人，善诗，抗战期间曾在《苏讯》杂志发表诗作多篇，辑有《小竞斋家食酬唱编》。作者去世后，强光治曾作七律四首悼念（《南通孙沧叟先生哀思录汇稿》第7页）。

405. 虞琴以亡室华夫人合影作行看子[1]，属题

早知色相本来空，锦瑟凄酸一梦同。
谁似寿翁痴更甚，春风相对画图中。

石烂海枯情不老，双双合影世间无。
悼亡余亦十年久，欲比先生愧不如。

【注释】

1.行看子：画卷的别称。

406. 严孟繁[1]约虞琴、公威[2]及不佞至聊斋茗饮

四人蹁跹行，三百廿五岁。虞老及不佞皆八十六岁，孟老八十岁，公威七十三岁
只为半日娱，非关终老计。
孟公健足先，有似少年锐。
不佞虽衰老，步趋尚能继。
姚张缓缓随，视人仍傲睨。
相将至亚培，聊斋暂小憩。
主人精食谱，一一亲点缀。
先馒后饼饦，中馅皆美制。
佳茗不嫌浓，两品无留滞。
沧翁食量窄，携饼归遗婿。
餐毕各分手，此事本微细。
但论年齿高，萍合成联系。

为时正好春,毋负春光丽。

一笑赋归来,莫是商山替。

【注释】

1. 严孟繁:严家炽(1873—1953),字孟繁,江苏吴县人,清末曾任九江府知府、广州府知府等,入民国任广东省财政厅长、江苏财政厅长等职,为冒鹤亭亲家。

2. 公威:张彦(1878—1967),字公威,号烟波钓叟,浙江吴兴人,画家,曾任青年会中学、惠中女学美术教师。

407. 题陆氏文献

江南陆氏真望族,如此文献世间无。
故家手泽久湮没,遑问砖碣与图书。
有之亦多慨零落,一二未克尽全模。
孰若觥觥吴国陆[1],文献中有吴国陆氏砖,当系三国时物　参裁可否内相[2]呼。
尤羡颠沛流离际,诏书恺恻泣武夫。
奏议允为百世式,忠贞迥与凡俗殊。
其次南宋有君实[3],二帝偏安在一隅。
犹忆正色立朝日,暗泪时时湿衣裾。
崖山不振军覆没,躬抱幼帝东海趋。
再次则有清大儒,名集奕奕号三鱼[4]。
人心物理意必尽,所学一意主程朱。稼书[5]联语,非居敬不能尽物理,唯近情乃可得人心[6]
旧家好事知所择,稼书联语,世上几百年旧家,无非积德;天下第一等好事,只是读书[7] 读书积德归一途。
此皆荦荦杰出者,有如俊鹘盘浮图。
理学名臣[8]世称罕,忠烈节义志不渝。

一身隐若安危系，此心直欲纲常扶。

其余二俊[9]暨务观[10]，唐代蔚然多瑾瑜。谓鲁望、柬之

文采风流举世少，先后炫耀若同符。

又若天游[11]包山子[12]，艺术直追辋川[13]初。

李郭马夏[14]不是过，画能独步迈琼琚。

文物如是真复绝，陆氏可以概东吴。

诸公蒐采虽广备，沧海不免有遗珠。

诒晋[15]士衡平复帖[16]，此墨迹本应入三希堂，其时在太后处未捡出，后赐成亲王，故名诒晋斋，再后在恭王处 珂罗印出似能摹。

放翁隶仿夏承体[17]，煌煌墨迹尤华腴。友人处有此册，可借出影印

余藏季宏幽淡画，持赠与君君或须。

青崖博洽见闻富，倘亦旁搜及此乎。

噫嘻！惠峰宣祠[18]云矗矗，宋公[19]古墓水溍溍。

再能措意求美善，此图此册将与湖山永永同丽都。

【注释】

1.吴国陆：指三国时吴国以陆逊、陆抗父子为代表的吴郡陆氏家族成员。

2.内相：指陆贽，受唐德宗重用，故称。

3.君实：陆秀夫，字君实，南宋左丞相，抗元名臣，崖山战败后，抱幼帝投海殉国。

4.三鱼：指《三鱼堂文集》，清代理学家陆陇其著，三鱼堂为其祖居。

5.稼书：陆陇其，字稼书。

6.见于无锡惠山陆宣公祠对联。

7.见于无锡惠山陆宣公祠对联。

8.理学名臣：指陆九渊，南宋心学代表人物。

9.二俊：指唐代诗人陆龟蒙（字鲁望）和书法家陆柬之。（作者自注）

10.务观：陆游，字务观，号放翁，南宋诗人。

11.天游：陆广，字季宏，号天游生，元代画家。

12.包山子：陆治，字叔平，号包山子，明代画家。

13.辋川：指王维的山水画《辋川图》。

14. 李郭马夏：指李公麟、郭熙、马远、夏圭，均为宋代画家。

15. 诒晋：诒晋斋，清成哲亲王永瑆的斋号。

16. 士衡平复帖：西晋陆机的书法作品。（作者自注）陆机，字士衡。

17. 夏承体：指东汉《夏承碑》，具有结字奇特，隶篆夹杂的特点。

18. 惠峰宣祠：指位于惠山脚下的陆宣公祠，陆贽，谥宣，该祠堂由陆宷最初兴建，为无锡陆氏宗祠。

19. 宷公：指陆宷，字元珍，陆游的叔父，无锡陆氏始祖。

408. 题刘啸篁慎余录

七二高龄三月三，漫言蔗境¹老回甘。
年年修禊逢生日，只把兰亭细细参。

携酒论文有古风，曹刘不是论英雄。刘携酒至曹俶补²家同饮
十霜一卷新诗在，留作他年印雪鸿。

【注释】

1. 蔗境：比喻人生晚境好转。出自《晋书·文苑传》："（顾）恺之每食甘蔗，恒自尾至本。人或怪之。云：'渐入佳境。'"

2. 曹俶补：曹典初（1876—？）字寅生，号俶甫、俶补，原籍湖南长沙，移居江苏宝应，光绪二十九年（1903）进士，曾任翰林院编修、山西学政。清末曾在淮安白马湖创办垦殖公司，开设农垦讲习所、农家识字学塾等。抗战期间流寓上海。

409. 贺唐蔚芝重宴琼林¹

墙上一枝夸杏艳，园中百卉占梅魁。
乡邦人士齐声祝，饼馓佳盘叠叠来。

天意继周观百世,仙班释褐[2]有三人。同时有张菊生[3]、黄谦斋[4]计三人
黍离宗社徒多慨,花发银台正好春。

匹夫隐若安危系,一意将为伦纪扶。
此际红绫新得句,名言胞与若同符。

人间福寿真稀有,三事能全一地仙。泮水鹿鸣琼林三事皆全
试看同留鸿雪影,他年故事说开天。

【注释】

1. 重宴琼林:清代考取进士满六十周年举办的庆贺仪式。
2. 释褐:指进士及第授官。
3. 张菊生:张元济(1867—1959),字筱斋,号菊生,浙江海盐人,光绪十八年(1892)进士,担任上海商务印书馆董事长多年,出版家。
4. 黄谦斋:黄炳元(1871—1956),字伯霞,号香孙、谦斋,江苏常熟人,光绪十八年(1892)进士,曾于光绪二十六年(1900)资助黄人、庞树松等创办苏州第一份报纸《独立报》。

410. 又五律四首

波浪沧溟涌,云霞阊阖开。
童颜知老返,婪尾[1]报春来。
华盖还相逼,杜甫诗,翰林逼华盖[2] 红绫又一回。
吾曹当共贺,福寿识天培。

盛事真稀见,云光独岿然。
巷深传杏卖,园辟占梅先。

琼苑今无继，人间一上仙。
两年逢九秩，举酒祝绵延。

道义文章叟，**巍巍独树家**。杜甫诗，独树老夫家[3]
艺林推巨手，典礼已三加。泮水、鹿鸣、琼林三事能全，故云三加
黄绢诗重赋，杜牧诗，黄绢歌诗出翰林[4] 银台路未赊。司空图[5]诗，今朝又见银台事，
早晚重征一翰林[6]
曲江虽寂寞，声誉满江涯。

一顾风尘世，平生孝弟心。
人禽[7]常懔懔，德义愈深深。
饼餤珍佳会，诗歌出翰林。
达尊良不愧，遐迩仰渊襟。

【注释】

1. 婪尾：指芍药花。
2. 出自杜甫《赠翰林张四学士》。
3. 出自杜甫《草堂即事》。
4. 出自杜牧《将赴池州道中作》。
5. 司空图：晚唐诗人，诗论家，著作有《二十四诗品》等。
6. 出自司空图《贺翰林侍郎二首·其一》。
7. 人禽：指孟子"三辨之学"当中的"人禽之辨"，意为善性是人区别于禽兽的根本属性。

411. 又七律一首

世间能与琼林宴，往古今来有几人。
王室黍离虽托兴，曲江花发独宜春。

此翁福寿诗书富，盛事东南饼餤新。
吾辈今朝同庆贺，红绫簇簇一儒珍。

412. 清明

清明一日半晴阴，朝旭升腾晚气沉。
澄霁原来无几日，怎禁闷损一春深。

美意延年语有因，憧憧何苦作愁人。
世间无上天然景，草长莺飞正好春。

413. 题影岫楼[1] 得金人古镜事

平陆乐平相延久，_{汶上本平陆，北齐改乐平} 改名汶阳金人有。
此镜八角画阑干，交枝宝花胜琼玖。
百镜轩中有此图，_{崇川冯晏海[2]、集轩[3]昆仲名百镜轩，见金石索[4]金石藉以传不朽。}
中间移转到城北，_{为积余[5]所有 迄今已在百年后。由晏海起迄今百年}
忽归崇川影岫楼，合浦珠还事非偶。
先是鹏鹓藏此镜，_{鹏即晏海，鹓即集轩} 几经摩挲悉心剖。
扫红亭中百丈光，_{扫红亭为鹏鹓亭名} 一旦零落成荒薮。
古物离合本无常，聚于所好天心厚。
金镜虽属豹一斑，楚弓楚得[6]真无负。
从此彪炳大树家[7]，后先辉映能永守。
明朝把示好古人，同赏合浮酒一斗。

【注释】

1. 影岫楼：南通冯氏冯善徵、冯雄父子的藏书楼，原址位于南通市中学堂街二号，今已不存。

2. 冯晏海：冯云鹏，字九扶，号晏海，江苏通州人，清乾隆四十九年（1784）入泮，增贡生。著有《金石索》《扫红亭诗集》《红雪词》等。（冯云鹓《道光丁未重修冯氏族谱续编》，稿本）

3. 集轩：冯云鹓，字葆芝，号集轩，冯云鹏二弟。嘉庆十六年（1811）进士，曾任东阿县知县，胶州知州。与冯云鹏合著《金石索》，纂修《济南府志》《济宁州金石志》《道光丁未重修冯氏族谱续编》等。（冯云鹓《道光丁未重修冯氏族谱续编》，稿本）

4. 金石索：清代金石学著作，由冯云鹏、冯云鹓兄弟合著。该书手稿20世纪80年代由冯氏后人冯淑媛女士捐献给南通图书馆。

5. 积余：徐乃昌（1869—1943），字积余，安徽南陵人，光绪十九年（1893）举人，曾任江南盐巡道、淮安府知府、总办江南高等学堂、督办三江师范学堂等，其藏书甚富，著有《积学斋藏书记》《镜景楼诗》等。

6. 楚弓楚得：成语，比喻自家人失去的东西仍由自家人得到。

7. 大树家：南通崇川冯氏族谱采用大树堂名号。

414. 书得汉八子九孙镜

记是辛卯孟冬月，有镜来前足可玩。
但见古色与古香，是何年代难测断。
及考金石各镜书，八子九孙有图案。
长宜子孙协标题，又况龙凤纹璀璨。
银体莹白可鉴人，翠绿斑斑更焕灿。
证以往古多同符，若非汉制真莫办。
溯余远祖皆单传，七世而下见枝干。
如余方有昆弟三，其三不幸早折散。
余得三子在中年，四十岁方得子　仲子中途铩羽翰。

余孙男女十九人，计男孙七，女孙十二　余侄得子亦占半。
从兹门族必蕃滋，此镜不啻授以券。
又若天心默贶[1]余，福寿多孙一老汉。

【注释】

1.贶：赐。

415. 访袁则先[1]畅谈，归赋一律

卧雪先生慨久违，一朝走访挹清徽。
耄荒似我成衰迈，老健如公越古稀。
同辈可怜多宿草，吾侪尚自乐余晖。
高斋得读新诗稿，尤爱清言玉屑霏。

【注释】

1.袁则先：袁承曾，字则先，江苏南通人，善诗。

416. 再次韵复瘦东

何堪回首说清游，君言有作遣臣有登鬼箓　花发青溪水尚流。
蓬荜毋嫌风日晚，江天满贮古今愁。
明珠投暗终须显，举火称奇不怕羞。茶村[1]以举火为奇，其处境可想
伫俟承平一弹指，高斋依旧盛赓酬。

【注释】

1.茶村：杜濬，字于皇，号茶村，明末清初诗人，家贫，故称以举火为奇。

417. 咏紫藤花次孙厪才[1]韵

藤花老干古人栽,默识天心妙化裁。
有气东来凝歇浦,无心西去访苏台[2]。苏台紫藤花多数百年物
苍烟郁郁春如海,紫玉深深德胜才。
玩赏终朝不忍去,薇垣揭处五云[3]开。

【注释】
1. 孙厪才:孙智敏(1882—1961),字厪才,浙江钱塘人,光绪二十九年(1903)进士,曾任浙江高等学堂监督,善书法,晚年居上海。
2. 苏台:借指苏州。
3. 五云:五色瑞云,吉祥的征兆。

418. 次则先韵和一首

自问平生只一长,殷虚文古契微茫。
潜心甲骨几忘老,奋笔江天莫笑狂。
好友视同真性命,夕阳爱重短时光。
淞滨同客耆英少,敬祝先生茀禄康。

419. 和俞瓶叟[1]玉书八十述怀韵

问谁修到虎头痴[2],痴绝能吟倚马[3]诗。
逸致闲情同白傅,长生久视比安期[4]。
风神静默清如鹤,珠玉分明布似棋。
老子尘心知早屏,茫茫吾道问何之。

时光屈数恰逢辰，绵邈思深迥出尘。
道义丛中真有味，湖山佳处最怡神。君言二十年住西湖
人生有几林泉趣，老去依然怀葛民。
犹忆钱塘栖泊日，三潭明月白于银。

流水溪边玩落红，芹香依旧认东风。
万千劫后余生在，六十年来一觉同。
每抚韶华感身世，了无得失问鸡虫。
泮游重赋余曾历，八载昏昏醉梦中。自乙酉重游泮水于今八载

咫尺乡关百事蠲，云山不啻路三千。上海距南通只一江之隔
素心宛似一轮月，铁骨今为百炼铅。
无日忘怀心性友，何人爱访孝廉船。
先生与我真同调，互祝山中绮季年[5]。

【注释】

1. 俞瓶叟：俞玉书（1873—1958），字康侯，号瓶叟，浙江吴兴人，光绪二十八年（1902）举人，著有《瓶簃诗文存》等。

2. 虎头痴：顾恺之，小字虎头，因有"痴绝"之称，故称。这里指不合流俗。

3. 倚马：比喻文思敏捷。

4. 安期：亦称安期生，秦汉时期道家仙人，时人称为千岁公。

5. 绮季年：指80岁以上年纪的老人。绮季，绮里季，汉初隐士，80余岁，"商山四皓"之一。

420. 罗鲁斋以题庚寅九老图诗见示，不佞亦在九老之内，谨次韵答和

自昔香山称九老，于今东海集群仙。
庭前树古花争发，在城南郁家摄影，郁有山茶历三百年 似祝诸公享大年。

座间不少文章伯，罗隐[1]江东今见之。
秩秩耆英如屈指，冒高均是国中师。鹤亭、卷叟

淮阴父老朱夫子[2]，谓德轩 言行都为我辈倾。
九十春光方过半，不堪回首是清明。德轩庚寅清明逝世

诗成历落多风致，古味无殊子建题。
老笔直行千仞上，群公名与五云齐。

【注释】

1. 罗隐：字昭谏，晚唐诗人、文学家。这里借指罗会庄（鲁斋）。
2. 朱夫子：指朱绍文（1878—1950），字德轩，江苏淮阴县人，早年毕业于两江法政学堂，入民国任江苏省第二届议会议员，后在上海任律师。抗战期间曾用"淮阴父老"笔名发表诗作多篇。

421. 赠辛如珍[1]女士　江西万载人，年二十三岁，心禅同年之女

世间孝道莫言圮，纲常实自天地始。
几希之界判人禽，西江乃有好女子。
值年未笄知爱亲，处时之变悲陡圮[2]。
老父栖泊在天涯，私恨未能进甘旨。

虽分杯水月无忘，历今已有二三祀。
自言万事皆可抛，惟有老父真难委。
孤月远程都不计，吾父安否庶一视。
亦既见之喜如何，人伦之乐真无比。
不问馆舍与有无，父慈女孝乃若此。
使我醉醒魂梦中，油然如见唐虞美。
乖戾之气既全消，干犯之风蔑由起。
一弱女子孝如斯，踏破芒鞋恐仅耳。

【注释】

1. 辛如珍：作者自注为辛际周（心禅）之女。
2. 陟屺：借指母亲。

422. 贺蔚老重宴琼林

琼院已烟雾，琼宴成穷暮。
皮不存兮毛焉附，日无光兮云空驻。
南极老人[1]星芒吐，联袂班行有鵷鹭[2]。计释褐者三人
红绫饼餤问谁措，黄绢诗歌仍可赋。
人间百事同朝露，惟有福寿天眷注。
琼林层级仙客驭，此六十年未易遇。
黍离宗社无告语，银台故事艳花絮。
又况孔孟能趋步，黾勉穷行一儒素。
著书万言若嘉澍，教育半生比韶頀。
忽忽已返夕阳渡，道义肩承老如故。
曲江幻景芳洲路，白发毯毯恩荣赴。
弇山先生经独茹，海内士林香一炷。

【注释】

1. 南极老人：即南极星，旧时以为此星主寿，故常用于祝寿时称颂主人。
2. 鹓鹭：比喻班行有序的朝官。

423. 钱立三[1] 将北上，临别索诗，次范九韵赋一律

翌晚将随北上车，今朝执别笑谈余。
高年默识天心眷，有福来依子舍居。
秋日为期归早决，善人是佑语非虚。
春明到处游观美，报我应烦尺一书。

【注释】

1. 钱立三：未详。

424. 许来青[1] 五十

通家老叟今犹健，后进新贤亦已翁。　许有图章称翁
我在花朝子寒食，　余二月十四生日，子清明后一日　人间最好是春风。

有孙乍见花枝秀，有母能扶寿杖嬉。
五十之年欣自得，知君珍护好春时。

【注释】

1. 许来青：许峰飞，字来青，江苏如皋人。诗中内容显示许、孙两家为世交。

425. 卷叟为张献廷[1]写诗两短条，献廷索余书，足两绝句付之

有时握笔写兰花，数幅娟娟颇足夸。
一念薄田逢瘠岁，老来难遣此生涯。

三凤齐名早出尘，_{君家有三凤齐飞额} 旧家遗制室生春。
最难残腊寒风里，有子勤勤返奉亲。

【注释】

1. 张献廷：(？—1961)，浙江南浔人，善诗，著作有《乘斋杂咏》《西窗集》《巧连环吟稿》等。

426. 金磷叟[1]先生 名士衍 世寿[2]百龄纪念 _{磷叟为镇海耆儒，成就一乡后进不少，子贤寀，字雪塍，能述父志，显扬其亲，今年六十九岁，诗坛中极有名}

哀莫哀兮声华歇，德义昭昭终不灭。
瓶叟 _{沈瓶叟续瓶粟斋诗话四篇} 援钱 _{阳湖钱名山[3]} 与同提，郑重东南两高节。_{瓶叟诗云，气节与争光，东南一双玉}
磷叟世寿满百龄，评者摘出表芳洁。
然此只就高咏言，生平行谊抗前哲。
言坊行表道义门，士子从游更怵悦。
一旦或逢患难交，肩承礼乐罔或缺。_{国变事起，独走庙堂取乐舞器被而藏之}
若修志乘择两门，户赋学校尤殷切。_{尝谓国而无民不可为国，民而无教不可为民，富之教之，孔子之志也}
能读楹书继清芬，名父名子真超绝。

文采翩翩艳云霞，贤孝肫肫[4]迈行列。

关乎严君百岁辰，犹复征诗表先烈。

儿心无日忘其亲，儿已盈头遍霜雪。

在水兼葭时可呼，在天星辰庶仿佛。

【注释】

1.金磷叟：金士衍（1852—1931），字允升，号磷叟，浙江镇海人，光绪五年（1879）举人，曾任景宁县训导，后辞官归里，杜门著书，讲学授徒。著作有《淡静庐诗集》。

2.世寿：俗寿，这里指冥寿。

3.钱名山：钱振锽（1875—1944），子梦鲸，号名山，江苏阳湖人，光绪二十九年（1903）进士，著有《名山集》《名山诗集》等。

4.肫肫：诚恳的样子。

427.次秦伯未[1]闲居书事韵赋两律

名印珍藏见恨迟，七年前陶遗先生[2]嘱君刻印惠我，旋又请治一印　及兹七度岁华移。

清流俦已成千古，谓陶老　我辈今犹觅四宜。皇甫松[3]有醉花宜昼，醉雪宜夜，醉楼宜暑，醉水宜秋[4]语

暮景愧余真老迈，晚交喜子订心期。

诗筒还往尤增兴，况是风和日暖时。

济世如君不厌迟，花光晷影几迁移。

箧中印谱方圆遍，眼底诗情左右宜。

艺苑清才知雅洁，医林高手溯风期。

日来展诵琳琅什，似共巴山夜雨时。

【注释】

1. 秦伯未：秦之济（1901—1970），字伯未，号谦斋，上海县人，早年就读于上海中医专门学校，参与创办上海中国医学院，编写《中医指导丛书》，出版《中医疗养专刊》以及多部医学著作，后任中华医学会副会长。秦善诗，好金石翰墨，曾与友人发起弦社。沈瘦东评价其为"五言律体力追王、孟，高者几入室。"（沈其光《瓶粟斋诗话四编》上卷）。秦伯未常到作者寓所提供中医调养，作者去世，秦作七古一篇怀念（《南通孙沧叟先生哀思录汇稿》第十页）。

2. 陶遗先生：陈陶遗（1881—1946），原名公瑶，字止斋，号道一，江苏金山人，光绪二十七年（1901）生员，留学日本早稻田大学，加入同盟会。辛亥后任南京临时政府参议院副议长、江苏省省长等职。1939年与叶景葵、张元济共同创办上海市私立合众图书馆。陈陶遗去世，作者发表挽联曰："尝为飞草，每自忘言，一代名流，而今已矣；不入旋涡，全凭毅力，千秋定论，其在斯乎。"（《苏讯》，第十七期，民国三十五年八月二十日）

3. 皇甫崧：即皇甫松，唐代诗人。

4. 出自皇甫松《醉乡日月·饮论》"凡醉有所宜：醉花宜昼，袭其光也；醉雪宜夜，乐其洁也……醉楼宜暑，资其清也；醉水宜秋，泛其爽也。"

428. 比邻林介庵[1]来访并示以诗，次韵答和

不识诗人比屋居，一朝相见两皤[2]如。
眼前都是高年客，门外毋需长者车。
集句缤纷谬矜诩，契文古厚博虚誉。
日来鬻字都清苦，歌咏楼头漫问渠。

【注释】

1. 林介庵：福建人，作者住在上海复兴中路颖村时的邻居。
2. 皤：白色。

429. 次戴敬庵八十述怀韵

平生常傍雨花台，供职议会、供职海军皆在白门[1] 此是人间未易材。
老去多闲吟兴足，心长无数善田栽[2]。
启期[3]尽可寻三乐，王粲[4]毋庸赋七哀。
一片热诚自旋转，衰迟肯使等寒灰。

楼头惯看旧星辰，逸致翩翩寄此身。
处境勿忧穷士困，与人惟见老儒真。
溺饥眼底时增痛，松菊毫端不厌频。
安得富春山下路，终朝手把一竿纶。

手栽桃李一庭芳，不似荆榛举足妨。
芳圃易为弦诵地，梓乡岂乏德星堂。
桑田沧海多迁变，知水仁山足徜徉。
待到寿辰须约我，高斋相对互飞觞。

与君想是百缘通，嘉会高踪几度同。余为宝山训导时，君为廪生，太仓送试常常见面，君在白门，余两届参与议会，及今栖泊上海，君亦优游此间，同入怀超社历有年所
可惜耆英等云散，怀超社于去年春解散 敢将老寿冒天功。
一窗晴霁光明里，廿载生涯梦寐中。居海上忽忽十六年，真同梦寐言廿载者，举成数而言
九十春光知必遇，淞滨两个白头翁。

【注释】

1. 供职议会、供职海军皆在白门：民国初年戴思恭曾与作者一起在南京担任省议会议员，戴同时又任海军部编译处编译委员。
2. 心长无数善田栽：这里指戴思恭早年举办过学校等多项慈善事业。

3.启期：荣启期，春秋时期隐士，自言得三乐：为人，为男子，行年九十。后世引为自得其乐。（见于《列子·天瑞》）

4.王粲：汉末文学家，建安七子之一，作《七哀诗》三首，描写战争造成的悲惨景象。

430. 叶澹公[1] 谢我契文联，次韵答和

殷虚文古手难临，玩味深长若铸金。
篆刻微茫曾废寝，江天浩淼孰知音。
相逢喜得忘年友，至老惟持真宰心。
我诵君诗尤爱慕，君诗珠玉重儒林。

【注释】

1.叶澹公：叶弼（1878—1962），字伯奋，号澹公，福建闽侯人，清末留学日本明治大学，曾任浙江乐清县知县、北京法政大学教授等，中华人民共和国成立后任上海文史馆馆员。晚年寓居上海。

431. 题狄平子[1] 画竹 其甥赵敦甫[2] 嘱题

以书法画竹，文苏阐厥旨。
绝响一千年，乃有狄平子。
平子精嗜古，搜藏美且侈。
浩荡满胸中，纵笔龙蛇起。
挥洒虽无多，散作云霞绮。
见竹不见人，古贤若继轨。
平子画最希，传世亦仅耳。
宝之宝之哉，和璞同珍视。

【注释】

1.狄平子：狄葆贤（1873—1940），字楚青，号平子，祖籍江苏溧阳，生长于江西，1904年在上海创办《时报》，后开设有正书局。善诗词书画，著作有《平等阁诗话》等。

2.赵敦甫：赵世暹（1898—1964），字敦甫，江西南丰人，版本目录学家，南宋龙舒郡斋刻本《金石录》的发现者。赵为冯雄好友，为狄平子外甥（作者自注）。

432. 伯未谢我契联以长古见示，感赋

保章¹所掌辨云物，以五云之物辨吉凶水旱　不若龟甲与兽骨。龟甲卜吉凶，兽骨记吉凶各事

殷虚出土五十年，虽有耆硕难穷诘。

罗　振玉　王　国维　首先阐释多，存疑待考犹纷出。王襄簠室殷契类纂即有此二类

余也服膺四十霜，初见瘦秀实苍郁。

织锦散成五色霞，生花不藉二王笔。余集契文成联语百余付

老来不倦犹孳孳，闭目低回一椽室。

何图今遇秦太虚²，辄谓玉霜与比质。

顿教声价满洛阳，竟使在野无遗逸。

转瞬已成即墨牛，毋再鄙视邯郸虱³。

【注释】

1.保章：指保章氏，《周礼》中为观天象、辨吉凶之官。

2.秦太虚：秦观，字少游、太虚。这里借指秦伯未。

3.转瞬已成即墨牛，毋再鄙视邯郸虱：引用温庭筠《过华清宫二十二韵》"不料邯郸虱，俄成即墨牛"句，指事件忽然反转。这里比喻自己的甲骨文书法对联由冷转热。

433. 谢伯未馈诗画扇

兰桂皆清品，风来挺异枝。
谁将摩诘画，载入楚臣词。
王者幽香贵，仙人丽质宜。
只看秋气薄，骨骼露灵奇。

434. 心禅以张公威 彦 画山水横幅嘱题

胸中叠叠佳山水，眼底纷纷幻海桑。
日涉芳园饮清气，谓心老日必游襄阳公园 但依曲沼洗愁肠。

何来妙笔烟波叟，赠与名图意兴清。
知我羁孤怜我老，林泉幽趣不胜情。

435. 辛卯初春海上文流雅聚

辛卯初春，海上文流常聚集茅家酒店，时有冒鹤亭叟与螺川周炼霞[1]女诗人并坐，一时有天半朱霞云中白鹤之俊谑。程叟瓠堪[2]于酒余画松一帧，因分韵得春字，并题一诗于上云："捻髭叟与盛鬋[3]人，寒衣居然有此宾。白鹤朱霞成妩媚，画禅酒敌各嶙峋。极暮齿，须行乐，莫道他乡不是春。吐出槎材余墨沈，苍颜松即见吾真。"辛心老于散帙中睹此余稿，而瓠叟物化已半稔矣，又得章孤桐[4]谈及此事，感叹欷歔，赋一绝句云："盛名三绝淡烟空，触眼遗篇感逝踪。白鹤朱霞无恙在，苍颜何处见长松。"爰次心老韵成两绝。

一朝云过说天空，久暂殊观悯去踪。
流水桃花犹可赋，松门无复故时松。

世情反覆理观空，谁是人间长短踪。
薄命红颜今尚在，岁寒莫问后凋松。

【注释】

1.周炼霞：周紫宜（1908—2000），号螺川，笔名炼霞，江西吉安人，诗人、画家，上海国画院画师，著有《螺川诗屋稿》。沈其光誉其诗为"清词秀句，不近烟火，信乎毛嫱、西子，不必见面而知其美也"（沈其光《瓶粟斋诗话三编》卷四）。

2.程叟巇堪：指程学恂（1873—1952），字伯臧，号巇堪，江西新建人，光绪二十三年（1897）举人，曾任湖北候补知府，入民国任长江税务局局长等，工诗文书画，晚年居上海。

3.盛鬋：女子茂盛的头发，这里借指周炼霞。

4.章孤桐：章士钊（1881—1973），字行严，号孤桐，湖南善化人，政治家。章士钊于聚会之后，略记见闻于诗，章诗附后（录自沈其光《瓶粟斋诗话四编》下卷）。

赠周炼霞女士

章士钊

江左佳人爱落霞，早惊楚赋出长沙。
红裳压座先揎袖，白社输心旋斗茶。
岸远马闻嘶绿草，帘虚人不卷黄花。
乌丝桦烛争今夕，奈我空随静女车。

436. 寿鹤亭八十[1]

叟是人间老德星，斗山模范地涵灵。叟寓海上模范村
园花垂绮三春丽，水绘高名万古馨。
搜逸成篇毛子晋[2]，叟印有小三吾集丛书 著书不倦陆桴亭[3]。
今朝大耋逢康健，祥梦知能应九龄。

沤堂诗集外家模，令外祖周昀叔[4]先生著有沤堂诗集 少小从游早目濡。
歌咏高风堪再续，乾坤清气喜同符。昀叔先生尝言：千古文人得乾坤清气为多
名贤论调情怀别，耆宿胸襟志趣舒。
海上优游今老矣，平生不负郑公庐。

文苑久为天下宝，茫茫尘海孰知名。
问奇今日逢扬子，传业当年有伏生。
匪但耆英同柱石，将于吾道作干城。
南方学者今谁是，端赖鸿儒一手擎。

三百年来一昀期，祖孙同日更新奇。令祖巢民先生同三月十五日生日
四方朋旧皆称祝，卅载交亲我献诗。
既倩僧繇作图画，余曾倩张公威为叟写照 又翻殷契走蛟螭。集契文联云，淮海名人，
文史百家，探求朝夕；年华大耋，祖孙同日，焜炫古今
他时再续同人集，江北江南俊誉驰。

【注释】

1. 这首诗写于1952年4月上旬。
2. 毛子晋：毛晋，字子晋，号汲古主人，明末清初藏书家、刻书家。
3. 陆桴亭：陆世仪，号桴亭，江苏太仓人，明末清初理学家、文学家。
4. 周昀叔：周星誉，字叔云、昀叔，为冒鹤亭外祖周星诒七兄，道光三十年进士，曾任江南道监察御史，两广盐运使。以词著称，著有《东鸥草堂词》。

437. 张竹怀[1] 六十九岁征诗，以五古一篇付之

我欲和君诗，三日无一句。
欲抉君大凡，为觅平生路。
松竹标清芬，虽老犹永慕。
此是君特长，孝心无迟暮。
余则兴来时，清言犹可赋。
咏叹追风雅，铿锵协韶頀。
偶然读君诗，往往识天趣。
新诗既咏成，伴我有清醑。
一杯意闲闲，百年情故故。
好句凌空来，疑若得天助。
伉俪年古稀，君今缺一度。
其意欲征题，琳琅见处处。
我愧耄荒人，积想抱沉痼。
即此聊寿君，岁岁长生护。

【注释】

1. 张竹怀：字祖荫（1883—？），江苏武进人，自言为清末进士翰林院编修袁珏生之表弟，曾经行医。（恽毓鼎《澄斋日记》）

438. 心禅五月二十九日晦[1]生日，有自寿诗两首，次韵奉祝

至人无丰啬，君子重安命。
吾侪皆暮年，宁非邀天幸。
宇宙本至宽，世路多机阱。
防患于未然，兢兢德日进。

我意既安闲，子心亦永定。
今辰夏至辰，珍重四时柄。
子作生日诗，藉以发深省。

一卷万事绝，所贵在无惊。
美意可延年，庶几乐余生。
清游天趣适，高咏午风轻。
恬然真自足，遑问身后名。
又况逢老友，集合皆德星。
知君初度日，杯箸已交横。
寿君今醉矣，当恕陶渊明。_{陶诗，君当恕醉人}[2]

【注释】

1. 晦：农历每月最后一日。
2. 出自陶渊明《饮酒》。

439. 记辛卯孟冬得顾二娘制砚事

琢砚名人古可数，蒋光煦东湖丛记有琢砚名手一则，谓金殿扬[1]系制松花石砚名手，顾二娘亦在记中，又谓闽中薛氏、董氏、林氏皆顾门下士 唯有吴门顾二娘。顾二娘为顾道人德麟子妇邹氏，道人即工制砚，以子不寿，因将此艺传与子妇

以一闺中弱女子，干将[2]寸寸柔化刚。
鞋尖踢去知端石，为筛为箩乐洋洋。
经营雕琢心不苟，一生只有数十方。
若问门巷在何许，所居相近专诸[3]旁。
最难署款篆六字，_{吴门顾二娘制} 精细工巧制芬芳。
余在石城得顾砚，当时观赏喜欲狂。

赋诗四章兼记事，携归实我旧缥缃[4]。
一自日寇凭陵过，片片劫尘视茫茫。
身外所有皆烟化，此身健在尚无伤。
辛卯孟冬居海上，有持顾砚来相商。
虽非旧物还合浦，若有天意隐隐匡。
回思顾砚两度得，中间经过四十霜。
古砚使我饱眼福，又若为余增寿康。
吁嗟呼！世间神物不常有，归于所好，庶几心焉藏。

【注释】

1. 金殿扬：清代制砚名家，以松花石砚闻名。
2. 干将：春秋时期吴国著名宝剑，这里指吴门顾二娘的刻刀。
3. 专诸：专诸巷，位于苏州阊门。
4. 缥缃：指书卷。

440. 以顾二娘砚付大展[1]外孙并媵以三绝句

髫年即凛外家模，敦厚从知天性殊。
我至耄荒犹好古，吾孙会得此心无。

老年摄卫漫参详，几度关心到健康。
何必沾沾谈祖砚，外孙亦是我孙行。

顾家琢砚久知名，此是闺中一手成。
付与吾孙今恪守，他年永永子孙耕。

【注释】

1. 大展：冯展（1927—1999），小名大展，冯雄长子，作者外孙，1944年7月在四川三台参加中国抗日远征军赴东南亚，抗战胜利后在南京军医署医防大队任事，中华人民共和国成立后在华东医疗防疫总队工作，后任南京中医学院教务处副处长。

441. 贺顾彬生夫妇金婚

桑海纷纷几变迁，人生福寿总由天。
星移物换三千劫，璧合珠联五十年。
盛事记从明德后，君东林[1]后人　良缘缔自隔生前。
一周甲子相逢易，花烛重谐两上仙。

【注释】

1. 东林：指顾宪成，因重兴东林书院，世称东林先生。

442. 谦斋[1]以赠葩叟诗见示，次韵奉和

不计深藏居处幽，于人早已了无求。
诗原窝里吾家物，身据江头更上楼。
晚境惟知金粟好，高风弗厌木桃投。
文词精美空前后，那屑人间第二流。

【注释】

1. 谦斋：黄炳元（见本书第409首注）。

443. 谦斋以咏西堂见示，次韵奉答

伫立西堂侧，花光映户庭。
向卿心尽赤，杜诗，向卿将命寸心赤[1] 阮籍眼常青[2]。
休问时通塞[3]，真同半醉醒。
可怜才八斗，遗世欲离形。

【注释】

1. 出自杜甫《惜别行，送向卿进奉端午御衣之上都》。
2. 阮籍眼常青：引用阮籍使用青白眼体现好恶的典故，指获得对方青睐。
3. 通塞：境遇逆顺。

444. 谢谦斋为我销契联，赋一律

庐中古篆殷虚贵，江上颓翁敝帚珍。
鲍叔诚为知我者，曹邱[1]方是热心人。
何期一夕飞龙舞，笑说多年屈蠖伸。
踏破芒鞋无觅处，仁肝义胆及时新。

【注释】

1. 曹邱：即曹丘生，西汉辩士，称颂季布，使其声名益盛，后代指引荐之人，出自《史记·季布栾布列传》。

445. 记辛卯孟冬得螺蚌式古砚[1]事

琢砚名人书或缺，无名愈足显璘彬。
试看螺蚌精无匹，奚必筛箩始见珍。顾二娘制砚筛箩居多[2]
多少功夫方织就，分明古雅见天真。
一朝得到心欢喜，自诩遐龄眼福新。

【注释】

1. 螺蚌式古砚：形状酷肖河蚌，剖开之面为砚池，背面为常人所忽略之蚌壳壳纹（蚌壳粗看很光洁，而细看则纹线密布），足见古人之审美及精湛工艺。

2. 筛箩为江南地区常见的一种圆形浅口筛器，用细竹篾编织而成，顾二娘砚即以端石雕刻出筛箩的形状（砚池），以及细密的竹篾花纹（背面），纤毫毕现。取材于日常事物，而雕工极致逼真，乃顾砚突出之特点。

446. 心禅旧有游园诗三绝，赵苄佛[1]和三首，心禅次答，见自在流行之趣。不佞亦勉成三诗，愧弗及也，寄心禅、苄佛两叟

好诗仅足涤清愁，眼底园林任溯游。
因事生情吟兴茂，我于东野合低头。韩愈诗，低头拜东野[2]

高贤日日涉芳廊，谓心老 欲散襟怀步晚塘。
但使微醺情已足，焉知人世有炎凉。

幽篁山水管明明，稼轩词，管竹管山管水[3] 游睡从心那问名。
吾辈老年宜自惜，细哦子建善哉行。曹子建，善哉行，为日苦短[4]

【注释】

1. 赵苇佛：赵祖望（1885—1969），字渭舫，号苇佛，江苏丹徒人，毕业于京师大学堂译学馆，民国早期曾任青田县知事。善诗，沈其光言其诗："意极静细。"（沈其光《瓶粟斋诗话四编》下卷）
2. 出自韩愈《醉留东野》。
3. 出自辛弃疾《西江月·以家事付儿曹示之》。
4. 曹植诗《当来日大难》中有"日苦短，乐有馀，乃置玉樽办东厨"，《乐府诗集·题解》曰："曹植拟《善哉行》为'日苦短'"。

447. 谦斋叠前韵寄示一律，次韵奉答

未参东海耆英聚，<small>朔望茗聚</small> 姑看西堂图轴珍。
夏鼎商彝无觅处，盲风怪雨正愁人。<small>七月廿日、廿一日台风过境</small>
休言天问书难读，希望河清愿未伸。
得一赏音心已足，种花栽树几番新。

448. 挽高野侯[1]

秋风桂子溯前朝，霜雪蒙头认友僚。
鹓鹭班行弱一个，而今海上已寥寥。

遗余图扇最芬芳，相识高踪已五霜。
心性交孚无隔阂，古今有几是梅王。

画梅已足号名家，老去心情阅岁华。
只看江天传画本，人间散作万梅花。

【注释】

1.高野侯：高时显（1878—1952），字欣木，号野侯、可庵，浙江杭县人，光绪二十九年（1903）举人，民国早年入中华书局，工诗文、书画、篆刻，是西泠印社早期成员。其擅画梅花，据郑逸梅回忆："其画梅极多，无一雷同，所题之诗，多集杜甫诗句。"（郑逸梅《艺林散叶》，中华书局，1982年，第66页）

449.競翁[1]邀约春风松月楼素斋，赋谢兼呈淞生[2]心禅

松月主宾联四座，_{每人一座，四人分四座} 班行鹓鹭合三人。_{淞生、心禅与余皆癸卯同年}

樽前多半百年客，_{六十以上两人，七十八十以上两人} 眼底同游万物春。

藉口儒酸增至味，_{淞生又号酸斋} 契心灰木未全沦。_{心禅又号灰木散人}

競翁雅意良堪掬，劝酒勤勤不厌频。

【注释】

1.競翁：强光治，号小競，故称競翁。

2.淞生：张同皋（1876—1967），字淞生，号酸斋，江苏吴县人，光绪二十九年（1903）举人，著有《珠泉精舍诗钞》《酸斋百和吟》。

450.秉农山同年有病中口占一诗，依韵奉和

人生回首怨蹉跎，冉冉流光奈老何。

有福偷闲来养病，苦心向学几降魔。

况同皎皎一轮月，又似汪汪千顷波。

君不虚生余仰止，晚晴好景任消磨。

451. 三楼傍晚坐卧一榻之上，见月冉冉东升，清光可爱，赋一律遣兴

六月十三夜，冰轮[1]对我来。
清光时掩映，老兴愈徘徊。
似昔孤踪寄，毋教片念灰。
澄怀如此夕，目见五云开。

【注释】

1. 冰轮：指月亮。

452. 果园、文无游锡，侣笙与诸吟老偕游两日，侣笙有诗甚可玩诵，果老属和，心禅已成一律，赋此录寄侣笙、果老、文无

六如居士[1]备名餐，践约毋忧促膝难。
老子何曾诗兴减，人间只有酒杯宽。
看他宾主添佳话，笑与湖山竞美观。
待至中秋贤士聚，琼楼玉宇不知寒。

【注释】

1. 六如居士：唐伯虎，号六如居士，这里借指唐侣笙。

453. 谢谦斋治印

胸襟眼界无余子,挥洒从心百象生。
秀骨珊珊异悠泛,乃知小品仿元明。

454. 题韬光授经图　中座者为姚子梁[1],傍座者为诸筱甫[2],授经授孝经也

天经地义不模糊,万劫沉沉非孝呼。
此是韬光留摄影,百年珍重授经图。

孝经非是姚家物,今觉姚家一手擎。
最是礼成题主日,诸生跪诵一声声。子梁丧事题主日,诸生三十余人皆跪诵孝经

【注释】

1. 姚子梁:姚文栋(1853—1929),字子梁,号东木,江苏嘉定人,同治六年(1867)入泮,肄业于上海龙门书院。光绪八年(1882)经王文韶举荐出任使日随员,驻日六年。曾任直隶候补道、山西大学堂督办、江苏师范学堂校长等。著有《日本志稿》《琉球地理志》《日本地理兵要》《东北边防论》《云南勘界筹边记》等。

2. 诸筱甫:江苏常州人,实业家,曾任常州万源纱厂经理,时而请作者写字、改诗。

455. 次和高卷叟

山中多病叟，海上一诗僧。

苦志时甘蘖[1]，素食稀少，夜无电灯　澄怀久抱冰[2]。

丹知成九转[3]，道已澈三乘[4]。

尚有书千卷，枯蟫[5]守一经。书虽散落，关于葩经[6]一部分尚存

【注释】

1.蘖：发芽的米，比喻生活清苦。

2.抱冰：比喻寒苦守志。

3.丹知成九转：以炼丹比喻持之以恒。

4.道已澈三乘：比喻自己已达到彻悟之境界。三乘，佛教语，指声闻、缘觉、菩萨等三种悟道途径。

5.枯蟫：已经干死的书虫，这里比喻作者自己。

6.葩经：指高吹万的著作，高又号葩叟。

456. 次卷叟韵赠心老

眼底无非劫，年前早已僧。君有诗云，卅年我是在家僧

识同金镜鉴，心是玉壶冰。

好览兴亡史，精通大小乘。

一杯虽在手，世事惯曾经。

457. 和淞生

知君本是不羁士，如我真成病老人。_{脚热浮肿}
千里主宾同小集，一楼风月自生春。
樽开难得耆英合，坐久泂望日影沦。
况有兢翁情渥至，新诗许我诵频频。

458. 谢侣笙惠诗并厚约

狼山西去即君山，峙立江干日照殷。
中有高人歌酒后，不忘明月在松间。
病多愧我疲癃甚，_{现患脚肿} 游罢忻翁吟啸还。
多谢先生东道意，惜余不获奉清颜。

459. 雪叟、心禅、味容、苇佛皆用谦斋韵赠卷叟，叟一一答和，各如其分，不佞亦赋得一首寄卷叟并示诸子

卷窝境地自清幽，静美高深任取求。
联得吟豪千里客，增多诗思一江楼。
路修不觉连镳[1]集，道合毋烦倾盖[2]投。
虽异德星同日聚，天涯满目尽儒流。

【注释】

1. 连镳：骑马同行。
2. 倾盖：途中相遇停车交谈，车盖倾斜到一起，形容一见如故。这里比喻虽然交往时间不长，却情谊深厚。

460. 读卷叟答味容诗有感，于中赋此

吾心不必辟灵幽，心自空灵莫别求。
胸次弗离江上月，眼前遑计蜃中楼。
早将世事排除尽，只剩知交气谊投。
娱我老年行我乐，能诗能字尽风流。

461. 和周蛰庵[1]生日口占诗

寿人歌寿曲，惜未共清游。
百里名贤聚，千秋佳什留。
只看诗酒乐，一散古今愁。
似我一江隔，飞觥为献酬。

【注释】

1. 周蛰庵：未详。

462. 七月十一黄昏时，余坐卧一榻之上，见半环孤月冉冉由东向西，清光可爱，率成一律

老僧清卧处，孤月半环明。
不语胜于语，无情似有情。
初升知皎洁，入夕更晶莹。
冉冉向西去，为时正一更。

463. 谢缪谷瑛[1]屏扇画菊，赠以四绝

一屏一扇最多情，姿态天然百媚生。
此是九秋真色相，老来彩笔愈纵横。

得花神气与规格，着意成图精且工。
多少工夫方织就，天孙云锦一般同。

画中花卉多名手，清代南田最足夸。
若使恽公生并世，亦应佩服此专家。

翰墨千秋人世重，云霞五色古今希。
吴中画稿传流遍，得者珍为明月玑[2]。

【注释】

1. 缪谷瑛：（1875—1954），字莘孙，号由里山人，江苏江阴人，画家，擅写菊。
2. 明月玑：即明月珠，因晶莹似月光，故名明月玑。玑，不圆的珠子。

464. 展案头乃有淞生诗两章，次韵答和

吾辈未离憔悴世，皇天犹厚耄荒人。
联来知友成三寿，留得高吟饷百春。
古简万行终不殁，斯人一脉那全沦。
层楼卧病今能视，展到诗筒窃喜频。

申江才获接清尘，一见知为古德人。
老辈共嗤儒化腐，先生独占气之春。

良朋至契多同命，吾道称尊岂遽沦。

可爱木公[1]常莅止，清言娓娓听来频。

【注释】

1. 木公：仙人名，这里借指张同皋（淞生）。

465. 第六孙家瀿[1]十龄，诗以畀之

第六孙十龄，余年八十六。

七月二十九，当日梦熊[2]卜。

今曾几何时，尔已长成速。

赋性既聪敏，绘事见根宿。

余所望于尔，儒家一脉续。

孝弟永不忘，诗书贵精熟。

油然存仁义，一心薄利禄。

向学无穷期，为人可自足。

望尔毋他言，尔其书绅[3]录。

【注释】

1. 家瀿：孙家瀿（1943—2015），孙道东长子，作者第六孙，毕业于上海机械学院，曾任四川省温江县委书记、成都市副市长、成都市政协副主席。晚年续编《孙氏宗谱图咏》，安排并资助《孙徵年谱》（赵万泉编）出版。
2. 梦熊：古人认为梦见熊罴预示着生男孩。
3. 书绅：指牢记。

466. 周若溪[1]一年游遍二十七省，征诗纪事

庄子逍遥游，举鹏以为式。
名曰抟扶摇，生有垂天翼。
此虽为寓言，去以六月息。
今子号漫游，一年毕乃事。
行遍廿七省，未尝隳壮志。
五岳各造巅，游兴尚堪试。
子年方大衍，可谓善游人。
勇气不少馁，怒飞或可伸。
心胸豁又豁，眼界新又新。
方之徐霞客，庶几得其真。

【注释】

1.周若溪：未详。

467. 中秋书感

八十六中秋，历过不为少。
再过几中秋，天亦不能晓。
但求病不生，怡然安吾老。
今日天气清，秋光亦愈皎。
秋气助高吟，良宵必姣好。
碧云天际流，吾亦澄吾抱。

468. 中秋书感，承卷叟、心老、还老、未老、果老、谦翁和作纷至，谨赋一律申谢[1]

君等皆高寿，佳辰偶一游。
放翁吟自适，元亮淡忘忧。
令节须臾逝，清光珍惜留。
明年秋气爽，得卜似今不。

【注释】

1. 这是作者的最后一首诗，写于中秋节后数日。从这年（1952）春天起，作者开始脚肿、乏力，仍然参加了几次诗友聚会。到了夏天，体力更衰，不能外出，但仍旧写诗，给老友们回信，与探望他的人交谈。中秋时节，高吹万（卷叟）、辛际周（心禅）、还老（徐还庵）、秦伯未（未老）、戴克宽（果老）、黄炳元（谦翁）等来函探问，作者已无力一一回复，故一并致谢。诗的最后两句"明年秋气爽，得卜似今不？"暗含告别之意。农历九月十二日作者去世，享年86岁。孙儆去世后，老友们纷纷悼念，写了百余首挽诗、挽联表达哀思，这里选录挽诗数首如下：（录自冯雄编《南通孙沧叟先生哀思录汇稿》，1952年）。

挽沧师（四首选二）

沈其光

万纸摹残敦契文，世情谁解悯饥贫。
砚池自饮无多润，更念池边吻渴人。师念余贫，时为介绍笔墨之事，或分其砚润，以致余不敢诉苦。捐馆舍前半月，尚为介绍赵苇佛，云其人厚道，可与通信也。

先生有道世无俦，不少哀麻送太邱。
至竟盖棺公论在，一双老泪亦千秋。鹤亭、吹万二老在万国殡仪馆哭祭

壬辰十二月十八日，拜悫文先生之灵于静安寺，成诗四章哭（四首选一）

高燮

弥留扶起倚床隅，万种情殷独契余。

写不成章称卷卷，是为最后一封书。叟已病危，犹强起勉坐，欲致信与我，乃写一卷字，至第二字心手不应，仍写一卷字，自知不能再写而止。

挽孙沧叟（二首选一）

谢鼎镕

一代灵光殿，岿然海上头。

沧桑经几度，仕隐足千秋。

年事过姚鼐，才名匹季迷。

如何传噩耗，使我泪双流。

挽孙沧叟（四首选一）

辛际周

沧叟老同年，下世行一来复矣，勉抑悲成长句四律挽之，不暇计词之工拙也。

飘泪频年为友生，寝门今欲哭无声。

考终似此真为福，后死难堪未免情。

促席宁忘倾茗话，登坛谁续主骚盟。

剩期重会违华国，无著天亲本弟兄。

挽孙沧叟

秦伯未

呜呼沧老不复见，合目须臾如对面。
六月携诗莅西堂，七月折书邀清宴。
中秋览月欢弥长，何期辉减神随变。
晨兴提管已强酬，夜静拜经犹讳倦。
但觉孤怀苦语多，客来握手倍依恋。
重阳过后无佳节，遽采黄花作芳奠。
高楼俯仰失名流，悲风四起愁一片。
愁深岂及情更深，双眼垂青延誉遍。
谓我长歌胜短章，命我刻石兼画扇。
贻我佳醖干鹿脯，松烟兔颖俱上选。
癖或殊癖心同心，自经感激难轻远。
案头一日三摩挲，此意千秋百金贱。
呜呼沧老不复见！

孙儆诗稿拾遗

1. 丁未[1]二月答陈绶生[2]仍用鹤亭原韵[3]

青萍十载藓斑寒,侧足羞应乱世官。
远隐清高为吏俗,论交容易证心难。
霞山乍见情缘足,巴水相思道路漫。
却喜今朝同把盏,细谙诗味到更阑。

【注释】

1. 丁未：1907年。
2. 陈绶生：未详，诗中内容显示或为通州金沙霞山社学之学友。
3. 录自冯善征《达庐诗录·附录》,韩庚抄本,民国五年。

2. 三月友人饯饮,即席赋此,仍用前韵[1]

酒绿灯红室不寒,况逢桃李侍春官。
交深潭水明心易,梦隔巫山聚首难。
从此相思应怅怅,似兹佳会恐漫漫。
名花作对情无限,为惜良辰到夜阑。

【注释】

1. 作于1907年。录自冯善征《达庐诗录·附录》,韩庚抄本,民国五年。

3. 暮春里中诸同学君子饯别赋此[1]

执别皆良友,归来在暮年。
从今杯酒隔,毋使音信延。

潭水深千尺，巴云各一天。
前途共珍重，德业愿绵绵。

【注释】

1. 作于1907年。录自冯善征《达庐诗录·附录》，韩庚抄本，民国五年。

4. 暮春杨静子饯别于通，答此用前韵[1]

佳会难再得，人生无百年。
值今久离别，翻怪尽迟延。
度曲沉沉夜，销魂黯黯天。
掉头忽西去，寸臆极缠绵。

【注释】

1. 作于1907年。录自冯善征《达庐诗录·附录》，韩庚抄本，民国五年。

5. 初夏由沪至汉乘轮，望沪有感，仍用前韵[1]

此是春江路，衫痕记旧年。
淞泓曾剪取，沪月几因延。
湖海有孤客，楼台隐暮天。
停骖在何日，东望意绵绵。

【注释】

1. 作于1907年。录自冯善征《达庐诗录·附录》，韩庚抄本，民国五年。

6. 四月中旬宿巫山，知与久公相晤不远，喜而作此[1]

执别一转瞬，睽违已四年。
西巴今忽晤，东阁早相延。
知己不多得，同官亦有天。
劳君殷盼久，敬谢意绵绵。

【注释】

1. 作于1907年。录自冯善征《达庐诗录·附录》，韩庚抄本，民国五年。

7. 四月入蜀，舟行遣兴[1]

男儿身可行万里，跌宕纵横殊自喜。
东观沧海气混茫，区区何有西巴水。
巴西巴东万峰接，中有一江尤瀰瀰。
行舟逆挽如登天，石溜湍急都披靡。
练影晶晶[2]白虹见，车声隆隆奔雷起。
溯湃有同军马趋，汹涌恰是蛟龙徙。
征人相顾皆骇愕，一纤众持不敢止。
满船祸福在须臾，人事变换亦如此。
吾舟既完固，吾帆又整理，
舵师矧复矢忠勤，此行何必忧倾圮。
三峡自古称奇绝，一苇稳渡疑天使。
方针坚定不动摇，蜀道艰难聊复尔。
吁嗟乎！
丞相故宅可追寻，子美草堂复潇洒。
二公均有爱国心，吾侪万一得摹拟。

【注释】

1.作于1907年。录自冯善征《达庐诗录·附录》,韩庚抄本,民国五年。

2.晶晶:美丽的样子。

8. 诣神户中国总商会[1]

海舶三日程,神山一朝即。
置身员峤[2]间,宛然在中国。
乡语益相亲,商战兹有力。
庙貌独崇闳,桑梓为生色。

【注释】

1.录自孙儆《东游笔记》稿本,民国三年十月,中科院文献情报中心藏。

2.员峤:古代神话里的海外仙山,这里指日本列岛。

9. 日人招饮红叶馆为红叶之舞,因以红叶舞命题得四截[1]

红叶舞,红叶舞,腰支窈窕扬芳杜。
不道主人情意浓,同种同文谊自古。

红叶舞,红叶舞,丽娟尽奏娱宾谱。
举杯敦劝表欢迎,中日而今称水乳。

红叶舞,红叶舞,红叶馆中音乐部。
诸君共到三神山,徐福何人乃鼻祖。

红叶舞，红叶舞，欢笑声中角旗鼓[2]。
国威不振可奈何，众宾虽乐余心苦。

【注释】
1.录自孙徵《东游笔记》稿本，民国三年十月，中科院文献情报中心藏。
2.角旗鼓：指展示力量。

10.咏日本风俗[1]

散步行市廛[2]，巾帼通书算。
议货谦以和，评价柔能断。
人各食其力，女界颜无汗。
教育有全功，允为东瀛冠。

市景何纷繁，职业毋废弃。
但闻木屐声，不见争斗事。
话言勿矜张，礼貌多勤挚。
风俗独醇酿，推原在自治。

百事祖教育，人人知其旨。
佣女明国情，舆夫持报纸。
图册皆模型，建筑有至理。
贫瘠何足讥，程度已如此。

日上未一竿，汽车已在路。
翩翩学子伦，只须半价付。

书策既随身，食箪³将留哺。
待看夕阳西，共赋归来句。

【注释】

1. 录自孙儆《东游笔记》稿本，民国三年十月，中科院文献情报中心藏。
2. 市廛：店铺集中的市区。
3. 食箪：竹编的饭篮。

11. 题费范九冯文介师¹遗牍²

达庐先生与余交几四十年，余悲其先我而逝也。观乎哲嗣翰甥推崇先德不遗余力，则又欣慰不置。此卷为达庐先生与鉴清先生³桥梓往还尺牍，鉴清先生子范九因翰甥搜寻先人手泽，乃以此十六通贻之。范九翰甥皆不忍忘其亲者，鉴清先生作古，范九曾浼余作诗表彰尊甫事实，今与翰甥萍聚申江，朝夕讲学，两世交情愈益亲密，披观此牍，今乃益信。余既羡两家之有名父，而谓其子之孝思，尤近今不可多得。翰甥持此牍来嘱余志数言，爰成五律一首，更为觊缕⁴记之如此。戊辰⁵秋九月孙儆谨识。

展卷观遗牍，凄然隔死生。
蜀燕留梦影，冯费见交情。
返璧将成孝，酬笺必竭诚。
两家名父子，愈使我心倾。

【注释】

1. 冯文介师：冯善征，乡谥文介。曾经为费范九修改过诗文，依旧例称师。
2. 录自《冯文介遗牍》稿本，中科院文献情报中心藏。
3. 鉴清先生：费启丰，字鉴清，监生，费范九之父，江苏通州人。

4. 觑缕：详述。

5. 戊辰：1928年。

12. 翰甥有诗加入剪淞社，又成一律贻各同人，次韵答和并望吟定[1]

避地曾为淞社吟，沧江一卧几寒林。
自伤萍梗三年久，谁嗣桃潭千尺深。
知劫书仓劳见惠，厌闻世事不关心。
寓斋枯寂难增兴，天外飞来鸾凤音。

【注释】

1. 录自《彊斋诗草》稿本，中科院文献情报中心藏。

13. 叠翰甥吟字韵并望吟定[1]

记曾古郑共联吟，几度寒威逼幕林。
纵说马援神矍铄，畴如卫玠识弘深。
从前汴洛能谋面，此后关山莫遂心。
西望锦波无限意，愿君时贶爨桐音。

【注释】

1. 录自《彊斋诗草》稿本，中科院文献情报中心藏。冯雄叠韵诗附后。

外舅赐和吟字韵诗四叠此韵奉答

冯雄

几年不得侍长吟,又是繁霜满晓林。
漫惜玉函随劫散,故应珊网入渊深。
抱残守缺千秋意,念远伤离万里心。
天外尺书随雁落,江声如接海潮音。

14. 播音台,咏海上新事物[1]

播音台播音,万方一音。
匪置邮而传命,如对面以谈心。
或言词络绎,或笙歌日夕。
只须台上发此声,万里户庭在咫尺。
从前号令赖文辞,军事控纵羽书驰。
今则登台述一遍,捷如影响各方知。
无线电,朝野见。
机缄开,城市便。
但恨箫管遍尘寰,人人皆参戏剧班。
改进播音余所望,升平歌舞时犹悭。

【注释】

1.作于1941年,录自雅昌艺术网载上海博古斋拍卖有限公司2018秋季艺术品拍卖会展出《剪淞社存稿》局部图片。

15. 说书场，咏海上新事物[1]

说书场，说书场，听者围坐萃一堂。
稗官野史作资料，胸中烂熟口生芒。
盘马弯弓故作势，惊魂荡魄几回肠。
淫辞小说曲描绘，神仙妖怪尤荒唐。
下级旁听居多数，手舞足蹈意洋洋。
此项感人最深切，先入为主若神方。
余谓说书亦可取，忠孝节义□倾吐，
荒谬浮滥能芟除，英雄儿女足鼓舞。
责在秉政教育家，果能精择如说部。
余则取缔废止之，世道人心庶小补。

【注释】

1. 作于1941年，录自雅昌艺术网载上海博古斋拍卖有限公司2018秋季艺术品拍卖会展出《剪淞社存稿》局部图片。

16. 救护车，咏海上新事物[1]

救护车，救护车，按警疾走若凭虚。
或因病急难和缓，或因伤重须诊断。
飞奔而去赖此车，行人避道不能管。
亦犹救火声玲然，通衢只有车当先。
此车电掣义则一，人命为重孰横前。
救护救护竭人事，车之性质合古义。
独怪海上名医家，危症迁延不速治。

【注释】

1. 作于1941年，录自雅昌艺术网载上海博古斋拍卖有限公司2018秋季艺术品拍卖会展出《剪淞社存稿》局部图片。

17. 帽帽船，咏海上新事物[1]

帽帽船，帽帽船，此事宜在升平年。
船与船并如列肆，帽帽相连百货备。
莫嗤水上作生涯，兰桡衔结同牟利。
如今海内遍烟尘，城市堕落不成春。
遑论行商到水面，繁盛河港恐无人。

【注释】

1. 作于1941年，录自雅昌艺术网载上海博古斋拍卖有限公司2018秋季艺术品拍卖会展出《剪淞社存稿》局部图片。

18. 读文无新诗，步韵并呈果园诸君子[1]

文无词兄应城南郁丈志甘之约，时天空忽作战场，席间诸老处之泰然，果园诸君则引吭高歌，若不知变。征事者因成诗八章以纪其事，儆以年老路远，未能参与。得读新诗为之粲然，率步原韵并呈果园诸君。

华屋纷纷变作灰，田耕无恙故崔巍。
有人持得凌云笔，好句推敲蜀锦裁。

忽然天际走轰雷，众客方临宴未开。
半是髯翁多镇定，任他铁鸟日旁来。

炎炎当顶正骄阳，暑伏时光异素商。
云里雷车堂上曲，向人一似诉强梁。

偕行来谒东家叟，寻乐无殊南面王。
此景此情不多得，荷风况送鬓丝凉。

对酒当歌孟德翁，烛几料事楚南公。
坐中不少乡贤达，卧雪尤多直谅风。

心澄何必问烟尘，叙次亲情属外姻。
欢聚一堂宾主洽，乃蒙想到未来人。

按谱筵间皆契友，置深度外且传杯。
今朝有酒今朝醉，此是人生第几回。

有约迟迟未果行，城南韦曲意空萦。
绿郫得诵新诗句，离乱能聆金石声。

【注释】

1.作于1944年立秋，录自陈名珂辑《陶社丛编丙集·赏荷酬唱集》，民国三十六年。

19. 和云山主人韵[1]

澄江曾纪一周前，尽遇新知愈喟然。
远溯南菁近南社，人生离合等云烟。

消寒高会抗梁园，情重时倾北海尊。
自问今朝是何世，居然严景易春暄。

老人自愧非孙楚，仁者由来即郑侨。
望里团圞诸后进，斋中悬主人行乐图，题曰望里团圞，盖以诸公子皆携眷远游四方也　他年必夺侍中貂。

【注释】

1.作于1944年冬至，录自陈名珂辑《陶社丛编丙集·消寒集》，民国三十六年。云山主人，未详。

20.陶社消寒会预作坡公生日，不佞适得吹万居士寿苏之作索和，复成一诗，录呈诸同人吟定[1]

公居海外未闻饿，以诗消遣当积货。
有笔有墨有咏歌，侍奉况得斜川佐。
我辈海上感飘蓬，情形未便陈尊左。
同人为公作生日，来者计有八九个。
只持瓣香一片心，不加陈设为公贺。
暨阳陈谢皆赋诗，仿佛有公在上座。
余得高诗方触成，公其鉴余之答和。

【注释】

1.作于1944年冬。录自陈名珂辑《陶社丛编丙集·消寒集》，民国三十六年。

21. 乙酉重游泮水，既叠陈文无谢冶庵消寒酬唱韵成咏怀诗八首，再成七古一章，乞同社和玉[1]

一簣获隽原非奇，难得高堂亲见之。
高堂望子得初步，一旦如愿心神怡。
犹记少年知勤奋，母针淅兮儿书诗。
吾父命题课文字，永永不忘灯昧时。
迨食廪饩捷乡榜，吁嗟双亲皆早离。
何意驹光六十载，泮池水涸宫墙危。
当时吾亲极喜慰，龙门希望无穷期。
百事无成儿已老，一经回顾儿心悲。

【注释】

1. 作于1945年春，陶社社友戴果园、陈以鸿（陈名珂之子）、金其源、吴邦珍、徐承谟、沙誌衔、孙再壬、倪光耀、缪僧保、何庸曾、陈传经等纷纷酬和，戴、陈、金、吴诗附后（录自陈名珂辑《陶社丛编丙集·难老集》，民国三十六年）。

赠孙沧叟师重游泮水（四首选一）

戴克宽

狼山雄据大江皋，闲气钟生当代豪。
丹桂昔曾攀月窟，碧芹今又荐溪毛。
殷墟龟甲文多古，陶社龙头年最高。
吾爱先生和易处，醰醰有味饮醇醪。

赠沧老社长（四首选一）

陈以鸿

文星熠熠照灵光，矮屋何嫌事渺茫。

独有声名驰海峤，早栽桃李满河阳。
三千里外莼鲈味，六十年前翰墨香。
转瞬杖朝风日好，一卮春酒祝无疆。

赠沧叟老师次七古韵

金其源

处世值衰乱，万事呈新奇。
故园风景殊，欲行将何之。
避居在沪渎，文章足自怡。
回思往昔事，犹省鹿鸣诗。
衿当初被身，冠尚未加时。
于今花甲周，世异伤流离。
烽火满天地，孰可救边危。
苟知重耆宿，救平讵乏期。
何事目时艰，抚膺心滋悲。

次韵赠沧叟吾师

吴邦珍

叔世举业无足奇，沧桑世事堪数之。
溯昔我师采芹日，朝野醉梦方嘻怡。
未逾旬年遘甲午，国蹙竟伤板荡诗。
师早经纶裕平昔，贤书登进酬匡时。
功成林下苶民治，神州又复嗟华离。
新仇旧恨并今日，端居蒿目空涕危。
及今献馘曾不远，泮宫有酒迎昌期。
愿师从此永思乐，洒尽年年家国悲。

22. 乙酉立秋后五日陶社诗钟之会

文无词兄于立秋后五日假城南郁氏田耕堂为诗钟[1]之会，并有戴、孙、王诸君度曲高歌，集者约二十人，文无命妻女作饼佐餐。是日敌寇投降之说虽已遐迩，宣传犹未见明文也，因之物价沸腾，瞬息万变，一席所费逾二十万不将使，何曾笑人。文无作五言长律一篇，都三十六韵，不佞自惭谫陋不能步和，而胜游不可不记，勉成七律二章。[2]

为赏残荷不断红，田耕再访兴无穷。
指迷导路烦安道，谓禹老　假地延宾是孟公。谓文无
凿险缒幽诗律外，引吭度曲笛声中。
正当歌舞升平日，所惜蒸腾到韭菘。是日韭及蔬菜每斤须三千元

吉报虽回五色霓，争如物价上天梯。
问今何法平柴米，柴每担逾百万，米则每担二百万　可喜连朝绝鼓鼙。
饷客佐厨为左女，留宾作饼有宠妻。面粉每包几四十万
一门风雅朋侪乐，消夏乔滨又雪泥。

【注释】

1. 诗钟：一种限时限格的韵文游戏，形式上有嵌字和分咏二格，清中叶滥觞于闽中，传播流行于各地。详见萨伯森、郑丽生《诗钟史话》，1964年。

2. 作于1945年秋陶社社集之后，其中戴为戴克宽，孙为孙再壬，王姓社友未详。录自陈名珂辑《陶社丛编丙集·赏荷酬唱集》，民国三十六年。

23. 锡山樵子整归编，歇浦群公展画筵。未到中秋蟾魄敛，预期上界月轮圆。转移造化知无力，假借时光喜有权。电炬争辉银烛隐，从今漫唤奈何天[1]

孙儆得气字[2]

好友如佳月，光亮极可贵。
皋羽锡山来，握手使心慰。
元龙真好客，钟韵诗情沸。
饷以七宝羹，冰淋沁肠胃。
佳节迫中秋，充满炎蒸气。
天意候反常，不雨何灌溉。
君不见中原，到处赤化宣。
流亡一隅无可讳，灼人灼人如是夫。
诚哉火热其可畏。

【注释】

1.这是作者参加陶社中秋社集活动后所作，诗题和正文意思相关，诗题是七律，用"天"字韵（平水韵 一先），正文是古风，"气"字韵（平水韵 五未），借天气言社友之情。锡山樵子指谢鼎镕。录自陈名珂辑《陶社丛编丙集·借中秋集》，民国三十六年。

2.孙儆得气字：参加社集活动的诗人须即景依次每人拈一个字，且以此字韵咏诗一首，作者拈得"气"字。据陈以鸿回忆，这次陶社聚会是在1946年中秋前十日，谢鼎镕从无锡来上海，举行借中秋集，由陈名珂设宴于伯乐饭店，席间除课以诗钟外，复以即景为题，取晚唐韩偓诗句"八尺龙须方锦褥，已凉天气未寒时"十四字为韵，由与会者拈取吟咏。（陈以鸿《陶社复兴详记》，《江阴文史资料第十四辑》，第94页）

24. 和沈瘦东四两斋宴集韵[1]

松间一鹤不知年，长吟仿佛祖生先。
雅词如聆天上曲，妙奏时播云外弦。
振振吾宗耽诗酒，_{指再壬[2]} 大珠小珠盘中圆。
安道引人足入胜，九峰三泖气回旋。
座中不乏便腹边，风流文采盈我前。
钟声悠扬出户外，奥思误认绳床禅。
奚必鸳鹭待行联，一一填满锦云笺。
玄晖乃系老名宿，_{指冶庵} 才艺画地又成川。
适园乔梓皆豪贤，_{指文无、以鸿} 名父名子有真传。
海天主持亦杰出，_{指铭新[3]} 橐笔不问狂与颠。
今日此会已难及，前无古人谁与宣。
休文伸纸标鸿雪，其旨温良心塞渊。
有目共赏各瞿然，是真妙手游于天。
再来屈指茱萸放，一轮明月其高悬。

【注释】

1. 作于 1947 年 7 月，录自陈名珂辑《陶社丛编丙集·聚星酬唱集》，民国三十六年。

2. 再壬：孙再壬（1902—？），江苏青浦人，1931 年毕业于上海法学院，曾任律师，1947 年担任青浦县参议会议长，陶社社友。

3. 铭新：朱铭新，陶社社友。

25. 次逋叟书幸韵[1]

突然吹散满江风，一片欢声万里同。
易帜八年真酷虎，回帆一夕可怜虫。
如今目击云霄表，何幸身离水火中。
乡里刺芒犹在背，未能归作北山翁。

【注释】

1. 录自《苏讯》月刊第六十七期，民国三十五年五月十日出版。写作时间在1945年9月日本宣布投降以后。董玉书《书幸》附后（录自《苏讯》月刊第六十七期，民国三十五年五月十日出版）。

书幸
董玉书

新秋一夕转回风，凯奏和平四海同。
余技已知穷鬼蜮，此身幸免化沙虫。
河山再造兵戈后，骨肉重完患难中。
历尽洪涛惊浪险，扁舟无恙老渔翁。

26. 题王摩诘[1]六奇图二绝[2]

不是陈平[3]六出奇，但凭腕底运精思。
平生领略出人表，应□无言画里诗。

非复寻常□□才，此中意境自天来。
毫端不少奇观露，省识胸襟万古开。

【注释】

1. 王摩诘：王维，字摩诘。

2. 录自《苏讯》第六十九期，民国三十五年七月十日出版。个别文字漫漶不可辨。

3. 陈平：西汉开国功臣，曾为刘邦六出奇谋。

27. 法审仲[1]为先德征诗，成五古一篇应教[2]

亲在以孝闻，亲殁孝无已。
永不忘其亲，斯为真孝子。
在时供传呼，敬谨奉甘旨。
既殁复何求，永慕心不止。
不观宣尼言，无改见真理。
无改非迹求，无改宜永矢。
乃有贤孝人，奉亲不忍死。
重游泮水年，赋诗难弹指。
手泽尚未湮，征和儿心侈。
德行俾阐扬，道义匪卑靡。
片纸获宠褒，灵兮在尺咫。
巴调默自惭，未足尽原委。
孝子一掬诚，洵无愧桥梓。

【注释】

1. 法审仲：法度（1890—1961），字审仲，江苏镇江人，肄业于两江师范学堂，曾任私立镇江女子职业学校校长，编有《养蚕浅说》一书。

2. 录自《苏讯》第七十期，民国三十五年八月二十日出版。

28. 越日又成一律，仍次原韵[1]

黑白高风凤所宗，匪同雾里识尧峰。
迄今望远惟云树，不似团居在沪淞。
笔阵排如不羁马，文心秀出大交龙。
何时再合延津剑[2]，相与偕吟天目松。

【注释】

1. 录自《苏讯》第七十四期，民国三十五年十二月二十五日出版。其前一首诗为《逋叟自北平寄一律与葩叟及余，次韵奉答》，"诗稿"有录（见本集第301首）。

2. 合延津剑：成语"延津剑合"，指龙泉、太阿两剑在延津会合，比喻因缘会合。

29. 题杨建亭[1]像传及谱系卷[2]

梓人[3]虽贱业，尟[4]与士夫抗。
仲尼曰小道，孟子谓大匠。
忠信又笃敬，早已杜世谤。
未学言必学，西河非臆创。
况为音乐家，又标技击望。
多艺更多材，吾侪服雅量。

【注释】

1. 杨建亭：未详。
2. 录自《苏讯》第七十四期，民国三十五年十二月二十五日出版。
3. 梓人：木匠，亦泛指工匠。
4. 尟（xiǎn）：同"鲜"。

30. 丙戌旧除夕[1]

无情岁月真如驶，老耄旋成八一翁。
衣食但知仍守素，室庐何暇再书红[2]。
十年感想风霜里，满目萧条城市中。
拈韵临池是生活，杞人忧虑却无穷。

【注释】

1. 录自《苏讯》月刊第七十五、七十六期合刊，民国三十六年二月二十五日出版。
2. 书红：元旦书红，一种民间习俗，文人过年时在红纸上面写春联吉字。

31. 生活四咏效范叟体[1]

临面三层最上楼，终年难睹日光浮。
米家书画层层积，毋怪旁人唤小舟。陋居

人力三轮喊价高，从容安步讵嫌劳。
电车好趁随班上，七尺昂昂气不挠。安步

斗室无多百事充，室中呼应了无僮。
身兼仆役寻常事，一个苍苍八十翁。身兼仆役

搜寻囊橐本无钱，薄产家乡几变迁。
世俗皆从愁里过，自安穷命任苍天。守穷

【注释】

1.录自《苏讯》月刊第七十五、六合刊,民国三十六年二月二十五日出版。高吹万原诗附后(录自《苏讯》月刊第七十四期,民国三十五年十二月二十五日出版)。

生活四咏

高燮

沉吟灶厕两间楼,俯仰闲舒未足忧。
明月不嫌破窗寂,夜深冷照似清秋。陋居

肢体无残福有余,本来安步可当车。
一般同样天生足,坐看人跑愧煞余。步行

业重斯民大乱真,国狂难冀上天仁。
区区不敢珍馐奉,多少街头乞食人。蔬菜

艰苦中年志不挠,老犹顽性未全消。
却憎头脑冬烘甚,故使朝朝冷水浇。冷水洗面

32. 读蒲翁[1]灵犀曲后[2]

我读灵犀曲,中心凡往复。
天生艳质不寻常,名花自古多命薄。
不观明代柳如是,蒙叟衰龄相追逐。
山旁何人美国商,一朝获睹真幸福。
先屈青衣[3]后正位,山旁用心更钦服。
妾本娇小郎情深,有此知音意亦足。

倏忽雏哺竟成行，家庭美满勤抚育。
重洋轰轰战事生，非罪牵入集中营。
白发红颜两离异，只恐天地太无情。
空闺独守睡已熟，衣忽着火魂梦惊。
陡然焦烂到头额，医治无效大命倾。
吁嗟乎！
娇姿终结乃若此，春梦一场海之涘。
郎今抱恨孤身返，愁心永永江波水。
吴兴仗义为葬之，芳魂有托聊安止。
蒲翁歌词窈而深，悱恻缠绵风人旨。
倜傥有似乐天词，详密不让杜陵史。
洵属千载幼妇辞，堪作一篇名女诔[4]。
灵犀灵犀果有知，灵犀灵犀永不死。

【注释】

1.蒲翁：指蒲华，字作英，浙江嘉兴人，晚清画家，著有诗稿《芙蓉庵燹馀草》一部。

2.录自《苏讯》月刊第七十七、七十八合刊，民国三十六年四月三十日出版。

3.青衣：婢女，这里指妾。

4.诔：叙述死者生平的悼文。

33. 登狼山[1]

山石青青人已老，江流浩浩世频迁。
萱花折后心酸痛，幼时年奉母展拜大圣一次，母卒之年展礼大圣，时签语有离母先兆，自是遂不复至山　不到峰巅四十年。

墓道欷歔白烈士[2]，碑题尊重骆宾王。
伤心无数苌弘血[3]，今古骚人共断肠。

一天远思支云塔，百结愁心望海楼。
入望江山悉春景，槎枒满腹忽成秋。

万念都捐山寺静，一声长啸海天空。
抽闲半日来游此，惭愧明朝赋转篷。翌日有苏杭之行

【注释】

1. 录自孙道东编《沧叟遗稿》稿本。
2. 白烈士：指白毓崑（1868—1912），字雅余、雅雨，号铣玉，江苏南通人，肄业于江阴南菁书院，后考入南洋公学师范院。曾任上海澄衷学堂教习、北洋政法学堂教习，1912年滦州起义失败殉难。
3. 苌弘血：成语"苌弘化碧"，比喻为正义事业流血，精神不灭。

34. 游留园[1]

留园景色春尤媚，儿辈追随兴倍浓。
入胜行径花步墅，赏奇来对岫云峰。
短篱僻处偏宜鹤，老树多年欲化龙。
尚有老倪真手笔，苏城有云林堆石处，至今尚存，闻意境甚佳 他时过访再支筇。

【注释】

1. 录自孙道东编《沧叟遗稿》稿本。

35. 西湖杂咏 [1]

西湖名胜志斑斑，湖上几人天地间。
不是英雄不儿女，如何占领好湖山。

潭贮清辉月碧流，月光潭影两悠悠。
是潭是月见心性，一片空明悟澈否。

湖光似镜静无波，照澈人间痴怨多。
月老遍寻寻不着，避嚣匿处白云窝。

冷泉为问几时冷，飞岭还从何处飞。
不克飞时权住好，到真冷处热中稀。

孤山片石三生证，处士清名万古垂。
今日寒梅易培补，当年老鹤盻归期。

六朝金粉声华歇，十里湖山墓陇香。
苏小钱塘天独厚，艳名艳史永留芳。

文澜书籍遭兵燹，印社名流喜杰兴。
分得湖山一片地，琳琅满目势崚嶒。

崔巍三竺挺层岚，法雨慈云香气涵。
多少娇娃祈福报，腰缠黄袋口喃喃。

武肃忠肃日星炳，白堤苏堤花柳新。
湖山有此方生色，人共湖山万古春。

断桥长堤两相望，只有郎心与妾肠。

妾肠能免断桥断，郎心愿似长堤长。

【注释】

1. 录自孙道东编《沧叟遗稿》稿本。

36. 松涛[1]族叔以松庐校谱图属题[2]

欧苏谱牒求精审，欧苏而降少真诠。

松庐折衷事修订，脉络远追昆仑巅。

余闻父言无刊谱，有志谱事三十年。

既苦族人不蕃衍，_{抄谱中绝嗣者多，不知何故} 上溯六世一丁传。_{曾祖行兄弟二人，后又无嗣}

丙寅春有惠老至，_{三十三世松庐先生、弟惠春先生携谱至金} 商量合谱同一编。

锡山又有统谱出，志岳博大议蝉联。_{三十三世志岳先生拟搜合江南北忠贞公后裔作一统谱}

城谱校对同九世，_{十世子尚、子厚两公分支，故同九世} 锡谱相校廿世全。_{二十一世相同}

溯源皆出忠贞后，辈行参错分昭然。

于义可合则合耳，松庐志愿尤精坚。

从事搜讨二十载，仁庵航海窃比肩。_{前有仁庵公为求谱事航海至粤，命几不保，作鲸吹图}

洪涛万里为求谱，生命久已等云烟。

松则文卷积一室，老僧入定如枯禅。

有时搁笔细凝想，珠璧何以使相连。

有时抄录手不辍，饮食忘未寝忘眠。

率以毅力成巨帙，有妫一脉此绵延。

书成忽得师郑简，_{师郑原名同康，后名雄，为忠贞公后裔三十五世孙} 云是云溪吾兄先。_{师郑著诗史阁文钞曾载始末}

师郑海内文章伯，下笔奔腾如涌泉。

回首南菁同学友，_{师郑为南菁书院旧同学} 不觉四十寒暑迁。

只知吟庐共风雨，焉识同根瓜瓞绵。

师郑介绍少元氏，泰斗尊严产自滇。

有祖精忠曰平越，光争日月耀山川。_{事实详诗史阁文钞}

少元渊源出草市，_{自言由草市迁云南} 平越以前则亡焉。

沪滨要约阙园聚，_{少元函约松、惠二老及余，先至沪后至苏城阙园，阙园为李印泉[3]奉其母阙太夫人，故以阙名园，阙母逝世，少元家属皆住是园} 余与松惠一宿还。

松意谓须续一谱，此中牵合殆有天。

然谂黔蜀枝叶茂，_{因少元又识继安，乃知黔蜀两省支派蕃衍} 果能集合象万千。

松庐蓄志何其厚，松庐成绩难弃捐。

图名校谱纪经过，比诸鲸吹孰安便。

鲸吹遇险命如缕，校谱成书喜欲颠。

虽然斯世为何世，烽火频惊走市廛。_{联军驻境时有枪炮声，居民惊走数次}

松庐伏案理家乘，一心坚忍忘迍邅[4]。

此谱应视球刀[5]重，不是寻常鸿雪缘。

余今披图重感叹，成功不易视此篇。

果为续谱老襄遂，虬龙千尺势腾骞。

【注释】

1. 松涛：孙汇沣，字松涛，江苏南通人，曾主持编纂《新安迁通孙氏宗谱》。

2. 录自孙道东编《沧叟遗稿》稿本。

3. 李印泉：李根源（1879—1965），字印泉，云南腾冲人，在苏州建有阙园奉养老母，以孝母闻名。

4. 迍邅：处境不利。
5. 球刀：指天球与赤刀，即宝玉和宝刀。

37. 登苏门山[1]

太行绵亘划天地，为晋藩翰[2]豫屏蔽。
苏门本是一支峰，我喜太行今日至。

【注释】

1. 在河南省新乡市百泉镇。录自孙道东编《沧叟遗稿》稿本。
2. 藩翰：藩篱，比喻界域。

38. 姜吴夫人[1]七十寿诗[2]

才逢姚母古稀年，鞠井连邨亦共仙。
生有自来知福厚，勤无出右处家贤。
相夫钟郝[3]垂芳久，教子欧苏用意虔。
北望乡园荆棘遍，海滨桃实味渊然。

孟光[4]贤室里人夸，彭泽先生[5]朴不华。
一度从新家共振，百年偕老愿非奢。
观来时局如苍狗，数到根源出碧霞。
兰桂庭阶尤茂盛，舞衣况复孝心加。

【注释】

1. 姜吴夫人：未详。
2. 录自孙道东编《沧叟遗稿》稿本。

3. 钟郝：典故，晋朝时有钟氏郝氏妯娌二人，关系亲密融洽，举止符合礼法。
4. 孟光：成语"举案齐眉"中的女主人。
5. 彭泽先生：指陶渊明，因其曾出任彭泽县令，故称彭泽先生。

39. 秋热寄吹万冷禅[1]

秋热余威厉，无殊酷暑天。
郁蒸成汗马，暴晒乱鸣蝉。
只缺江风荡，难因夜月眠。
我还询我友，何以冷名禅。

【注释】

1. 录自孙道东编《沧叟遗稿》稿本。

40. 丙戌十二月二十八日，为葩叟六十晋九之辰成小诗四首奉祝[1]

苏寿方过一旬日，华山词丈祝生辰。
坡翁文采惊天下，余谓葩翁是后身。_{叟住华山路}

游龙夭矫[2]马行空，高叟诗文月旦中。
今岁六旬称晋九，再逾三日古稀翁。

腰脚虽衰文笔健，珍馐不奉素餐宜。
从心所欲毋逾矩，窃愿钦遵阙里师[3]。

田里欲归归不得,襟怀仍复是闲闲。

一身藏着万人海,斗室长生好驻颜。

【注释】

1. 录自孙道东编《沧叟遗稿》稿本。
2. 夭矫:姿态屈展有气势。
3. 阙里师:借指孔子。阙里,孔子故里,在山东曲阜。

41. 题顾景炎¹圜铁盦图并序²

圜铁盦主人积有古泉,又尝搜寻海上文献,成有巨帙,先将上海乡贤文物过眼录目录印出,此二事为景炎一生心血所系,故兼及之。

莽时即有铁大泉,_{见臆园野人续泉说} 子阳³铁冶非开先。
乱世纷纷起铸铁,救济钱荒概囘然。
后之贤哲癖古钱,品铜搜铁实相连。
刘燕⁴鲍子年⁵连袂官巴蜀,_{一为方伯,一为夔州太守} 所收铁泉逾万千。_{见观古斋丛稿}
第一重在辨真伪,次则撰述宜速镌。
顾氏景炎同癖好,铁象至时心磨研。
浮湘历蜀不辞远,搜罗美备更空前。
所收则有汉昭烈,五铢直百古色坚。
六朝五代亦间见,书法名贵觉万全。
精选佳品拓成册,此钱此谱足万年。
以外铜币尤纷若,锦囊绮盒争芳妍。
顾子目力自矜诩,考据笔载列成篇。
所惜力微未付印,恐辜心血成空烟。
古泉山馆亦极盛,近则中溶无称焉。

余劝顾子重加意，筹划锓板毋缓延。
顾子特长不止此，海上文献曾手笺。
苦心采辑力采讨，有得一一入简编。
此关一县文化事，顾子独力能仔肩。
日积月累成巨帙，其心可以对乡贤。
地方掌故关重要，叠遭兵燹恐变迁。
汲汲目录先付梓，观此一册如浩渊。
其事其功匪浅细，邑不出资邑之忞。
闻说前明图册夥，清代亦仅此戋戋。
人事迁流易散佚，遗亡失坠漫问天。
不佞对此三太息，安得出力为挽牵。
嗟嗟顾子古意绵，古物古情生有缘。
陈列欲□[6]五星联，搜寻务使七札穿。
所志直欲沧海填，此心真若云日悬。
言学不绝中涓涓，论品有若净娟娟。
顾子顾子，不待殁世名其传。

【注释】

1.顾景炎（1895—1970）：字树炘，上海人，收藏家，其斋号圜铁盦。

2.录自孙道东编《沧叟遗稿》稿本。

3.子阳：公孙述，字子阳，新莽末年曾在蜀郡称帝，并废铜钱，铸铁钱。

4.刘燕：刘喜海，字燕庭，嘉庆年间曾任四川按察使（作者自注），喜好收藏古泉，著有《古泉苑》《古泉汇考》等。（稿本"刘燕"后疑脱一字）

5.鲍子年：鲍康，字子年，道光年间曾任夔州知府（作者自注），致力于古泉收藏和著述，著有《观古阁丛稿》（作者自注）《观古阁泉说》等。

6.抄本此处脱一字。

42. 寿鹤亭[1]

各有生日各勿移，祖孙同日事最奇。
三百年来只一炊，春光烂漫如故时。
其祖逾九望期颐，其孙亦将八十期。
乃祖七九尽须眉，孙亦七九抱象垂。
水绘清声四海驰，小三吾[2]亦罔不知。
犹忆癸卯客京师[3]，同征握手道义规。
笑谈今古倦忘疲，相视不啻胶漆施。
甲辰入燕转巫湄，仍投故林觅一枝[4]。
为我推荐负远思，朋交无殊骨肉私。
中间一别成阔离，三十年中各分歧。
突于淞滨一见之，昔在壮岁今霜髭。
抚时宛若隔皇牺[5]，论世何必定义熙[6]。
自乐其乐通天倪，不觉十五载于兹。
叟秉明德负英资，将逢大耋福履绥。
一堂预祝众心怡，三十宾朋共赋诗。
他时叟汇后先词，再续同人于义宜。
又况春日来迟迟，无数当前明媚姿。
斜川彩舞自逶迤，诸子远方同祝厘。
一饮何止百千卮，乐未央兮夜何其。
走也虽病何可遽无辞，行愿与叟同歌一曲芝。

【注释】

1. 录自孙道东编《沧叟遗稿》稿本。
2. 小三吾：指冒鹤亭著作《小三吾亭词话》。
3. 犹忆癸卯客京师：光绪癸卯（1903）年，作者与冒鹤亭同应经济特科考试，一同下榻于京师南通会馆。

4. 甲辰入燕转巫湄，仍投故林觅一枝：作者在甲辰（1904）年先到河北又转赴四川谋事，最后仍回到家乡。

5. 皇牺：伏羲。

6. 义熙：古代年号。东晋和北朝时的西域高昌国都使用过此年号。

43. 桂末辛[1]有七十述怀六章见示，复以七古一篇[2]

读书必从识字始，不则何以治经史。
字书其如字典繁，有注有考有源委。
中间讹误缺漏多，须待后人补订耳。
蕲春桂叟儒席珍，悉心点勘四十春。
校正增注条近万，手册积叠光纷纶。
小有损失历兵燹，天之所护终必伸。
或且以官浙为言，所在政声谓不朽。
其实春梦一场喧，如今返视已无有。
非谓叟不列循良，关于虚荣心则否。
叟所重者惟进德，淡泊不离书生色。
胸中闳闳与天游，笔底超超觅心得。
湖山好景未或忘，道义高风不能贼。
不问尘世多沧桑，但使心地泯荆棘。
信知美意可延年，窗外黄花况如织。
熙熙一室同春台，诸子四方各异材。
有妇齐眉共白首，有孙绕膝纷琼瑰。
窝中万卷粲然列，甘村老子时徘徊。
立身既已辛备历，处境但觉甘可回。
今朝众宾同庆祝，花好月圆寿筵开。

芳肴杂陈乐无极，不吝百杯与千杯。

窃以为，叟者大智慧、大著作、大年龄、大福分，为问几生几世修得来。

【注释】

1. 桂末辛：桂铸西（1882—?），字末辛，原名子芬，改名铸西，湖北蕲春人，清末以诸生优等毕业于京师大学堂，授中书科中书，资送美国留学。民国初任湖北夏口、浙江衢县、上虞、缙云等地知县。抗战期间侨居上海，与沪上诗友酬唱。著有《校正增注康熙字典》一书，校正、增注达一万八千余条。

2. 录自孙道东编《沧叟遗稿》稿本。

44. 题倪高风[1]日高风不止楼图　风日歌，仿古乐府[2]

日相高，望儿曹。
新作父母万般宝，原来父母等秋草。

风不止，哀亲逝。
风有时止亲不视，竟言风止非孝子。

风日歌，音声和。
题楼题图名作多，止孝止慈都包罗。

【注释】

1. 浙江镇海人，著有《倪高风开篇集》。
2. 录自孙道东编《沧叟遗稿》稿本。

45. 士青老友大耋志庆

记从癸未[1]贤人聚，盛事于今已十秋。海上聚星社初启即有君
老健如君湖上住，耄荒似我海滨留。
阻违虽说云山远，赏析常为文字投。
百鸟朝凤佳话永，长生日见绿阴稠。

诗成十别漫隄防，星相家言最渺茫。
有命在天辞凿凿，存心为善理彰彰。我复君十别诗即言不必信
曾修寸笺称要约，并言君至八十大庆时当来约我，君复云如约 忽越三年付淡忘。
诚意交孚无隔阂，愿凭淞水一飞觞。

【注释】

1. 癸未：1943 年。

46. 瞿文慎[1]先师六月十五日生日，时危停祀，卷叟次超览楼韵先成两诗，次韵寄兑之并示卷叟[2]

达人后起不须夸，岁岁心香祝德华。
桃李一丛成暮齿，壶觞毕集问谁家。
频年食菲衣还菲，连日风斜雨更斜。小暑大风雨至十数日不止，待到十五日方稍稍停霁
超览[3]先师今百二，为歌湘草与湘花。

废古空前有李斯，如今异代不同时。
老荒莫悉是何世，愁极方来一咏诗。

耆硕销沉入天界，神灵仿佛拥云旗。

经春卧病艰行履，愧未亲持酒一卮。

【注释】

1. 瞿文慎：瞿鸿禨，谥号文慎。

2. 这两首诗作于1952年7月，前面一首录自孙道东编《沧叟遗稿》稿本，后面一首稿本漏抄，故照孙家颣编《孙氏宗谱图咏（续编）》补入。

3. 超览：超览楼，瞿鸿禨藏书楼名，有《超览楼诗稿》。

47. 樱子[1]妇四十

樱子妇病困四年，卧床不能起者二年，自去秋乃霍然兴起，今已能问家事，且以艺术授徒矣。戊子八月九日为四十初度，老人喜不自胜，作两诗付与之，并示蜀儿[2]

笑谈那得有今日，不记沉沉病卧时。
一梦华胥[3]震天帝，忽披阊阖[4]展虹霓。
桂香旋撷福无量，菊寿同庚善有基。
此后家庭足圆满，阶前儿女况熙熙。

世间好景无如画，半属师资半性灵。
若蕙胸中皆锦绣，仲姬[5]笔底尽芳馨。
传家垂有千秋业，授教培成一代型。
过眼云烟合图绘，霞西村接北山青。

【注释】

1.樱子：杨蓬雪（1909—2001），原名樱汝，字蓬雪，以字行，江苏泰兴人，出生于日本，画家。早年师从程瑶笙，曾担任美术教员，后从事专业绘画，曾任上海市文史馆馆员、上海市静安区政协委员，为作者长子孙蜀生的夫人。

2.蜀儿：孙岷（1909—2002），字蜀生，作者长子，肄业于东吴大学，曾任职于重庆银行上海分行。毕生酷爱戏剧，8岁时学唱昆曲旦角，成年后改唱京剧老生，拜多位名师学戏，曾举办"新民剧社"（孙蜀生《观戏经历与学戏心得》，《艺术百家》，1998年第2期），对于易学亦有深刻研究与实践。20世纪90年代，在《通州文史》撰文回忆父亲，整理发表父亲遗稿多篇（《通州文史》第十二辑，1995年）。这首诗录自孙儆书法作品，由孙儆长孙、孙蜀生和杨蓬雪之子孙家彪（原冶金部长沙有色金属研究院院长）提供。

3.一梦华胥：成语，指一场梦幻。

4.阊阖：传说中的天门。

5.仲姬：管道升，字仲姬，元代女画家，这里比喻杨蓬雪。

48.翰甥葆女[1] 五十[2]

翰甥葆女五十之年均在二月初旬，又因疏散先后来颖村，喜慰殊甚，成二十六韵七古一篇寿甥及女，想二人读此诗当为之多进一觞也。己丑雨水节沧叟书，时年八十有三。

我今欲为寿甥辞，千言万语未由说。
记过云阳甥尚孩，丈人两字称谓熟。
奠雁[3]历历在眼前，伉俪同心谊缔结。
未几卜居择虬江，甥日编书掉笔舌。
两游河朔甥从公，赏古析疑论清切。
抗战避地滞松滨，甥三载中去来迭。

残腊忽成风鹤惊，甥则依我全家挈。
吾甥吾女吾外孙，老年洵足慰单孑。
矧甥夫妇皆五十，天赐宠光伴耄耋。
甥之一生卧书丛，三食神仙古无匹。
等身著作通中西，问世杀青非一一。
入蜀以后嗜书浓，聚于所好富芬苾。
异闻精册琳琅堆，箱箧南迁费周折。
在川又有访碑诗，椎拓摩崖皆亲历。
艺文金石及河渠，烂熟胸中未或缺。
大江南北战云漫，惧殃池鱼胆为裂。
无可奈何到散书，忧心如焚真凄绝。[4]
分赠楼馆百世垂，徐汇图书楼[5]并各馆 存心仍无负卷帙。
甥虽不能拥百城，腹笥便便自梳栉。
秦博士与汉经师，近代如甥当首屈。
吾女勤俭能持家，慈祥其心善温恤。
如甥两人若鸿光，子女贤孝尤秩秩。
吾甥吾女有福人，比我寿昌证他日。
方今春雨赋江南，杏花炫采资点缀。
人尚未老春光嫩，儿女举觞咸绕膝。
后此十载孙成行，相随舞彩腾欢悦。

【注释】

1. 葆女，孙葆芝（1900—1986），作者二女儿，冯雄之妻。

2. 这首诗作于1949年2月19日。录自孙儆书法作品，冯雄后人收藏。

3. 奠雁：古代婚礼中，男方献雁给女方作为初见礼，这里指婚礼。

4. 无可奈何到散书，忧心如焚真凄绝：冯雄于1948年底将南通冯氏影岫楼藏书以及其他大量藏书分赠给上海合众图书馆（顾廷龙《上海私立合众图书馆概况》，王世伟《历史文献论丛》，上海社会科学出版社，2004年，第85页）和上海徐家汇藏书楼等多家文化机构,处理完毕后,冯雄写了一首"散书诗"给两位友人表露心情,冯诗附后(录自冯雄手札)。

5.徐汇图书楼:指徐家汇藏书楼,建立于1847年,是上海最早的近代图书馆,1956年并入上海图书馆。

散书诗呈赵敦甫、吴慰祖两君

冯雄

聚书容易散书难,吾论虽奇要不刊。
卅载搜罗心悦喜,一时割舍泪汍澜。
忍教远适成长别,尚祝离居得暂安。
过眼云烟聊托喻,苦吟写与赵吴看。

49. 辛卯[1]六月十四日,成两绝书付大展外孙

何人顾念怜余老,日日江头作笔耕。
知我空囊来点缀,深情良足慰平生。

身劳薪薄寻常事,无数仁慈口不言。
姐弟两人[2]频见惠,衰翁领到胜玙璠。

【注释】

1.辛卯:1951年。
2.这里指外孙女冯起苏,外孙冯展。

50. 题范肯师团扇[1]

记余十四五岁时，有一日先生至余家，余时以骈文一篇献先生，先生谓笼诸袖中，不忍去。先生举汉扬雄示余，谓韩以荀扬并称[2]，扬为有大学问，能文章之人，不可忽视。余谨志之不能忘。及稍稍读书，乃知扬之为人，如作法言[3]，识奇字[4]，著太玄[5]，皆千秋绝艺。温公重太玄，亦加注语。自宋儒以莽大夫[6]称之，遂因之黜圣庙，岂不冤哉？扬如厕诸游夏[7]之班，良无愧怍。扬不过生非其时，如此仕莽二字评之，尚非确论。余非祖吾师言，亦天下之公义也。余又闻之，大抵守道能文之士，凡见诸笔墨者，无论作一诗文，甚至写一任何便楮，皆有不可一世之概，以故当时有识者得一零缣尺素，皆爱若拱璧珍存之，唯谨此无他，其实至者其名归也。余老矣，此事忽忽六七十年，一经回忆，如在目前。余窃恨百无成就，不能副我师之期望，甚用愧怍。适翰甥以购有范书团扇，来属余题识。所书三诗，一以示叔节，一以写梦中诗句，一以示姚夫人[8]。所作三诗皆沉着痛快，非率尔操觚[9]可比。窃不自揣，亦步韵作一诗。戊子立秋前一日，孙儆谨识，时年八十二。

天半朱霞横太空，雄奇气概不从同。
云清秋思皖山碧，诗境仙心蜀纸红。
多少胸心怀扬子，分明道轨鲁王宫。
今宵望古无穷感，和我唯拿四壁虫。

【注释】

1.作于1948年。范肯师，范当世，字肯堂，作者的老师。诗题为辑释者所加。范当世原诗附后（录自范当世手书团扇）。

2.韩以荀扬并称：韩，指韩愈。荀扬，指荀况、扬雄。

3.法言：指扬雄的著作《法言》，中国古代的一部重要哲学著作。

4.识奇字：指扬雄的语言学著作《輶轩使者绝代语释别国方言》，简称《方言》，其中收集和解释了许多生僻的"奇字"。

5. 太玄：指《太玄经》，也称《扬子太玄经》，简称《太玄》，扬雄著。

6. 莽大夫：因扬雄曾在王莽时期为官，故朱熹在《资治通鉴纲目》中称其为"莽大夫"，有贬低之意。

7. 游夏：指子游、子夏，均为孔子学生。

8. 姚夫人：指姚蕴素（1863—1944），字倚云，安徽桐城人，为桐城派宗师姚鼐侄曾孙女，范当世夫人，曾任南通女子师范学校第一任校长，著有《蕴素轩诗集》《沧海归来集》等。据孙道东《霞西琐话》回忆，其父每年进城探望范师母，虽老勿懈。

9. 率尔操觚：成语，比喻未经慎重考虑，轻率地写。

七月十六日晨与叔弟搴帘以入，喜可知也，叠梦中诗韵（三首选一）

范当世

梦回秋到爽来空，一笑搴帘子又同。
今夜月华还喜白，昨宵灯焰怪来红。
海枯石烂平生志，地大天荒五晦宫。
骨肉亲贤文字美，世间闲杀乃鸡虫。

51. 小春月[1]二十二日小展外孙[2]生辰，沧叟书此两诗付之[3]

同居三载岁频更，看尔欣欣日长成。
垂暮若忘霜雪积，孙行畅茂慰平生。

目见精勤求学问，窗前灯味[4]复深深。
他时腾上青云路，庶慰高堂一片心。

【注释】

1. 农历十月。

2. 小展：冯绵，小名小展，1932年出生，冯雄的次子，作者的外孙，原南京航务工程专科学校教师。

3. 这两首诗为作者书法手迹，写于1951年，由冯绵先生保存。

4. 灯味：出自陆游《秋夜读书每以二鼓尽为节》中"青灯有味似儿时"句。

52. 题曹公亭[1]

横刀立马表先贤，其地其人四百年。
苍昊不教强寇遏，中原几见恶氛延。
堂堂铁汉死犹壮，莽莽神州弱可怜。
安得男儿尽曹顶，驱车朝食海山巅。

【注释】

1. 录自费范九、徐人骥编《南通平潮市曹公亭诗》，民国十年本。当年同时题诗的还有梁启超、张謇、陈衍、庄蕴宽、张一麟、陈三立、唐文治、韩国均、沙元炳、冯善征等人，选录三首如下：

题南通曹公亭

梁启超

捍灾乡则祀，杀敌古之强。
允矣追双烈，宁惟福一方。
当年悲失淖，今日表康庄。
莫话辽东役，临风只涕悢。

题曹公亭

张謇

人亦孰无死,男子要自见。
曹生磊落人,无畏赴公战。
鲸牙白草纤,马革黄金贱。
荒原三百年,突兀一亭建。
田父何所知,亦说单家店。

曹公亭筑成为题句

陈三立

四百年间话战功,堂堂身手更谁同。
一亭留溅哀时泪,国命如丝系鬼雄。

53. 书刘孝女事略后[1]

四姑四姑虽女辈,孝思缕缕由天赉[2]。
母久不愈心欲碎,祷于神前以身代。
以身代兮母不瘥[3],四姑焦思愁更愁。
割臂和药亟亟投,血渍襟袖心愿酬。
母服女药病寻瘥[4],女体素羸今益惫。
母能长生志崇拜,自问不惜形凋瘵[5]。
母探女病问何创,母抚女臂更悲伤。
坚嘱勿泄意彷徨,孝女之孝久愈章。
孝女病剧合呻吟,呻吟唯恐伤母心。
宁使呻吟不出口,此心乃能慰父母。

有布愿为父母裯⁶，某物或为母衣裾。
此后两兄服侍勤，女在泉路亦欣欣。

【注释】

1. 录自《船山学刊》1936年第2期。
2. 天赉：天赐。
3. 不瘳（chōu）：疾病不愈。瘳，病愈。
4. 寻瘥（chài）：不久病愈。
5. 凋瘵（zhài）：衰败。
6. 裯（dāo）：短衣。

54. 题瓶粟斋诗话三续编¹

游戏众芳国，缝纫百衲衣。
织成皆锦绣，散去尽芳菲。
须识匠心苦，相惊巨眼稀。
先生阴德厚，一瘦百千肥。

【注释】

1. 录自沈其光《瓶粟斋诗话三编》序。

55. 和聂约庵¹ 隽威

有千万语转无言，春梦痕消可更论。
浊世何尝千劫脱，晨星细数几人存。
只求短景身心泰，漫说空山道义尊。
我辈能逢是缘法，何时相对一炉温。

【注释】

1. 录自沈其光《瓶粟斋诗话四编》上卷，聂约庵《赠南通孙沧叟》诗附后。

赠南通孙沧叟

聂其昌

朵殿曾同策万言，海东携手更重论。
艰贞有待明夷访，雅颂犹闻正始存。
鹤寿千年松柏健，龙文百斛鼎彝尊。
天留人瑞灵光在，好把遗山野史温。

56. 敬题蔡哲夫先生寒月吟录呈郢正，丁丑春二月[1]

忧患本吾独，闺闱喜有人。
冬心不凋落，慧业复清新。
明月同肝胆，梅花爱贱贫。
石城偕隐好，不作粤东民。

前有龚何卷，今推蔡与谈。
新诗千载合，寒月一江涵。
远念怀乡土，清修共钵昙。
双飞飞不得，道味暂同参。

【注释】

1. 作于1937年，录自雅昌艺术网载北京保利国际拍卖有限公司2015保利十周年秋季拍卖会书札拍品图片。

57. 敬祝宣武先生五十寿辰[1]

泡影只俄顷,圆月不常驻。
茫茫乱离中,乃使浮生度。
余逾古稀年,君为大衍数[2]。
衰老不足言,日中正展布。
君才本俊茂,矧有凌云赋。
红尘访诗编,□□慰心慕。
抱残守缺忱,瓣香留一炷。
处世诚相与,居乡公是务。
自伤长卿病,难挽朝云住。
境厄使心灰,第守吾儒素。
微意持增君,终必销迷雾。
残腊百扫除,更新而革故。
寿意罗万千,健翻云霄赴。

【注释】

1.作于1941年,录自雅昌艺术网载西泠印社拍卖有限公司2015年4月绍兴首届艺术品拍卖会书札拍品图片。

2.大衍数:大衍之数,指数字五十。出自《周易·系辞上》:"大衍之数五十,其用四十有九。"

58. 题张寒叟暨德配百卅岁齐眉图[1] 壬午秋

百三十岁齐留影,此是山河偕老身。
目下烟尘笼大地,愿君常作醉中人。

德随年迈寿无量，不识先生何日醒。
待到中兴□洗□，会当大醉不教停。

【注释】

1.张寒叟：张志鹤，他的幼子张在森是著名抗战烈士，牺牲于1942年9月25日，其家人直到抗战胜利后才得知消息，而张家庆祝张寒叟夫妇寿辰的活动是在张在森阵亡的这年秋天。录自雅昌艺术网载北京百衲2015秋季拍卖会展出图片。

59. 仲坰[1]兄贻我郘亭[2]印稿，又自制餐霞阁印存，谨成两绝录呈郢正[3]

双松贻我珍球贝，旧年为我画箑[4]，贻有双松　两谱成书判古今。
眊叟授衣谁省觉，高山流水有知音。

镌痕合附印人传，笔法翩然艺术家。
不是寻常脂粉辈，探源秦汉□餐霞。

【注释】

1.仲坰：吴仲坰（1897—1971），字载和，江苏扬州人，篆刻家。

2.郘亭：莫友芝（1811—1871），字子偲，号郘亭，贵州独山人，晚清金石学家。

3.作于40年代，录自雅昌艺术网载中国嘉德拍卖有限公司2014秋季拍卖会书札拍品展出图片。

4.箑：扇子。

60. 祝萍叟[1]六十大庆录希郢正,孙儆呈稿,年八十一[2]

今岁先生六十春,不期初度在淞滨。
怡情花圃能知性,托迹萍园不染尘。
风雅仍多名士态,乱离空苦老儒身。
吾侪同是流亡辈,太息难为怀葛民。

访戴曾因春日丽,廿年前曾泛舟访先生之兄亚青先生[3] 识荆乃在一江秋。在家乡□与□生然未谋,而今蒙过访,乃始倾谈
新诗联句多吾友,与献廷[4]唱和 狂焰熏天愤国仇。
不□人间何世□,可堪沧海尽横流。
衰翁今日留鸿雪,持向君前只颂讴。

【注释】

1. 萍叟:未详。

2. 作于1947年,录自雅昌艺术网载福建静轩拍卖有限公司2011春季艺术品拍卖会书札拍品图片,部分文字漫漶不可辨。

3. 亚青先生,未详。

4. 献廷:未详。

61. 题赠昆三先生[1]

竹怀祝寿诗有不许沧桑入酒杯句,戏作两截,昆三先生教正,己丑十月孙儆年八十三。

天上星辰光灼灼,溪边鹬蚌势巍巍。
北窗长作羲皇梦,不许沧桑入酒杯。

南国菁英文藻茂，东方桃实庆云开。

金人十二何巍焕，谓秦皇　不许沧桑入酒杯。

【注释】

1.录自雅昌艺术网载西泠拍卖有限公司2015春季拍卖会展品孙儆、钱崇威、陈慕伦三人合作书法扇面。昆三先生，未详。

62. 庚寅春仲题张竹怀像[1]

孙女菊娟[2]能写像，图君面目认来真。
画家马远[3]补三友，君是尘中有福人。

兴来披览一编书，啸咏从容意自如。
诸子都能勤奉事，朋侪问有使君无。

【注释】

1.这是作者为孙女菊娟作张竹怀先生像所题写的诗，同时题字的还有吴眉孙等人，原落款为"竹怀老兄玉照，庚寅春仲孙儆年八十四"。录自雅昌艺术网载无锡文苑艺术品拍卖有限公司2008迎春古玩书画拍卖会写照立轴图片，标题为后加。

2.菊娟：指孙鞠娟（1929—1996），作者长孙女，曾在上海市长宁区少年宫从事舞蹈教育工作，编著有《向日葵舞》《火车向着韶山跑》《可爱的熊猫》等多部儿童艺术教育书籍。

3.马远：南宋画家，这里借指马轶群（1891—1953），字秉雄，浙江绍兴人，画家，为此画补景。

63. 用契文集成五绝二首[1]

题楼诗，用契文集成五绝一首，此诠释风不止之义，或有以日高风不止楼五字为疑，谓日高取苏诗"日相高"之意即憭然矣。至风不止只系一时，何以风永不止，余集契文成第二诗，即申明风不止之意。高凤先生粲正，辛卯夏孙儆八十五。

有子长成易，此心望儿曹。
麟凤不多得，天日正高高。

父母永不忘，风亦有时止。
孝子百年心，教孝合如此。

【注释】

1. 作于1951年，录自雅昌艺术网载上海东方国际拍卖有限公司2013春季艺术品拍卖会所展示姚虞琴、孙儆合作书画成扇图片。

64. 言契文书法[1]

通百[2]吾兄法家教正。辛卯九月弟孙儆录近作，年八十五。

遗留龟甲字无多，篆刻苍苍元气和。
似若日星昭灿烂，毋须颜柳细研磨。
临池觉有龙蛇舞，击节无殊洛汭歌[3]。
虽缺华星夸一字，平生辛苦更谁过。

【注释】

1. 作于1951年，录自雅昌艺术网载北京诚轩拍卖有限公司2015春季艺术品拍卖会所展示黄宾虹、姚虞琴、孙儆合作书画成扇图片。

2. 通百：庄先识（1882—1965），字通百，江苏武进人，附贡生，曾留学日本，早年创办粹化女校，后执教于东吴大学，陶社社友，著有《惜日短室文薮》《知夜斋诗筒》《庄庄诗话》等。

3. 洛汭歌：即五子之歌，共五首，基本为四言，夏时国君太康的弟弟在洛水边唱的歌。见《文心雕龙·章句第三十四》："四言广于夏年，洛汭之歌是也。"

65. 高风先生属题壬辰岁兆图[1]

箕帚[2]夫人百事安，玲珑幼小荐春盘[3]。
今朝凤子能如此，他日将毋似吕端。君之子五岁名端

春正岁兆说逢辰，入目缤纷处处新。
若使椿萱能见及，悬知喜煞老年人。

【注释】

1. 作于1952年。录自雅昌艺术网载上海云顶拍卖有限公司2018金秋艺术品拍卖会甲骨文书法立轴图片。原落款为"高风先生属题壬辰岁兆图，八六叟孙儆集契文"，现标题为后加。

2. 箕帚：借指妻子。

3. 春盘：古代民俗立春日以春饼、芹菜、韭黄等蔬菜装盘为食，或馈赠亲友。

66. 用甲骨文集古诗得感事一首，逸材先生两正，庚辰夏孙儆时年七四[1]

忽值山河改，陶靖节[2]句　　毋乃儿女仁。魏文帝[3]句
君子死知己，陶靖节句　　盈盈不自珍。陈伯玉[4]句

【注释】

1. 这是一首集句诗，撷取了陶渊明、曹植、陈子昂三人的诗句组成新的内容，用甲骨文书写于扇面，作于1940年。逸材先生，未详。录自雅昌艺术网载北京国安五龙国际拍卖有限公司2010秋季艺术品拍卖会图片。

2. 陶靖节：陶渊明，谥号靖节先生，故称。"忽值山河改"一句出自陶渊明《拟古九首》，第三句"君子死知己"出自《咏荆轲》。

3. 魏文帝：曹丕。"毋乃儿女仁"一句出自曹植《赠白马王彪·并序》，作者自注有误。

4. 陈伯玉：陈子昂，字伯玉。"盈盈不自珍"一句出自陈子昂《感遇诗三十八首》。

67. 皆陶靖节诗，以甲骨文集古诗，得感事四首，录四之一，辛巳秋月，孝丞先生正之，孙儆时年七十有五[1]

如故山川时，日月依辰至。
聊复长相从，未知明日事。

【注释】

1. 集句诗，作于1941年。孝丞先生，未详。录自雅昌艺术网载香港苏富比拍卖有限公司2013秋季拍卖会书画成扇拍品图片，张大壮画设色牡丹，孙儆甲骨文

书法。此拍品图片只显示成扇绘画一面，另一面书法文字系由展出方录出。诗中第一句未查到出处，第二句出自《九日闲居·并序》，第三句出自《咏贫士七首·其六》，第四句出自《诸人共游周家墓柏下》。

68. 用甲骨文集陶诗得十首，今录其一，工拙不计也，壬午夏五月，申夫贤友正，孙儆时年七十五[1]

鼎鼎百年内，行止千万端。
在苦无酒饮，即日弃其官。

【注释】

1. 集句诗，作于1942年。申夫，未详。录自雅昌艺术网载中国嘉德国际拍卖有限公司2019年3月25日迎春拍卖会孙儆与祖谦合作书法扇面图片。诗中第一句出自《饮酒·其三》，第二句出自《饮酒·其六》，第三句未查到出处，第四句出自《咏贫士·其五》。

69. 皆陶句，用甲骨文集成，壬午暮春月，抱真先生雅正，孙儆时年七六[1]

行行停出门，未知止泊处。
日月有环周，功成者自去。

【注释】

1. 集句诗，作于1942年。抱真先生，未详。录自雅昌艺术网载北京瀚海拍卖有限公司2005仲夏拍卖会扇面图片。诗中第一句出自《拟古九首》，第二句出自《杂诗·其五》，第三句出自《杂诗·其三》，第四句出自《咏二疏》。

70. 皆太白句，癸未春孙儆集甲骨文[1]

止酒喜见月，弃之海上行。
春风不相识，天鸡已先鸣。

【注释】

1. 集句诗，作于1943年，录自雅昌艺术网载上海崇源艺术品拍卖有限公司2008夏季艺术品拍卖会展出书法镜心图片。诗中第一句未查到出处，第二句出自《经乱离后天恩流夜郎，忆旧游书怀，赠江夏韦太守良宰》，第三句出自《春思》，第四句出自《游泰山六首》。

71. 甲骨文集陶三首[1]

此三诗皆陶句，用甲骨文集成，自初集此诗时尚不觉若何，工拙所集，亦有数诗，及一并审视，乃觉此三诗置陶集中似亦不复辨出，鉴者以为何如？甲申春孙儆书。

鼎鼎百年内，行止万千端。
在苦无酒饮，即日弃其官。

事事在中都，风雨纵横至。
薪者向我言，酒中有深味。

年年见霜雪，及辰为兹游。
饮酒不得足，知有来岁不？

【注释】

1. 集句诗，作于1944年，录自雅昌艺术网载北京保利国际拍卖有限公司2010年12月1日秋季拍卖会书法中堂图片，标题后加。第一首中，第二句出自《饮酒·其六》。第二首，第一句出自《赠羊长史·并序》，第二句出自《怨诗楚调示庞主簿邓治中》，第三句出自《归田园居·其四》，第四句出自《饮酒·十四》。第三首，第一句出自《拟古·其六》，第二句出自《游斜川》，第三句出自《拟挽歌辞三首》，第四句出自《酬刘柴桑》。

72. 甲骨文集陶句成一绝[1]

皆陶诗，用甲骨文集成一绝尚可观，非同悠泛，唯鉴者审之，甲申仲冬砚樵先生[2]正，孙儆时年七十有八。

自我报兹独，而无车马喧。
朝朝为日浴，多谢诸少年。

【注释】

1. 集句诗，作于1944年。录自雅昌艺术网载浙江大地拍卖有限公司2014秋季艺术品拍卖会书法扇面图片，标题后加。诗中第一句出自《连雨独饮》，第二句出自《饮酒·其五》，第三句出自《读山海经十三首·其六》，第四句出自《拟古·其一》。
2. 砚樵先生：未详。

73. 贞卜文集陶句成一绝[1]

此陶靖节诗句，用贞卜文集成一绝，似尚可观，丁亥小暑节，公展先生[2]两正，孙儆时年八十有一。

不言春作苦，聊复得此生。
朝朝为日浴，且有后世名。

【注释】

1. 集句诗，作于1947年。录自雅昌艺术网载中国嘉德国际拍卖有限公司2016春季拍卖会与戈湘岚合作书画"秋林散牧图"成扇展出图片。诗中第一句出自《丙辰岁八月中于下潠田舍获》，第二句出自《饮酒·其七》，第四句出自《咏荆轲》。

2. 公展：谢公展。

74. 用贞卜文集陶句[1]

此陶靖节诗句，用贞卜文集成一绝，似与陶旨尚合，戊子端节，翼青先生[2]两正，孙儆年八十二。

平生不止酒，即日弃其官。
凤鸟虽不至，而此求自安。

【注释】

1. 集句诗，作于1948年，录自雅昌艺术网载苏州文物商店，中宝2009秋季艺术品拍卖会孙儆与华日曾合作书画成扇图片。诗中第一句出自《止酒》，第四句出自《庚戌岁九月中于西田获早稻》。

2. 翼青先生：未详。

75. 用贞卜文集杜甫诗句成一绝[1]

此杜子美诗句，用贞卜文集成一绝，似尚有意义，戊子初秋，君藩[2]世仁兄正，孙儆年八十二。

旅食京华春，文物多师古。
好鸟不归山，七星在北户。

【注释】

1. 集句诗，作于1948年初秋，录自雅昌艺术网载上海恒利拍卖有限公司2012春季拍卖会展品与黄宾虹合作"松亭忆旧"书画成扇图片。诗中第一句出自《奉赠韦左丞丈二十二韵》，第二句出自《行次昭陵》，第三句出自《奉陪郑驸马韦曲二首》，第四句出自《同诸公登慈恩寺塔》。

2. 君藩：未详。

76. 用商契文集杜工部句[1]

此杜工部诗句，用商契文集成一绝，似尚可味，己丑端节前一日竹怀老兄两正，沧叟又书。

松门似画图，采花香簇簇。
终南在日边，新人已如玉。

【注释】

1. 集句诗，作于1949年，录自雅昌艺术网载北京文博苑国际拍卖有限公司2014春季拍卖会展品书法成扇图片。诗中第一句出自《返照》，第二句出自《九日五首·其三》，第三句出自《览镜呈柏中丞》，第四句出自《佳人》。

77. 用甲骨文集陶句得二绝[1]

惟酒与长年，朝为王母使。
仁者用其心，奚止千万祀。

朝与仁义生，千秋万岁后。
食之寿命长，不死复不老。

【注释】

1.集句诗，录自孙道东临摹《孙儆甲骨文集句诗》稿本。第一首，一、二两句出自《读山海经十三首·其五》，第三句出自《饮酒·十八》，第四句出自《止酒》。第二首，第一句出自《咏贫士·其四》，第二句出自《拟挽歌辞三首》，第三句出自《读山海经十三首·其四》，第四句出自《读山海经十三首·其八》。

78. 用甲骨文集陶句得二绝[1]

一朝出门去，千载乃相关。
行行循归路，夷叔在西山。

凤鸟虽不至，无为忽去兹。
汲汲鲁仲叟，我今始知之。

【注释】

1.集句诗，录自孙道东临摹《孙儆甲骨文集句诗》稿本。第一首，第一句出自《拟挽歌辞三首》，第二句出自《庚戌岁九月中于西田获早稻》，第三句出自《庚子岁五月中从都还阻风于规林·其一》，第四句出自《饮酒·其二》。第二首，第一、三句出自《饮酒·二十》，第二句出自《移居二首》，第四句出自《庚子岁五月中从都还阻风于规林·其二》。

79.用甲骨文集陶句成一绝[1]

此皆陶诗句，用甲骨文集成一绝，似尚合陶旨。丙戌小暑节立忱妹夫倩正，孙儆时年八十。

自从分别来，饮酒不得足。
无妨时已和，朝朝为日浴。

【注释】

1.集句诗，作于1946年，录自孙道东临摹《孙儆甲骨文集句诗》稿本。诗中第一句出自《拟古·其三》，第二句出自《拟挽歌辞三首》，第三句出自《蜡日》。

参考文献

林云程、沈明臣等《通州志》，万历六年（1578）。

王扬德《狼五山志》，万历四十四年（1616）刊印，民国二十四年（1935）影印。

冯云鹓《道光丁未重修冯氏族谱续编》，道光二十七年（1847），稿本。

梁悦馨、莫祥芝、季念怡、沈锽《通州直隶州志》，光绪二年（1876）。

江阴南菁书院《南菁讲舍文集》，光绪十五年（1889）。

《孙汝霖乡试硃卷》，光绪十七年（1891）。

江阴南菁书院《南菁文钞三集》，光绪二十七年（1901）。

《孙儆乡试硃卷》，光绪二十九年（1903）。

孙儆《东游笔记》，民国三年（1914），稿本，中国科学院文献情报中心藏。

费范九编《淡远楼石墨初辑》，民国三年（1914），中科院文献情报中心藏。

江易园主编《南通地方自治十九年之成绩》，南通翰墨林书局出版，民国四年（1915）；张謇研究中心、南通博物苑2003年重印。

冯善征《达庐诗录》，韩庚抄本，民国五年（1916）。

冯善征《达庐诗录》，民国十六年（1927）。

孙汇沣、孙汇和主纂《孙氏宗谱》，民国十六年（1927）。

孙汇沣、孙汇和主修《孙氏宗谱图咏》，南通义生印刷所代印，民国十八年（1929）。

赵世修著，张家镇辑《韵丞诗存》，苏州怀旧庐出版，上海商务印书馆印刷，民国十八年（1929）。

张孝若《南通张季直先生传记》，民国十八年（1929）。

陈衍《石遗室诗话》，商务印书馆，民国十八年（1929）初版，民国六十五年（1976）台二版。

方旭《鹤斋诗存》，美侣印书局，民国二十一年（1932）。

费师洪《淡远楼诗》，民国二十三年（1934）。

高燮《吹万楼文集》，民国三十年（1941）。

《苏讯》（月刊），民国三十五年（1946）、三十六年（1947）合订本。

沈其光《瓶粟斋诗话》，云间印刷所，民国三十六年（1947）。

陈名珂辑《陶社丛编丙集》，民国三十六年（1947）。

费师洪《南通书画大观》，民国三十七年（1948）。

董玉书《芜城怀旧录》，建国书店，民国三十七年（1948）。

孙儆《诗稿》，孙道东抄本，1953年，中国科学院文献情报中心藏。

冯雄编《南通孙沧叟先生哀思录汇稿》，油印本，1953年。

萨伯森、郑丽生《诗钟史话》，油印线装本，1964年。

孙儆著，孙道东编《沧叟遗稿》，稿本，1980年。

孙道东《霞西琐话》，稿本，1980年。

郑逸梅《艺林散叶》，中华书局，1982年。

王树槐《中国现代化区域研究·江苏省1860—1916》，台湾"中央研究院"近代史研究所，1984年。

谢学裘《陶社始末》，《江阴文史资料》第六辑，1985年。

王謇《续补藏书纪事诗》，书目文献出版社，1987年。

季子《孙儆办学》，《南通县文史资料》第二辑，1988年。

林思进《清寂堂诗录》，巴蜀书社，1989年。

张仲礼著，李荣昌译《中国绅士·关于其在19世纪中国社会中作用的研究》，上海社会科学院出版社，1991年。

徐友春《民国人物大辞典》，河北人民出版社，1991年。

陈以鸿《陶社复兴详记》，《江阴文史资料》第十四辑，1993年。

孙蜀生《往事钩沉忆先父》，《通州文史》第十二辑，1995年。

季子《孙儆与地方事业》，《通州文史》第十二辑，1995年。

谢玮祖《我所知道的金沙游民工厂》，《通州文史》第十二辑，1995年。

通州市地方志编纂委员会《南通县志》，江苏人民出版社，1996年。

杨蓬雪《程派嫡传弟子·画家杨蓬雪自传》，《通州文史》第十五辑，1998年。

冒怀苏《冒鹤亭先生年谱》，学林出版社，1998年。

高铦、高锌、谷文娟《高燮集》，人民大学出版社，1999 年。

孙家㻌《孙氏宗谱图咏》（续编），2000 年。

江苏省地方志编纂委员会《江苏省志·大事记》（中），江苏古籍出版社，2002 年。

沃丘仲子《近现代名人小传》，北京图书馆出版社，2003 年。

夏新华等《近代中国宪政历程：史料荟萃》，中国政法大学出版社，2004 年。

北京诗词学会、北京宣武区档案馆《清代宣南诗词选》，北京出版社，2005 年。

王汝丰《清代宣南人物事略初编》，北京燕山出版社，2006 年。

费师洪《淡远楼丛墨》，南通市文学艺术界联合会编，2006 年。

江苏省档案馆《韩国均朋僚函札》，东南大学出版社，2006 年。

刁振娇《清末地方议会制度研究——以江苏咨议局为视角的考察》，上海人民出版社，2008 年。

张振声、吕建国、李锦南、薛长春《孙儆生平述略》《孙儆年表》，《甲骨天地》，2009 年第 2 期。

上海博物馆图书馆《冒广生友朋书札》，上海书画出版社，2009 年。

赵统《江阴明清学校》，上海古籍出版社，2011 年。

赵万泉《孙儆年谱》，成都时代出版社，2012 年。

祝小楠《清末民初地方政制转型研究·1905—1927·江苏省四届议会议员姓名籍贯表》，南京大学博士论文，2012 年。

岳升阳、黄宗汉、魏泉《清代京师士人聚居区研究》，北京燕山出版社，2012 年。

赵统《南菁书院志》，上海书店出版社，2015 年。

郑有慧《郑逸梅友朋书札手迹》，中华书局，2015 年。

陈衍编，冯永军、祝伊湄、束璧点校《近代诗钞》，华东师范大学出版社，2016 年。

李明勋、尤世玮《张謇日记·啬翁自订年谱》，上海辞书出版社，2017 年。

人名索引

一、所列人名仅为与作者交游者以及作者亲属。

二、顺序按姓氏开头拼音字母排列。

三、括号内的数字为每一首诗的序号,阿拉伯数字表示在第一部分"孙儆诗稿"内,汉字数字表示在第二部分"孙儆诗稿拾遗"内。

B

保厘东（3、4）鲍贵藻（53、60、221、366）抱真（六十九）白作霖（18）白毓崐（三十三）伯行（176）秉志（371、450）

C

储南强（53、56）陈蕖（68）陈三立（96、五十二）陈运彰（162）陈名珂（315、452、十八、二十一、二十二、二十四）陈以鸿（二十一、二十四）陈湛如（350、354）陈觉先（354）陈陶遗（427）陈绶生（一）曹元本（89、255、392）曹震万（89）曹崧乔（167）曹俶补（408）程瑶笙（92）程学恂（435）程少梅（201、202）蔡伯毅（298）蔡哲夫（300、五十六）

D

达李（47）戴思恭（170、182、321、353、429）戴克宽（182、284、288、324、327、358、363、398、452、468、十八、二十一、二十二）杜进高（180）董玉书（207、210、218、220、258、259、265、269、273、301、302、306、326、330、359、363、376、377、381、396、397、398、二十五、二十八）邓廷（225）邓儒镕（195、196）达人（247）甸南（44）狄葆贤（431）

F

冯明馨2冯善征（13、25、47、58、59、64、66、81、六、十一）冯雄（58、103、104、113、142、143、199、304、332、十一、

十二、十三、四十八、五十）冯煦（96）
冯衍（276、277）冯起荪（四十九）
冯展（440、四十九）冯绵（五十一）
费师洪（72、103、137、144、十一）费启丰（十一）范当世（96、326、390、五十）符铸（238）付専（344）
法度（二十七）

G

高元升（53）高汝璞（85）高燮（160、182、191、194、218、232、243、258、269、300、308、321、328、330、331、333、344、363、384、394、396、397、420、425、442、455、456、459、460、468、二十、三十一、三十九、四十）高思白（185）高立忱（373、七十九）高时显（448）顾锡爵（88）顾宝琛（386、441）顾景炎（四十一）桂铸西（四十三）

H

胡嗣芬（55）胡蕴玉（270、344）胡漪如（154）黄端履（63、165）黄宾虹（320、324、344、358、七十五）黄葆戊（339、370）黄炳元（409、442、443、444、447、453、459、468）涵公（164）何德身（168）

J

觉初上人（94）蒋仲翔（256）金其源（261、286、321、二十一）金贤寀（379、459）金士衍（426）季景范（296）近仁（310）姜吴夫人（三十八）君藩（七十五）

K

昆三（六十一）

L

刘渭清（20、21）刘乙青（40）刘度尘（294）刘啸篁（380、408）刘孝女（五十三）李纯（69）李墨卿（290）李洣（337）李根源（三十六）陆惕夫（78）陆宝树（179）吕瀛（144）廖麟年（321、399、459、460）林介庵（428）罗会庄（321）梁启超（五十二）

M

冒广生（1、59、146、148、150、217、280、420、435、436、四十二）马一良（158）马元放（233、249）马轶群（六十二）梦青（49）木师（244）缪谷英（463）闵瓛（182、

192、253、321、三十九）

N

钮传善（50、52、55）聂其昌（391、五十五）倪高风（四十四、六十三、六十五）

P

潘恩元（8、10、11、24、32、35、36、49、87、90、92、138、141、143、145、149、199、204、222、231）潘铁叟（138）潘光旦（340）潘树生（144、151）萍叟（六十）彭心渊（194）

Q

浅野总一郎（7）钱崇固（60、62）钱凤高（354）钱崇威（354）钱冲甫（372）钱立三（423）钱名山（426）钱文选（400、四十五）苊孙（60）瞿恺之（27）瞿竟成（172）瞿宣颖（317、321、323、325、348、402）瞿鸿禨（317、四十六）强光治（404、449、457）秦之济（427、432、433、468）

R

瑞棠（246）荣宗铨（266）

S

孙倬（26）孙少川（55）孙雄（84、98、99、105、三十六）孙道东（91、139）孙振麟（203）孙建中（213）孙肇圻（266、267）孙荷贞（373）孙正刚（393）孙廑才（417）孙家源（465）孙汇沣（三十六）孙惠和（三十六）孙志岳（三十六）孙少元（三十六）孙蜀生（8、四十七）孙家彪（四十七）孙葆芝（四十八）孙鞠娟（六十二）孙再壬（二十二、二十四）施广文（30）施君一（97）沙元炳（96）苏本岩（374）叔怡（216）沈世骐（182）沈燕谋（254）沈其光（369、416、426、二十四、五十四、五十五）宋家钵（399）申夫（六十八）

T

唐文治（214、409、410、411、422）唐嵩山（365）唐鸣凤（367）田毓璠（260、275、282、302、312、328、373、382、383、397）

W

吴邦珍（156、二十一）吴仲坰（190、五十九）吴湖帆（191）吴獻廷(389)温廷敬(169)王云笑(181)王一亭（194）王伯鸿（224）王宗敬(357)王孟绿(374)翁辉东(252)苇一法师(278)邬梦兰(337)王尤(序言）

X

徐乃昌（96、159)徐宣武（303、五十七）徐云石（354）徐石雪（397）许树枌（101）许宝善（205）许来青（424）谢公展（163、七十三）谢鼎镕（262、264、272、285、316、341、343、375、二十一、二十四）辛际周（349、351、356、364、378、399、421、434、435、438、446、449、452、456、459、468）辛如珍（421）辛太夫人（387）孝丞（六十七）献廷（六十）

Y

杨体仁（8、10、14、16、29、37、38、39、41、46、54、57、59、66、79、90、92、231、239、313、316、321、348、四）杨善征（55）杨建亭（二十九）杨蓬雪（8、四十七）岩村成允（62）砚樵（七十二）印光法师（126、167、198、）颖孙（239）严彝卿(245）严家炽（406）詠仁（257）俞濠观（248、258、273）俞玉书（419）益谦（279）忆梅老人（287）叶恭绰（318）叶弼（430）郁志甘（322、十八、二十二）姚瀛（342、362、399、401、405、406）姚子梁（454）姚光（182）姚蕴素（五十）袁惠常（390）袁承曾（415、418）翼青（七十四）逸材（六十六）云山主人（十九）亚青（六十）

Z

张謇（21、294、335、五十二）张竺巢（65）张凤笆（71）张蓁（93）张策清（177、204）张雍九（295）张在森（297）张志鹤（321、五十八）张纯一（361）张荣培（403）张公威(406、434、436）张元济（409）张同皋(449、457、464）张献廷（425）张竹怀（437、六十一、六十二、七十六）张筱轩（8、10）章士钊（435）庄先识（六十四）邹志孟（299）芝平（27）曾朴（31）曾亚罗（31）赵世修(41)赵勋（55）赵锡恩（346）赵世遑（431）赵祖望（446、459）朱祥绂（41）朱元筠（61）朱竹亭（80）朱鹤翔（160）朱涌韩（360）朱积成（388）朱绍文（420）朱铭新(二十四)诸筱甫（454)周观涛（55）

387

周利川（193）周孝怀（274、293）周养千（289）周炼霞（435）周蛰庵（461）周若溪（466）郑重光（219）郑逸梅（319）郑友（365）仲谅（326）